우진 현대 판타지 장편소설

WISHBOOKS MODERN FANTASY STORY

다시 태어난 베토벤

다시 태어난 **베토벤** 9

우진 현대 판타지 장편소설

초판 1쇄 찍은 날 | 2020년 3월 20일
초판 1쇄 펴낸 날 | 2020년 3월 27일

지은이 | 우진
펴낸이 | 예경원

기획 | 위시북스
편집책임 | 이은송
편집 | 위시북스

펴낸곳 | 예원북스
등록번호 | 제396-2012-000132호
등록일자 | 2012. 7. 25
KFN | 제1-523호

주소 | 경기도 고양시 일산동구 호수로 646-24 위너스21II빌딩 206A호 (우)10401
전화 | 031-819-9431 팩스 | 031-817-9432
E-mail | yewonbooks@naver.com

ISBN 979-11-365-2089-0 04810
        979-11-6424-234-4 (set)

우진 현대 판타지 장편소설
WISHBOOKS MODERN FANTASY STORY

다시 태어난 베토벤

9

Wish
Books

CONTENTS

· 49악장 ·
오케스트라 대전

베를린 필하모닉이 2020년대를 주도하고 있지만 10년 전만해도 암스테르담은 여러 매체에서 세계 최고의 오케스트라라고 소개된 바 있었다.

푸르트벵글러가 독하게 마음을 먹은 것도 모두 마리 얀스를 의식했던 탓인데, 마리 얀스가 그토록 싫어하는 헤르베르트 카라얀의 제자였던 탓이었다.

카라얀을 부정하는 푸르트벵글러와 카라얀이 가장 아꼈던 마리 얀스.

언론의 순위 매김 따위 신경 쓰지 않는 푸르트벵글러가 왜 유독 마리 얀스와 암스테르담에게 집착했는지 알 수 있을 것 같았다.

언론 역시 그들의 이러한 관계를 알고 유독 늘어졌던 것 같다.

어느 한쪽이 우세했더라면 금방 열기가 식었겠지만 내가 생각해도 두 사람은 우열을 가리기 힘들었다.

그러다 보니 자연스레 푸르트벵글러와 마리 얀스를 비교하는 이야기가 자주 나왔고 지금은 너무 오랜 시간이 흘렀기에 사그라진 모양이다.

아니나 다를까.

카밀라가 돌아가자 케르바 슈타인이 푸르트벵글러와 마리 얀스의 관계를 살짝 들려주었다.

거리로 나와 진달래에게 문자 메시지를 보냈다.

슈퍼 슈바인에 특제 카레가 남아 있는지 물어보았는데 절반쯤 걸었을 때야 답장이 왔다.

바쁜 모양이다.

'1인분만 남았다니.'

걸음을 재촉했다.

"어서 오렴."

슈퍼 슈바인의 주인, 김덕배가 반갑게 맞이해 주었다.

"오늘도 사람이 많네요."

매장 안을 슬쩍 둘러보니 이제는 꽤 일에 익숙해졌는지 진달래가 능숙하게 서빙을 보고 있었다.

눈에 익은 단골들과 눈인사를 하는데 나윤희가 눈에 띄었다. 나만큼이나 슈퍼 슈바인의 단골인 것 같다.

시선을 느꼈는지 나윤희가 고개를 돌렸고 눈이 마주치자 소심하게 손을 흔들었다. 마침 빈자리도 그녀 옆에 한 자리뿐이라 나란히 앉았다.

"어서 와."

다른 사람과 말할 때는 여전히 말을 더듬지만 베를린 필하모닉 사람들에게는 많이 나아졌는데, 조금씩 적응하고 있는 듯해 다행이라 생각했다.

"일찍 왔네요."

"연습 끝나고 바로 출발했어."

대화하는 도중에 손을 들었다.

진달래가 나를 보곤 꺼림칙한 표정을 짓고 다가왔다.

"맛있는 집 밥 놔두고 왜 자꾸 오는 거야?"

불량한 태도의 직원을 고발하는 마음으로 김덕배를 보자 슈퍼 슈바인의 사장이 진달래를 노려보았다.

진달래가 입을 쭉 내밀고 빌지를 들었다.

"주문하시겠습니까?"

"슈니첼 특제 카레랑 프랑크푸르터, 자우어크라우트를 추가로. 김치도 주세요."

"슈니첼 특제 카레는 오늘 재료가 소진되었습니다."

하늘이 무너지는 듯했다.

"하나 남았다며."

"하나 남았었지."

여전히 입을 샐쭉 내밀고 있는 진달래가 주문을 재촉하는데 나윤희가 나섰다.

"달래야, 슈니첼 도빈이한테 줘. 난 버섯 카레로 할게."

이제 보니 나윤희가 마지막 특제 카레를 주문했던 모양이다. 저번에도 같은 상황이었는데 이런 쪽으로는 행동이 잽싸다.

"아니에요. 그럼 비프 카레로. 사이드는 똑같이."

"오케이."

진달래가 주문을 받고 주방으로 향했고 이내 특제 카레를 가지고 나윤희 앞에 가져다 놓았다.

"슈니첼 엄청 크지! 많이 먹어."

진달래와 나윤희가 서로 웃어 보였다. 사이좋은 모습은 참으로 보기 좋다만 특제 카레 특유의 깊은 향을 느끼니 나도 모르게 시선이 고정되어 버렸다.

나윤희가 슬쩍 그릇을 내게 밀어주었다.

"괜찮으면 먹을래?"

고개를 저었다.

"늦은 건 저니까요. 다음에 먹을게요."

"저, 저번에도 양보했잖아. 오늘은 그냥 먹어. 사실 나도 막 온 거라서 늦었다고 하기도……."

고개를 저으니 나윤희는 나눠 먹을 것을 권유했다.

"한 그릇을 다 먹어야 의미가 있는 거예요. 누나 먹어요."

"그래. 아쉽지만 그건 아가씨 몫이야."

김덕배가 망설이는 나윤희에게 말했다.

"먼저 온 손님에게 내주려고 예약도 안 받는단 말이지. 식어도 맛있지만 따뜻할 때 먹어줬음 좋겠어."

가게의 원칙은 지켜야 하는 법.

고개를 끄덕이니 나윤희가 특제 카레를 떠먹었다. 얼굴에 퍼지는 행복을 보니 나도 기분이 좋아졌다.

나윤희가 소리 내지 않고 크게 몸을 움직이지도 않은 채 작게 웃었다.

김덕배도 흐뭇하게 보면서 물었다.

"어때?"

"저, 정말 맛있어요. 뭐랄까. 은은한 단맛이 정말 좋아요."

"양파랑 마늘을 오래 볶았지. 맛있게 먹어주니 나도 기쁘구만."

그렇게 흐뭇하게 바라보는데 진달래가 비프 카레를 내주었다. 평소보다 소고기가 더 많이 들어간 듯해 고개를 들자 진달래가 검지를 입에 댔다.

이런 서비스라니.

진달래가 계속 여기서 일했으면 좋겠다.

그렇게 밥을 먹고 있는데 전화가 왔다.

가우왕이다.

오랜만이라 받고 싶었지만 아주 중요한 시기라 자동 문자로 답을 보내고 전화를 껐다.

♪

[주요 업무 중입니다. 잠시 후 연락드리겠습니다.]

전화를 걸던 가우왕은 배도빈으로부터 날아온 문자 메시지를 보고 고개를 끄덕였다.

'오케스트라 대전 준비로 바쁘나 보네.'

바이에른 방송 교향악단과의 협연으로 독일에 방문한 가우왕은 택시를 잡아탔다.

오랜만에 배도빈의 얼굴이나 볼 생각으로 연락했다.

집이 크다고 하니 며칠 신세도 지고 그간 못다 한 회포도 풀 생각이었는데 아무래도 대회 준비로 바쁜 모양.

배도빈의 집으로 찾아가 기다릴 생각이었다.

"어디로 모실까요?"

"쉬프바우어담가 7번지로 가주세요."

하지만 그의 진심에는 '찰스 브라움'에 대한 질투가 있었는데 한참 오래 지냈던 자신에게는 헌정곡을 주지 않았으면서 찰스 브라움에게는 곡을 만들어주었던 탓이었다.

사실 배도빈이 등장하기 전, 클래식 음악계의 아이돌이었던 찰스 브라움과 가우왕은 서로 전공이 다름에도 곧잘 비교당하고는 했는데 그렇다 보니 신경이 쓰였던 것이다.

　하지만 가우왕은 체면과 어른으로서의 입장으로 티를 내지 않았는데 스스로 그것을 무척 기특하게 여기고 있었다.

　'빌어먹을 나르시시스트.'

　하지만 최근 몇몇 인터뷰를 통해 배도빈이 찰스 브라움의 바이올린이 세계 최고라는 말을 했던 것은 분명 자존심 상하는 일.

　가우왕은 배도빈에게 '세계 최고'라고 불린 적 없었기에 이를 조금씩 마음에 두고 있었다.

　'못할 게 어디 있어.'

　사실 상업적 성공은 '찰스 브라움'에 비할 바 아니나 가우왕이 녹음에 참여한 배도빈의 '두 대의 피아노를 위한 협주곡'은 10년이 흐른 지금도 가장 많이 듣는 음반 중 하나였다.

　가우왕은 더욱 성숙해진 자신과 베를린 필하모닉의 협연이라면 찰스 브라움보다 더 뛰어난 연주가 가능하다고 굳게 믿고 있었다.

　문제는 갑작스레 베를린 필하모닉에 입단한 동생 소소.

　연락을 안 한 지 벌써 몇 년이나 된 동생이 무서운 탓에 베를린 필하모닉과의 협연에 대해 쉽게 접근하기 어려웠다.

　2006년 춘절.

17년 전의 어린 소소는 얼후를 배우기 시작한 지 2년 만에 당시 선생으로부터 실력을 인정받았다.

그렇게 받은 첫 얼후.

소소는 그것을 애지중지 다뤘는데 하루 종일 거실에서 얼후를 연주하곤 했었다.

하지만 소소가 어머니의 부름을 받고 잠시 얼후를 내려놓았을 때 옆에서 반복된 연주회로 지쳤던 가우왕이 자고 있었던 것이 화근이었다.

목이 말라서 깬 가우왕이 일어났을 때 와직끈 소소의 얼후를 밟았고 가우왕은 6살 소녀에게 깃든 귀령(鬼靈)을 볼 수 있었다.

'으으.'

이후 소소는 가우왕이 눈에 들어올 때마다 스산한 눈으로 그를 보았고 가우왕은 저주에 걸릴 듯한 기분에 점차 동생을 피하게 되었다.

그러다 보니 자연스레 연락도 안 하게 되었고 지금에 이르러서는 어머니를 통해 가끔 소식을 들을 뿐, 개인 연락처도 서로 없는 사이가 되었다.

벌써 17년 전의 일이니 가우왕의 어머니는 아들에게 어린 동생에게 관심 좀 가지라 타박했지만 가우왕은 좀처럼 그럴 수 없었다.

'저주 걸릴 거란 말이지.'

그런 생각을 떠올리자 온몸에 소름이 돋는 듯했다.

'뭐, 차차 생각하자고.'

가우왕이 택시비를 지불한 뒤 벨을 눌렀다.

잠시 뒤 집사가 문을 열고 나와 가우왕을 마주했다. 일전에 한 번 방문하기도 했었고 배도빈의 주변 인물에 대해서는 잘 파악하고 있었기에 그를 반갑게 대했다.

"안녕하십니까. 도련님께선 아직 귀가 전이시니 안에서 기다리시지요."

"감사합니다."

집사가 가우왕에게 손을 뻗었고 가우왕은 외투를 벗어 그에게 넘겨주었다.

집사는 현관문 옆에 있는 손님용 옷걸이에 가우왕의 외투를 걸어둔 뒤 그를 안내했다.

"그럼, 필요하신 건 언제든 말씀해 주시기 바랍니다."

"네. 감사합니다."

응접실에 들어선 가우왕은 으리으리한 배도빈의 집을 구경했다.

'대체 이런 집은 얼마를 벌어야 살 수 있는 거야?'

첫 방문 때도 마찬가지였지만 볼 때마다 감탄이 나왔다.

그 역시 남부럽지 않은 고소득자였으나 배도빈의 집과 그 안의 시설은 엄두가 나지 않았다.

그러던 중 밖에서 배도빈의 목소리가 들렸다.

"가우왕이 왔다고요?"

그 목소리에 가우왕이 응접실 문을 열고 나섰다.

"바쁜 것 같아서 먼저 와 있었지."

"가우왕."

배도빈이 반가운 마음에 다가가 가우왕과 악수를 나누었다.

가우왕을 알아본 나윤희는 어쩔 줄 몰라 하며 인사를 나눠야 할지 아니면 조용히 자기 방으로 올라가야 할지 갈팡질팡했다.

그 모습이 가우왕에게는 자신을 만나 당황하는 몇몇 팬의 모습과 겹쳐 보였다.

"이 아름다운 여성은?"

가우왕의 말에 배도빈이 한껏 인상을 썼다.

"소중한 단원한테 수작질 부리지 마요."

"수작질이라니! 팬에게 이런 멘트는 포상이라고!"

"아, 으으. 저, 저는 그만 올라가 볼게요."

나윤희가 후다닥 2층 자신의 방으로 올라가자 배도빈이 한숨을 내쉬며 말했다.

"찰스도 가우왕도 그런 짓만 안 하면 훨씬 더 사람들이 좋아할 텐데."

"그놈이랑 비교하지 마."

"제가 보기엔 찰스도 가우왕도 똑같아요. 저번 연주회 때 그 요란한 옷은 뭐였어요?"

"다 엔터테인먼트라고."

만나자마자 투닥거린 두 사람은 이내 서로를 보고 웃었다. 근 1년 만에 다시 만났기에 무척이나 반가웠다.

"바이에른 방송 교향악단이랑 협연 때문에 온 거예요?"

"그렇지. 겸사겸사 네 얼굴도 좀 보고."

"소소도 좋아하겠네요. 아마 지금 집에 있을걸요?"

"……뭐?"

가우왕이 워낙 크게 놀라, 배도빈이 의아하게 물었다.

"왜 그렇게 놀라요?"

"아니. 놀라지. 걔가 왜 여기 있어?"

"여기서 살아요. 전 가우왕이 몰랐던 게 더 신기한데. 남매 잖아요."

"남매라고 다 연락하고 지내는 건 아니라고. 아무튼 난 이 만 가볼게."

그렇게 대화를 마친 가우왕이 서둘러 외투를 챙기려는 순간.

1층에서 가우왕을 봤다는 이야기를 전해 들은 소소가 계단 을 천천히 내려왔다.

퇴근 후 막 씻은 탓에 머리가 젖어 있었고 그것을 아무렇게 나 늘어뜨린 채 턱을 당기고 가우왕을 응시하는 소소였다.

배도빈이 외투를 챙기는 가우왕과 그에게 조금씩 접근하는 소소를 번갈아 보았다.

"간다. ……히이익!"

그리고 이내 뒤돌아선 가우왕의 시야에 소소가 들어왔고.

가우왕은 발작했다.

"안녕."

소소의 인사에 뒷걸음질을 친 가우왕이 옷걸이에 걸려, 그것과 함께 넘어지고 말았다.

"아."

배도빈과 집사가 깜짝 놀랐고 소소는 살짝 웃었다.

옷걸이의 튀어나온 부분이 가우왕에게 안타까운 고통을 선사해 준 듯했다.

간신히 진정한 가우왕은 소소 앞에서 사시나무 떨듯 안절부절못했다.

그의 눈에 살짝 웃고 있는 소소는 곧 생명을 취할 수 있음에 기뻐하는 귀신처럼 보였다.

"나…… 갈게."

가우왕이 시선을 피한 채 간신히 일어났다.

"어딜 가?"

"히익."

소소가 물었고 가우왕이 흠칫 놀랐다.

그 모습을 보고 배도빈이 깔깔 웃었다.

뒤늦게 내려온 나윤희는 그렇게 웃는 배도빈은 처음 보았기에 조금 놀랐다.

밖에서는 베를린의 마왕이라 불리고 악단 내에서는 푸르트벵글러 못지않은 엄격한 지휘자로 정평이 난 배도빈과는 사뭇 다른 모습이었다.

"뭐, 뭐가 웃겨!"

"웃기잖아요. 왜 그렇게 소소를 무서워하는 거예요?"

"무서워하긴! 난 단지."

"단지?"

가우왕이 말을 하며 무심결에 소소를 보았고 소소는 가우왕의 뒷말을 반복했다.

그러자 황급히 다시 시선을 피하며 가우왕이 중얼거렸다.

"저주 걸린다고."

그러자 배도빈이 다시 크게 웃었다.

나윤희는 배도빈이 어느 부분에서 웃었는지 이해할 수 없었지만 방금 그 짧은 대화로 두 사람이 얼마나 친한지 알 수 있었다.

지금껏 자기를 몰아세우던 음악가 배도빈이 아니라 인간 배도빈을 본 듯해 흐뭇하게 웃을 수 있었다.

허우적거리는 가우왕을 두고 소소가 질렸다는 듯 돌아섰다.

"유난 떨지 마. 진짜 재수 없어."

소소가 나윤희를 이끌고 다시 2층으로 올라갔고 배도빈이 가우왕을 달래기 위해 그에게 다가갔다.

2층 자신의 방으로 돌아온 소소는 신경질적으로 누네띠네를 먹기 시작했다. 입에 가득 욱여넣고 볼이 빵빵해진 소소를 보며 나윤희가 물었다.

"가우왕 씨 무대랑 되게 다르다."

소소가 더욱 빨리 씹기 시작하더니 이내 주스를 들이켰다.

"멍청이야."

"왜 그렇게 무서워하시는 거야?"

소소가 잠시 생각하다가 이야기를 시작했다.

"어렸을 때 선생님한테 받은 얼후를 망가뜨렸어."

"아."

나윤희가 고개를 끄덕였다.

소소랑 지내면서 가끔 은사에 대해 들은 적이 있었다.

스승의 악기를 물려받는 게 얼마나 큰 의미를 가지는지 알고 있었기에 나윤희가 안타깝게 소소를 보았다.

"더 화나는 건 미안하다면서 쓸데없는 선물만 보내고 만나러 오지 않았어. 연락도 안 했어."

나윤희가 빙그레 웃었다.

미워하면서도 서운한 마음을 알 것 같았다.

"가우왕 씨 못됐다."

"진짜 나쁜 놈이야."

나윤희가 누네띠네를 하나 더 주자 소소가 한 번 베어 물곤 중얼거렸다.

"저주도 안 통하고."

중국말이라 나윤희는 그 뜻을 이해하지 못한 채 토라진 소소의 등을 쓸어주며 위로했다.

"도빈아."

다음 날, 출근을 하려고 나서려는데 어머니께서 부르셨다. 현관 앞에서 돌아서자 어머니께서 목도리를 매주셨다.

"아."

"날이 추우니까 따뜻하게 하고 다녀야 해."

작년부터 발굴에 들어가신 뒤로 아버지께서 집을 자주 비우셨고 도진이도 대학을 다니기 시작했는데 어머니만큼은 작품 활동도 하시면서 가족도 챙기시니 감사하면서도 죄송하다.

아버지와 어머니를 위한 일을 알아보자 생각하며 고개를 끄덕였다.

"그럴게요. 고마워요."

"참, 그러고 보니 푸르트벵글러 씨가 자주 오시던데?"

"네? 왜요?"

"글쎄. 심심하신가 봐. 시간 내서 한번 찾아뵙는 게 좋을 거야. 아무리 쉬는 게 좋아도 일만 하던 분이 갑자기 쉬게 되면 적적할 테니까."

"그럴게요. 다녀오겠습니다."

집을 나섰다.

연습실로 향하는 도중에 어제 가우왕이 한 말을 되새겨 보았다.

'오랜만에 협주해 보자고. 분명 좋아할 테니까. 아니면 뭐……
베를린 필하모닉 B랑 협연을 잡아도 좋고.'

말하는 투로 봐서는 은근히 '찰스 브라움'을 부러워하는 것 같았는데 가우왕과는 협주든 협연이든 할 기회가 많지 않았다.

서로 일정이 너무 바쁜 탓도 있고 사실 그와 함께 녹음한 '두 대의 피아노를 위한 협주곡'은 추억으로 간직하고 싶은 마음이 컸다.

그때보다 지금의 내가 피아노를 더 잘 연주한다 생각하지만 늦가을에 함께했던 홍승일과의 연주보다 나은 연주는 못 할 것 같았다.

마지막까지 자신을 태워 빛을 발하던 그를 생각하니 문득 먹먹해졌다.

고개를 젓고 가우왕과의 일로 돌아왔다.

'재밌을 것 같긴 한데.'

새 곡을 만들자니 시간이 없고 그렇다고 따로 협연 스케줄을 잡기에도 무리가 있다.

일정을 6월로 미룬다면 괜찮겠지만 그때는 또 가우왕이 어떻게 될지 모르니 고민하던 차.

케르바 슈타인에게 조언을 구하니 도리어 반가워했다.

"좋은 일 아니야?"

"왜요?"

"셰프가 잠깐 쉬면서 분위기가 조금 죽었잖아. 조금 더 신경 쓸 건 있어도 정기 연주회 때 가우왕 씨가 참가해 주면 팬들도 좋아할 것 같은데."

"어……."

정기 연주회에 가우왕과 함께할 생각은 하지 않았었다. A팀처럼 오랜 시간 호흡을 맞춰온 것이 아니라서 레퍼토리를 늘리는 것이 빠르지만은 않았다.

"내가 보기엔 B도 이제 서로들 익숙해졌고 네가 단원들을 파악하는 것만큼은 아니더라도 단원들도 지휘자가 어떤 스타일인지 감 잡은 것 같던데. 게다가 가우왕 씨라면 협연 준비에 애먹을 사람도 아니고."

"으음."

생각한 끝에 고개를 끄덕였다.

"괜찮을 것 같네요. 그럼 카밀라에게 가볼게요."

"그래. 아, 도빈아."

돌아서니 케르바 슈타인이 물었다.

"셰프는 잘 지내고 계신 거야?"

"아. 그렇지 않아도 오늘 일찍 퇴근하고 한 번 찾아가 보려고요."

"응. 부탁해. 나도 그러고 싶은데 조금 벅차네. ……목도리 멋진데?"

"그렇죠?"

케르바 슈타인에게 심심한 위로를 건네고 카밀라를 찾았다.

카밀라는 흔쾌히 수락하고 가우왕의 소속사 도이치 그라모폰에 연락을 넣겠다고 답했다.

'춥다.'

아침에 어머니께서 하신 말씀도 있고 궁금하기도 해서 조금 일찍 퇴근했다.

편한 옷으로 갈아입고 푸르트벵글러의 집으로 가려 했는데 2층에서 어쿠스틱 베이스 기타 소리가 들렸다.

진달래다.

'오늘은 쉬는 날인가?'

올라가 보니 진달래가 꽤 진지한 표정을 지은 채 베이스를 연주하고 있었다.

처음 듣는 곡이다.

'푸르트벵글러가 만들었나?'

봉달 서커스에 쓸 곡인가 싶기도 한데 뭔가 빠진 느낌이다.

이대로도 좋지만 감성적인 곡을 쓰는 푸르트벵글러가 만들었다고 하기에는 어색하다.

뭔가 의도적으로 빠진 부분이 있다는 생각이 드는 곡이다.

그 앞에 있는 푸르트벵글러 곁으로 가 조용히 앉았다.

'좋네.'

진달래의 연주 실력은 전자 베이스 기타를 연주할 때보다 훨씬 좋아졌다.

예전에 비해, 아니, 며칠 전보다 훨씬 나아졌다.

의수에 완전히 익숙해졌는지 리프도 괜찮은 울림을 낸다.

솔로 연주임에도 무척 다채롭게 들리는 푸르트벵글러의 곡 (아마도)은 때때로 서글프기도 하면서 여러 음을 다루었다.

연주하기 어려울 텐데 곧잘 하니 진달래가 얼마나 많이 노력했을지 쉽게 예측할 수 없었다.

아르바이트를 하면서 독일어 공부도 해야 했기에 시간이 빡빡할 게 분명하다.

진달래가 연주를 마치고 내게 물었다.

"어땠어? 어땠어?"

"괜찮네."

"괜찮다니! 엄청나잖아! 완전 펑키하다구!"

흡족하게 미소를 띠고 있는 푸르트벵글러에게 물었다.

"이 곡이에요?"

"음. 어떠냐."

"좋은 거 같아요. 하지만 이게 다는 아니죠?"

"귀신이군."

푸르트벵글러가 자신만만하게 웃더니 진달래에게 다시 한 번 연주를 요구했다.

반주를 튼 진달래가 방금 곡을 연주하는데 전혀 다른 느낌에 깜짝 놀라고 말았다.

팀파니와 베이스 그리고 이건.

"태평소예요?"

"역시 바로 알아보는구나. 그래. 한국적인 악기를 찾다 보니 발견했지."

이상한 조합이다.

하지만 팀파니가 이끄는 박자와 중심을 잡는 베이스 그리고 자유분방하게 날아다니는 태평소가 묘하게 잘 어울리는데 아마 진달래가 어쿠스틱 베이스 기타로 바꾼 게 이 때문인 듯싶다.

이 짧은 시간에 이런 곡을 만들어 내다니 역시 푸르트벵글러다.

그리고 그것을 소화해내는 진달래도 내가 모르던 새 부쩍 성장했음을 확인할 수 있었다.

"멋져요."

"그치!"

진달래가 신나서 동조했다.

"쉽지 않았지. 그래도 여가 생활로는 즐겁더구나."

푸르트벵글러의 얼굴이 핀 것만으로도 내게는 큰 기쁨이지만 이렇게 재밌는 곡을 들을 수 있는 것도 크나큰 즐거움이다.

"그런데 이렇게 만들고 보니 네 대교향곡 작업이 얼마나 힘들지 감이 오더구나. 어떠냐."

"1악장은 완성했어요. 다음이 문제지만."

"서곡이 따로 있다고 했지? 으음. 섞는 것만으로는 소리가 도리어 될 뿐이니 조율할 부분이 많았다."

"네. 그래서 이렇게 빨리 이런 곡을 만들어서 다시 봤어요."

"하하하! 뭐, 악기가 적기도 하고 짧은 구성이니."

분명 좀 더 쉬운 일이기는 하지만 음악을 듣는 사람에게는 그런 건 중요하지 않다.

감동할 수 있는 곡인지의 여부가 우선이니 푸르트벵글러가 드물게 겸손을 떤 것이다.

"연주자는 어떻게 벌써 구했어요?"

"이 아이가 제법 근성이 있더구나. 키워보면 곧잘 할 듯해서 이 아이부터 시작했지. 팀파니는 디스카우가 시원시원하고 태평소는 승희가 연결해 주었다."

음악계에서 불가능한 일이 없는 푸르트벵글러답다.

"할배, 나 노래도 하고 싶은데!"

"노래?"

진달래가 눈을 크게 뜨고 고개를 재빨리 끄덕였다. 답지 않게 눈이 초롱초롱하다.

"딴 데 가서 찾아봐. 공부는 했지만 가사는 붙인 적이 없고 또 그 정서에 맞는 가사를 붙이는 건 다른 일이다."

"그럼 내가 써 봐도 돼?"

푸르트벵글러가 턱을 매만졌다.

아마 가사를 붙인다 해도 이 음악에 어떻게 노래를 할 것인지, 가사는 적절한지 여러모로 확인할 것이 많은데 그걸 스스로 판단하기 껄끄러운 것이다.

"제가 봐줄게요."

"넌 오케스트라 대전에 집중해야지. 으음……. 그러고 보니 박과 연락을 안 한 지 오래되었군."

"박?"

"모르느냐? 건호라고."

"아."

예전에 최지훈과 함께 출전한 크리크 지역 예선에서 심사위원을 맡았던 사람이다.

내 피아노 소나타를 무게감 있게 잘 연주하던 것이 떠올랐다.

고개를 돌려 천진난만하게 의욕에 찬 진달래를 보니 웃음이 나왔다.

푸르트벵글러가 얼마나 대단한 사람인지 모르고, 그저 다시 음악을 하는 것이 좋은 순수한 녀석을 보니 흐뭇하기도 조금 골려주고 싶기도 했다.

"열심히 해. 안 그러면 창피당할걸?"

"네가 안 그래도 그렇게 할 거지롱!"

진달래가 혀를 내밀었다.

베를린 필하모닉과 도이치 그라모폰이 구두로나마 협연에 대해 서로 긍정한 뒤 가우왕과 정식으로 미팅을 잡았다.

카밀라와 함께 매니저를 대동한 가우왕과 마주 앉아 일정을 상의하는데, 확실히 바쁘긴 바쁜 사람이다.

도이치 그라모폰 측에서 준비해 온 서류를 아무리 살펴도 선택의 여지가 없었다.

일부러 퉁명스럽게 말했다.

"결국 이 날짜 말고는 안 된다는 거 아니에요."

"그러니까 부탁하는 거잖아."

가우왕이 어깨를 으쓱이며 답했다.

2월 말에 이틀을 내는 게 최선.

그나마 관객이 가장 많은 금요일과 토요일이라 다행이다.

"그럼 프로그램은 어떻게 할까? 베를린 필은 어떻게 정하지?"

가우왕이 물었다.

"원래는 상임 지휘자랑 악장단, 그리고 협연자가 모여 의논하는데 베를린 필하모닉 B는 제가 정해요."

"마에스트로 푸르트벵글러가 없어서 공화정이 된 줄 알았더니 독재자가 남아 있었네."

가우왕의 농담에 카밀라가 살짝 웃으며 답했다.

"가우왕 씨도 만만치 않던데요?"

표정은 웃고 있는데 일정을 정하는 과정이 마음에 안 들었던 모양.

가우왕의 매니저가 어색하게 웃으며 가우왕의 옆구리를 쿡쿡 찔렀다.

가우왕이 예의를 차리며 카밀라에게 고개를 숙여 보였다. 그런 뒤 자신만만하게 물었다.

"그럼 말해봐. 뭘 원해? 뭐든 쳐 주지."

다른 사람이라면 코웃음을 쳤겠지만 그럴 만한 실력을 갖춘 사람이니만큼 반갑기 그지없다.

그간 하고 싶었는데 마땅한 연주자를 찾지 못해 망설였던 곡을 말했다.

"라흐마니노프 피아노 협주곡 3번이요."

가우왕이 눈썹을 모으더니 입을 씰룩였다.

라흐마니노프 피아노 협주곡 3번은 그가 자신의 모든 역량을 선보인 곡으로, 누구도 그 아름다운 선율 속에서 피어난 붉은 장미를 사랑하지 않을 수 없다.

또한 연주하기 어려운 곡 중에 하나였으므로 내 기준에 만족할 만한 피아니스트와 함께할 기회가 몇 없기도 하다.

'피아니스트만의 문제는 아니지만.'

그 완벽한 곡에 내 요구사항이 들어간다면 오케스트라도 부담스러울 터라 여태 시도하지 않았던 것.

하지만 가우왕은 시원하게 답해주었다.

"그렇게 나와야지. 재밌겠는데."

"같은 생각이에요."

베를린 필하모닉 B와 가우왕의 라흐마니노프 피아노 협주곡 3번이라니.

벌써부터 잔뜩 기대되었다.

계약서에 양측 모두 기분 좋게 사인했다.

미팅을 마친 뒤.

집으로 돌아가려는데 가우왕이 다른 방향으로 가기에 불러세웠다.

"어디 가요?"

"뭐가?"

"우리 집은 저쪽이에요."

"아……. 오늘 밤은 혼자 보내고 싶어서 말이지."

"거짓말하지 말아요. 소소 무서워서 그런 거잖아요."

"누, 누가 무서워한다는 거야?"

"소소랑 다른 층에 방 내줄 테니 그냥 와요."

그리 내키지 않는 모양이다.

몇 년이나 그렇게 지냈으니 갑자기 바뀔 수는 없겠지 생각하며 호텔로 가려는 그를 놓아주고 집으로 향했다.

씻고 식당에 이르니 아버지와 나윤희, 진달래의 자리가 비어 있다.

진달래는 아르바이트를 하러 갔을 테고 아버지는 정말 요즘 너무 바쁘신 모양이다. 현장이나 대학으로 가보지 않으면 일주일씩 못 보는 것도 예삿일이 되어버렸다.

어머니께 여쭸다.

"아버지 괜찮으신 거예요?"

"그러게. 너무 무리하는 건 아닌지 모르겠네."

"아빠 보고 싶어."

"그럼 엄마랑 내일 아빠 일하는 곳에 놀러 가볼까?"

도진이가 고개를 끄덕였다.

나도 어머니 생신에 맞춰 아버지와 함께 이벤트를 준비하려고 생각했기에 조만간 따로 시간을 내야 할 것 같다.

와인을 넣고 찐 모시조개 요리를 맛있게 먹고 있는 소소에게 물었다.

"윤희 누나는요?"

"바빠."

무슨 일을 하느라 끼니도 거르는지 궁금해서 의아하게 보자 소소가 입 주변을 닦은 뒤 말했다.

"연습한대."

"무슨 연습이요?"

"부담 느끼나 봐. 요즘 매일 바빠."

오케스트라 대전 때문인가.

혹은 베를린 필하모닉 B의 제2바이올린 수석으로서 느끼는 부담일지도 모르겠다.

워낙 그런 성격이니 이해가 되면서도 노력으로 극복하려는 모습은 무척 보기 좋다.

부엌에 있는 쉐프를 찾았다.

"간단하게 먹을 거 부탁드릴게요."

"아, 저녁이 부족하셨나 보네요. 준비하겠습니다."

"저녁은 평소대로 근사했어요. 제가 아니라 윤희 누나한테 가져다주려고요."

"그런 거라면 맡겨주십쇼."

식탁으로 돌아와 식사를 마무리하자 쉐프가 야채와 햄을 끼운 바게트 샌드위치를 주었다.

성장기라 그런지 그걸 보니 또 식욕이 일었다.

2층으로 올라가 나윤희의 방문을 두드렸다. 바이올린 소리가 멈추고 잠시 뒤 문이 열렸다.

"고생하네요."

"아, 고, 고마워."

나윤희가 샌드위치를 받아들고 어쩔 줄 몰라 하다가 길을 비켜섰다.

"자, 잠깐 들어올래?"

갑자기 초대를 받았다.

할 일도 없고 고개를 끄덕이며 방으로 들어섰다.

과거 록 스타의 사진을 요란하게 걸어둔 진달래의 방이나, 먹을 것이 가득한 소소의 방과는 달리 원래 있던 가구 외에는 별다른 물건이 없다.

미니멀리즘이라고 하는 것 같다.

"……."

"……."

알 수 없는 긴장감이다.

왜 들어왔는지 모르겠는데 3초 정도 있으니 나가고 싶어졌다.

"그, 그."

"네?"

"미, 미안해. 재미없지."

뭐가 재미없다는 말인지 모르겠다.

불편해하는 거 같아서 나가고 싶긴 하지만 재미없다는 마음은 없다.

"아뇨. 불편한 거 같아서요."

"아니야. 아니야. 하나도 안 불편해."

나윤희가 몹시 부정해서 '그런 거 같은데요'라고 장난스럽게 말하기도 부담스러워졌다.

그렇다고 일어서 나가자니 정말 재미없어서 나가는 거라 생각할까 봐 그러지도 못하겠다.

"저녁 아직이잖아요. 전 괜찮으니까 먹어요."

"응."

나윤희가 바게트 샌드위치를 들었고 눈으로 방을 좀 더 살피다 CD를 모아둔 것을 발견했다.

"좀 봐도 돼요?"

물어보니 입에 가득 음식이 있어 대답은 못 하고 고개를 끄덕였다.

주로 데이비드 개릭이 녹음한 앨범이 많다.

어렸을 적 최지훈이 자기 집에서 파가니니가 주인공으로 나오는 영화를 보여준 적 있는데, 당시만 해도 나는 이 사람이 영화배우인 줄로만 알았다.

나중에 그의 음반을 듣고 즐겨 찾게 되었지만 말이다.

찰스 브라움이 솔로 바이올리니스트로 활동했을 때는 종종 비교되던 뛰어난 연주자다.

"멋진 취향이네요."

"어?"

"데이비드 개릭이요. 저도 좋아하거든요."

"아. ……잘생겨서."

순간 웃음이 터졌다.

나윤희의 눈이 동그랗게 되었다.

"아, 미안해요."

당연히 음색이 좋다든지, 바리에이션이 마음에 든다든지, 또는 성향을 말할 줄 알았는데 예상치 못했던 대답이다.

의외의 일격을 맞아버렸다.

조금 놀랐던 나윤희가 이내 살짝 웃었다.

"연습하고 있었다면서요?"

"으, 응."

"소소한테 들었어요. 따로 준비하는 곡이라도 있어요?"

"아니. 그건 아닌데."

나윤희가 망설이며 말을 이었다.

"그냥 더…… 잘하고 싶으니까."

나윤희가 샌드위치를 한 입 베어 먹었다.

향상심은 좋다.

음악가라면 항상 더 멋진 음악을 하기 위해 끊임없이 노력해야 하는 법이다.

같은 생각이면서 괜히 궁금해져 물었다.

"지금도 잘하잖아요."

나윤희가 입 안에 있는 것을 급히 삼키려는 듯해서 말렸다.

간신히 샌드위치를 삼킨 나윤희가 속내를 털어놓았다.

"……다들 우리 이야기를 하니까. 베, 베를린 필하모닉이란 이름도 너무 커서 조금은, 아니, 실은 많이 부담돼."

그렇게 말한 나윤희가 순간 고개를 저었다.

"아, 그, 시, 싫다는 게 아니고."

"네."

"송년 음악회 할 때 너무. 너무 좋았으니까 앞으로도 그런 연주 계속하고 싶어서. 그러니까…… 열심히 해야 한다고 생각했어. 흐."

쑥스러운 듯 말끝에 작게 웃는다.

이렇게 멋진 사람이 또 있을까.

훌륭한 사람을 여럿 만났지만 음악을 이렇게까지 순수하게 접근하는 사람은 최지훈과 나윤희 외에 본 적 없다.

가우왕과 찰스 브라움은 순수하다기보단 광기에 가까우니까.

아무튼 루트비히 오케스트라의 악장이라면 반드시 이 사람으로 하고 싶다.

"멋진 생각이에요."

자리에서 일어났다.

"저도 올라가서 이번 협연 준비해 봐야겠네요."

"아, 가우왕 씨랑 하기로 결정된 거야?"

"네."

눈을 빛내며 묻는 나윤희를 보며 고개를 끄덕였다.

이런 사람들이 있는 베를린 필하모닉 B라면 언젠가는 분명 마리 얀스의 암스테르담도 넘어설 수 있을 것이다.

'마리 얀스라……'

암스테르담 로열 콘세르트허바우 오케스트라.

엄격한 분위기의 과거와 달리, 마리 얀스가 집권하면서 악단은 한껏 부드러워진 곳이다.

지금은 최고 전성기를 맞이하여 베를린 필하모닉을 넘어선 또 하나의 제국.

명성에 걸맞게 다양하게 활동(네덜란드 오페라단 반주 등)하는데, 그를 통해 그들이 얼마나 숙련된 음악가인지 알 수 있었다.

천재성에 있어서만큼은 푸르트벵글러보다도 높게 평가받는 마리 얀스의 편곡까지 더해지니 확실히 현재 이보다 멋진 악단이 있을까 싶기도 하다.

그런 암스테르담이 우리를 목표로 삼았다고 한다.

나윤희가 위기감을 느끼는 것도 이 때문일 것이고, 아마 알게 모르게 다른 단원들도 부담을 느끼고 있을 것이다.

'베를린 필하모닉을 넘어서 최고의 음악을 들려드리겠습니다.'

신사적인 마리 얀스가 그런 인터뷰를 한 것은 분명 의지의 표명.

지금 나윤희의 태도처럼 더 높이 올라서기 위한 마음가짐이고 그 구체적인 목표가 나와 베를린 필하모닉 B라는 것이다.

'찰스 브라움'의 대성공 이후 여러 매체에서 베를린 필하모닉을 세계 최고라 언급해 오고 있으며.

그간 어려운 상황에서도 인터플레이를 상대로 고군분투해 비로소 승리한 우리의 입장도 달라지고 말았다.

배영빈의 표현을 빌리자면 주인공에서 최종 보스로.

나는 이쪽이 썩 마음에 들지만 문제는 베를린 필하모닉 B가 사실 현재의 유력 오케스트라에 비해 부족하다는 점이다.

당장 베를린 필하모닉 A와의 수준 차이도 명백하거늘.

사실과 다르게 세계 최고로 인정받으니 단원들이 느낄 부담도 조금은 이해된다.

그리고 그것을 덜어주는 게 지휘자인 내가 할 일일 테고.

방으로 들어가 사카모토가 빈에 있을 때 지휘했던 라흐마니노프 피아노 협주곡 3번을 틀었다.

♪

[OOTY 오케스트라 대전 개최!]

[세계 클래식 음악 협회 이사, 미카엘 블레하츠, "오케스트라는 클래식 음악의 결정체입니다. 각 악단이 꽃피운 클래식이 앞으로도 사랑받길 바랍니다."]

[제1회 오케스트라 대전의 참가 악단과 우승 후보는?]

[마리 얀스, "부정할 수 없이 현재는 베를린 필하모닉이 세계 최고다. 도전하는 입장이다."]

[오케스트라 대전 우승 후보! 기자단 투표 결과 베를린 필하모닉이 압도적!]

[속보! 로스앤젤레스 필하모닉의 상임 지휘자 구스타프 하나엘 건강 문제로 사임.]

[로스앤젤레스 필하모닉, "우리에게는 배도빈 못지않은 젊고 유능한 악장이 있다. 그가 오케스트라 대전을 이끌 것이다."]

[로스앤젤레스 필하모닉 최연소 악장, 아리엘 핀 얀스(22세). 그는 누구인가?]

[해먼 쇼익, "브루노 발터가 이끄는 런던 심포니 오케스트라의 우승이 확실하다."]

[브루노 발터, "저 푼수 입 좀 틀어막아."]

♪

오케스트라 대전의 의의는 더 아름다운 음악을 추구하는 것이었다.

주변 사람들 말로는 조금씩 경직되던 클래식 음악계가 나로 인해 자극을 받았다고 하는데.

그런 거창한 이야기는 불편할 뿐이다.

내 음악은 오직 나를 위할 뿐이라 말해도 듣는 척도 안 하니 좋은 게 좋은 거라고 생각하며 한 귀를 흘릴 뿐.

먼젓번 삶이나 지금이나 이런 상황은 변함없는 듯하다.

아무튼 그 탓인지 OOTY 운영위원회는 오케스트라 대전이 단발성으로 그치지 않길 바랐다.

아무래도 호황기를 맞이한 클래식 음악계가 더욱 커지길 바란 것 같은데 그 마음이 오케스트라 대전의 심사 방법으로 표출되었다.

심사 위원단을 언제 파견하는지, 누구를 보내는지에 대해 철저히 비밀에 부친 것이다.

예선을 평소 연주회의 퀄리티로 평가하자는 취지인데 다르게 말하면 평소에 열심히 하라는 말.

다들 그게 마음에 걸리는 모양이다.

협연자와의 첫 미팅 시작 전.

가우왕과 함께 미팅실로 들어가려는데 안에서 대화 소리가 들렸다.

오케스트라 대전에 대한 이야기다.

"으으. 좀 불안한데."

"아무래도 그렇지. 마음의 준비라는 게 있잖아."

"나 대학 동창들이 베를린 필하모닉이라고 대단하다고 오케스트라 대전도 우승하겠다고 막 그러는데 웃을 수가 없더라."

"솔직히 우리랑 A는 다르고…… 찰스 브라움도 배도빈 악장이랑 브라움 악장 덕분에 성공한 거니까."

"하아. 진짜 한숨밖에 안 나온다."

"나두."

"나윤희 수석은 어떻게 생각해요?"

"저, 저요? 저는……."

"……우승 못 하면 세프가 얼마나 화낼까?"

"화만 내면 다행이지. 그 성격에 아예 안 돌아올지도 몰라."

안쪽에서 들리는 이야기에 아무 말도 할 수 없었다.

협연자인 가우왕도 분명 들었을 테니 더욱 달갑지 않다.

입장은 충분히 이해하지만 언제부터 베를린 필하모닉이 이렇게 자신이 없었는지 모를 일이다.

안타깝다.

문을 열자 단원들이 인사했다.

"아, 악장. 가우왕 씨."

아니나 다를까 성질 더러운 가우왕이 단원들을 둘러보더니 인상을 썼다.

"꼬맹이, 베를린 필하모닉이 언제부터 이렇게 나약해진 거야?"

내게 하는 말이지만 모두에게 들으라는 듯한 행동이다.

부끄럽지만 나도 그와 같은 생각이다.

"이런 악단이랑 협연이라니 끔찍하군. 돌아가겠어."

가우왕이 돌아섰고 나는 그를 잡지 않았다. 신경질적인 소리를 내며 닫힌 문을 보는 대신 단원들을 살폈다. 그리고 물었다.

"불안한가요."

베를린 필하모닉 B의 악장 소소와 제2바이올린 수석 나윤희, 팀파니스트 디스카우를 제외하고 다들 내 눈을 피했다.

나윤희에게 물었다.

"나윤희 수석."

"……네."

"불안하십니까?"

나윤희는 잠시 망설이다 고개를 끄덕이며 그렇다고 힘겹게 답했다.

그녀가 나아가기 위해 얼마나 노력하고 있는지 알고 있었기에 다시 물었다.

"무엇이 불안한가요."

"아, 아으……."

나윤희는 거의 울 것 같았고 소소가 무엇인가를 말하려 하는 듯한 제스처를 취했다.

하지만 난 소소에게 눈길을 주어 그녀를 말렸다.

나윤희는 소심할지언정 바보도 멍청이도 아니다.

당장 어제저녁만 해도 늦은 시간까지 자신을 갈고닦은 그녀다.

베를린 필하모닉 B에서 가장 믿음직스러운 사람이었기에 나는 단원들이 그녀를 본받길 바랐다.

다시 나윤희에게 시선을 두자 그녀가 말을 더듬으면서 질문에 답했다.

어제 대화의 반복이다.

"다, 다, 다들 저희를 목표로 하고 있는 게 조금…… 부담스러워요."

잠시 간격을 두고 말을 잇는다.

"우, 우리는 아직 지휘자를 따라가지도 못하는데 다른 대, 대단한 악단들이 그러니까요."

제2바이올린 부수석이 나윤희의 말에 동조했다.

"맞아요. 사실 A라면 모를까. 빈이나 암스테르담, 런던에 시카고까지. 우리가 그런 곳을 이길 수 있을 리가 없잖아요."

"정말 그렇게 생각해요?"

그를 보았다. 더 이상 답이 없기에 다시 나윤희에게 물었다.

"그 불안을 달래기 위해 나윤희 수석은 무엇을 하셨나요?"

한참을 망설이던 나윤희가 나를 보았다.

나는 나와 그녀를 믿는다.

나윤희는 나를 믿는 만큼 자신에게 믿음을 가져야 한다.

노력했기 때문.

나와 나윤희의 대화로 단원들에게 그들이 가져야 할 자세를 알려주고 싶다.

그 마음을 아는지.

나윤희는 심하게 떨리는 목소리로, 그러나 더듬지 않고 답했다.

"연습했어요."

자신의 부족함을 알기에 더욱 노력한다. 그럼으로써 한발 더 나아갈 수 있는 것이다.

하지만 이런 이야기.

머리 다 큰 어른들에게 통할 리가 없다. 어렸을 적에 몇 번이고 뛰어넘었던 한계가 이제는 너무나 높게 보이니까.

나조차 부담스러운 마리 얀스의 암스테르담이나 빈 필하모닉이 상대니 충분히 그럴 만하다.

하지만 나윤희는 이 문제의 답을 알고 있다.

그녀가 말을 이었다.

"더 멋진 음악을 하기 위해 계속 노력할 거예요. 그러다 보면 분명, 분명 또 찰스 브라움 같은 멋진 공연을 할 수 있을 테니까요."

"멋진 대답이었어요."

주변을 둘러보고 말했다.

"제가 하고 싶은 말을 나윤희 수석께서 대신해 주셨습니다. 여러분이 느낄 부담이 얼마나 큰지 잘 알고 있습니다. 하지만 무엇이 중요한지도 알고 있죠."

단원들과 눈을 마주하면 말을 마쳤다.

"더 멋진 음악을 하고, 관객에게 더 큰 감동을 주는 것. 그보다 중요한 건 없습니다."

비올라 주자가 나섰다.

"하지만 세프께선 반드시 우승해야 한다고……."

또 다른 사람이 나섰다.

"다들 우리를 목표로 하고 있잖아요. 차라리 A팀이 출전하는 게 좋지 않을까요? A팀이라면 분명 우승할 수 있을 거예요. 사실 저희는……."

"맞아요. 실제로 베를린 필하모닉 B는 아직 빈이나 암스테르담에 비할 바가 아닙니다."

사실이다.

부정하지 않았다.

단원들은 아직 이 일을 받아들이지 못하는 듯 망설였다.

순위 매기기에는 질색하는 나와 푸르트벵글러가 왜 이 대회에 출전하는지 그 이유를 모르는 것 같다.

인터플레이의 언론 공세도 다른 오케스트라와의 자존심 대결도 있지만 푸르트벵글러는 분명히 말했다.

만약 우승을 바랐다면 일정에 문제가 생겨도 푸르트벵글러가 혹은 내가 A팀을 이끌고 참가했을 것이다.

하지만 푸르트벵글러는 베를린 필하모닉 B에게 맡겼다.

"다들 이 대회에 참가하기로 결정되었을 때 푸르트벵글러가 한 말 기억하십니까?"

"너희가 아직 부족함은 잘 알고 있다. 하지만 그런 생각으로 참가한다면 용서치 않는다. B팀이라 해서 2군이라 생각하는 사람이 있다면 지금이라도 짐 싸 들고 나가라고……."

첼로 수석이 토씨 하나 틀리지 않고 말했다.

기억력도 좋다.

덕분에 설명하기 편해졌다.

"맞습니다. 푸르트벵글러는 우리가 이번 대회를 통해 성장하길 바랐습니다. 상황이 조금 달라졌을 뿐이에요. 대회를 시작하기 전, 우리는 성과를 냈고 성공했습니다. 그의 말대로 2군이라고, 부족하다고 생각하지 않길 바랍니다. 여러분이 우러러보고 있는 A팀과 마찬가지로 당신들도 베를린 필하모닉이에요. 세계 최고의 오케스트라 베를린 필하모닉의 단원입니다. 여러분은 2군도, 수습단원도 아닌 베를린 필하모닉의 연주자들입니다."

나윤희를 보며 말했다. 두 손을 앞에 두고 주먹을 꼭 쥐고 있다.

"오케스트라 대전은 그것을 증명하는 자리가 될 거예요."

다들 각자 열심히 하고 있을 거다.

그렇지 않다면 '찰스 브라움'을 그렇게 빠른 시간 안에 내가 만족할 수 있을 정도로 소화할 수 없었을 테니까.

나는 이들이 좀 더 자신감을 가졌으면 좋겠다.

이들의 선배, A팀과 푸르트벵글러처럼 베를린 필하모닉이라는 이름에 자부심을 느끼게 해주고 싶다.

그 열정을 전해주고 싶다.

그런 마음이 더욱 성장할 수 있는 원동력이라 생각하기에 OOTY 오케스트라 대전이 의미 있는 것이다.

"그런 상황에서 모두의 목표가 되는 부담은 잘 압니다. 하지만 그 무게에 눌리면 더 이상의 발전은 없을 거예요. 여러분의 역할은 관객에게 감동을 주는 것이지 다른 음악가를 이기는 게 아닙니다."

비록 경쟁이라는 자극은 서로의 실력 향상에 도움이 되지만 그것에 매몰되어서는 안 된다.

"우리의 음악을 하죠."

단원들이 고개를 끄덕였다.

그중 디스카우가 손을 들었다.

"네."

"한마디 거들어도 되겠소, 악장?"

"그럼요."

디스카우가 일어서서 단원들을 둘러본 뒤 말했다.

"커흠! 들어온 지 얼마 안 돼서 이런 말 하기 뭐하지만 내가 생각했을 때 베를린 필하모닉은 최고요. 최고. 다들 부담스러워해서 어찌 달랠까 고민했는데 보시오. 우리 지휘자인 배도빈 악장이 우승 못 해도 된다 했으니 다들 부담감 같은 거 집어치우고 음악가면 음악가답게 열심히 연습이나 합시다! 안 그렇소?"

다들 황당한 눈으로 그를 보았다.

"아뇨."

웃으며 말했다.

"우승 못 하면 용서 못 해요."

밖으로 나오자 가우왕이 멀찍이 담배를 피우고 있었다.

뒤로 가서 엉덩이를 걷어찼다.

"억!"

"왜 우리 단원들 기를 죽여요?"

"그런 한심한 놈들인 줄 알았더라면 부탁도 안 했어. ……미안. 너도 고생이겠네."

다시 한번 걷어찼다.

"내일 다시 봐요. 다들 잠깐 흔들렸을 뿐이에요."

가우왕이 눈매를 좁혔다.

"너 좀 변했다?"

"뭐가요?"

"아니, 뭐……."

"하고 싶은 말 있으면 그냥 해요. 답답하게 굴지 말고."

"됐어."

가우왕이 담배를 끄고 쓰레기통에 버린 뒤 말했다.

"네가 그렇게 말한다면 한 번 더 만나보지."

실은 나라도 협연을 하러 왔는데 악단 분위기가 저렇다면 몹시 실망했을 것이다.

가우왕의 행동도 충분히 이해할 수 있다.

하지만 그건 그거고 서운한 건 서운한 일.

어차피 독주자와 콘서트마스터는 자리부터 가까울 수밖에 없으니 소소와 많이 붙여놔야겠다.

· 50악장 ·

몰락과 비상

2023년 2월에 접어들면서 인터플레이 고객센터에 클레임이 폭증하기 시작했다.

"안녕하십니까. 안식과 즐거움을 드리기 위해 최선을 다하는 인터플레이입니다. 무엇을 도와드릴까요?"

-네, 아내랑 함께 영화를 보는 중에 갑자기 연결이 끊어져서요. TV 말고 핸드폰이나 PC로 보려 해도 나오지 않습니다.

"이용에 불편을 드려 죄송합니다. 어떤 콘텐츠를 감상하고 계셨는지 알려주신다면 속히 해결해 드리도록 하겠습니다."

-블랙나이트 오리진입니다.

"네. 잠시만 기다려 주십시오."

문의자의 개인 정보를 확인한 뒤.

상담자가 음소거 버튼을 누르고 서버에 상황을 기입, 기술 관련 부서로 이관하였다.

그러나 곧 대응불능이라는 메시지만 돌아왔다.

당황한 상담자가 일어나 팀장을 찾았다. 상황을 설명하니 그녀의 상사는 고개를 저으며 말했다.

"어쩔 수 없죠. 사과하시고 빠른 시일 내에 서비스 복구를 약속드린다 하세요."

"하지만 그럼 아무것도 해결해 드리지 못하는 건데……."

팀장이 타이르듯 말했다.

"앤, 당신은 아무것도 해결해 주지 못해요. 그리고 이 관련 건으로 오늘 오전에만 1,700건이 넘게 항의가 들어오고 있어요. 기술부서에서 단기간에 해결할 수 없다고 판단했고 우리는 그 사실을 안내해야 합니다."

"……알겠습니다."

팀장의 말대로 이러한 일은 상담사 앤만의 문제가 아니었다.

1월 말부터 조금씩 인터플레이의 온라인 서비스에 작은 문제가 생기기 시작했는데 지금에 이르러선 걷잡을 수 없이 커지고 있었다.

온라인 고객센터와 전화상담센터 등이 마비가 올 정도로 다양한 문제들이 제보되기 시작했고, 언론은 이 같은 사실을 보도하고 나섰다.

처음에는 대수롭지 않게 여기던 운영진도 사태의 심각성을 깨닫고 급히 대책위원회를 마련.

그러나 일주일이 지나도 대책위원회는 이렇다 할 진전을 보이지 못했고 제임스 버만의 진노를 샀다.

대책위원장이 운영진 앞에 섰다.

인터플레이의 이사 중 한 명이 물었다.

"대체 문제가 뭡니까?"

"파악 중에 있습니다. 아마 연초에 시작된 플랫폼 리뉴얼이 원인이 아닐까 추측……."

"아마? 추측이라 하셨습니까? 지금 환불 요청이 얼마나 들어오는지 제대로 인식하고 있습니까?"

"환불뿐만이 아니라 브랜드 이미지가 날로 떨어지고 있습니다. 안식과 즐거움을 준다는 인터플레이가 스트레스를 만든다는 말 못 들었어요?"

"당장 주가부터 떨어지고 있어요! 대책위원장은 일주일간 문제 파악조차 못 하고 뭘 했습니까?"

대책위원장이 땀을 뻘뻘 흘렸다.

그는 누구보다도 인터플레이가 처한 상황을 잘 알고 있었지만 대체 어디서부터 문제가 발생했는지 알 수 없었다.

갑작스러운 사업 확장으로 인터플레이는 직원을 채용하는 것보다는 기술을 가지고 있는 여러 중소기업을 합병해 일을 처리해 왔었다.

또 인력이 부족했기에 하청을 주어 필요한 일을 처리하곤 했는데 이번 플랫폼 전면 개편 역시 같은 방식이었다.

그런데 문제는 외부 업체에서 제작, 관리하던 일이었기에 인터플레이 소속 직원들 중에 새롭게 만들어진 플랫폼을 다룰 수 있는 사람이 없는 것이었다.

부랴부랴 하청업체에 문제 파악과 해결을 독촉했지만 그들 역시 그 아래 외주 업체를 두고 있었다.

그것이 현재 인터플레이에 생긴 문제들을 신속하게 파악하지 못하는 이유였다.

여러 분야에 걸쳐 이뤄지던 일에 문제가 생기자 인터플레이는 스스로 해결할 능력이 없었고 하청 업체들은 그들이 외주를 준 또 다른 기업에게 책임을 미루었다.

법적인 의무에 대해서는 인터플레이가 하청업체에 손해배상을 청구할 수 있도록 준비해 두었지만 이미 인터플레이는 시장에서 신뢰를 잃고 말았다.

제임스 버만은 방도는 없이 책임을 독촉할 뿐인 운영이사회를 보며 이를 갈았다.

그때 제임스 버만의 비서가 급히 들어섰다. 그리고 문서 하나를 건네며 귓속말을 했다.

"런던 심포니 필하모닉의 실황 스트리밍이 중단되었습니다."

"뭐라고?"

제임스 버만이 비서를 보며 되물었다.

런던 심포니 필하모닉의 실황 스트리밍은 인터플레이가 2023년, 기술 혁신을 통해 준비한 서비스였다.

현실과 매우 유사한 수준의 VR 환경과 음질을 실시간 중계로 관람할 수 있었고 인터플레이 사용자들은 이를 30유로라는 적지 않은 비용으로 반복해 감상할 수 있었다.

"……복구 불능입니다."

쾅!

제임스 버만이 테이블을 내려쳤다.

이사들이 두려워 입을 다물고 있는 도중, 제임스 버만이 핸드폰을 꺼내 인터플레이의 자회사 레독의 대표에게 전화를 걸었다.

얼마 후 케이 볼튼이 전화를 받았다.

-예, 회장님.

"지금 당장…… 통스 뒤샹을 데리고 내 눈앞에 오시오."

-그, 그게…….

"감히 내 인내심을 시험하려 들지 마시오."

-그, 그럴 리가 있겠습니까. 하, 하지만.

케이 볼튼이 어렵게 말을 꺼냈다.

-통스 뒤샹이 사라졌습니다.

♪

한편 인터플레이의 상황을 지켜보고 있던 최우철은 자꾸만 올라가는 입꼬리를 내릴 수 없었다.

'이런. 이런 이런 이런. 이렇게 즐거울 수 있나.'

통스 뒤샹을 비롯해 유럽 내 8개 업체를 손에 넣은 최우철의 머릿속에는 작년부터 이미 이러한 환경을 그리고 있었다.

인터플레이가 다시 한번 도약하기 위해 대대적인 사업 확장과 플랫폼 개편을 준비한다는 정보를 입수.

그룹 특성상 자체 기술보다는 M&A와 하청에 의존하고 있다는 것에 착안하여 인터플레이의 사업을 망가뜨리고 있었다.

언젠가는 그들도 문제의 원인을 추적할 수 있을 테지만 이렇게 비열한 짓으로 세계적 기업의 사장직까지 오른 최우철에 닿을 수는 없었다.

인터플레이가 현재 어디까지 파악하고 있는지는 알 수 없었지만 곧 있으면 올해 초에 제작한 음반에도 문제가 있음이 밝혀지면 제임스 버만의 속이 뒤집힐 거라 생각했다.

'자연스레 음악가들도 떠나겠지.'

어느 음악가가 자신의 연주를 엉망으로 서비스하는 곳과

계약을 하겠으며 심지어 '기술적 문제'로 서비스조차 안 된다는데 자신들의 소중한 '기록'을 넘겨줄 리가 없었다.

시간문제일 뿐이다.

게다가 그에게는 카드 하나가 더 남아 있었다.

최우철의 조커 카드가 막 모습을 보였다.

"반갑습니다, 한스 레넌 기자."

"안녕하십니까."

한스 레넌의 눈에는 독기가 차 있었다.

영국의 저명한 잡지 그래모폰의 편집장까지 올랐던 그는 현재 좌천에 좌천을 거듭했다.

단 1년 만에 이뤄진 일이었으며 그는 현 편집장의 허가가 없으면 기사조차 낼 수 없는 입장에 처해 있었다.

인터플레이가 원하는 내용을 싣지 않았던 그의 신념에 대한 보복이었다.

배도빈이 어렸을 적부터 그에 관련한 기사를 써 왔던 한스 레넌은 이러한 상황에 크게 분노해 있었고.

최우철은 그에게 손을 뻗었다.

그리고 한스 레넌이 그 손을 맞잡은 것이었다.

"준비는 잘 되고 있으십니까?"

"네. 증인도 증거도 확보해 두었습니다. 결코 이 사안에서 벗어날 수 없을 겁니다."

"아주 좋습니다."

"법정에서도 분명."

"아, 그 부분은 신경 쓰지 않으셔도 됩니다. 어차피 돈 많은 작자들이야 빠져나가는 거 일도 아니고 설사 유죄 판결을 받는다 해도 금방 재기할 수 있으니까요."

"그건 그렇지만……."

"이슈가 되는 게 중요합니다. 그 자체만으로도 충분하니까요. 아, 본인의 명예를 위한 일이라면 저도 개인적으로 지원해드리죠."

"……."

한스 레넌이 생각을 하다 이내 물었다.

"이제 터뜨리는 일만 남았습니다."

"네. 다음번에 만날 때는 축배라도 들죠."

"그전에…… 확인하고 싶은 일이 있습니다."

"무엇입니까?"

한스 레넌은 최우철이 두려웠다.

인터플레이가 무너지고 유럽에 최우철이 콘텐츠 사업을 시작한다면 또 다른 형태의 독과점이 일어나지 않을까 생각했다.

자연스럽게 이익 집단을 위한 언론 플레이가 또다시 발생할 테고 그것은 쉽게 예상할 수 있었다.

그렇게 된다면 주체가 달라질 뿐, 지금과 다를 바 없다고 생각했다.

단지 그때는 최우철을 무너뜨릴 사람이 존재하지 않는다는 점만 제외하고 말이다.

한스 레넌이 입을 열었다.

"저는 인터플레이가 무너질 거라고는 한 번도 생각해 본 적 없었습니다. 그런데 당신을 만난 뒤로 인터플레이보다 당신이 더 두렵더군요. 말씀해 보십쇼. 당신이 제2의 제임스 버만이 아니라는 걸 제가 어떻게 믿을 수 있죠?"

한스 레넌의 말에 최우철이 크게 웃었다.

조금 소름 돋기까지 한 그 모습에 한스 레넌은 침을 꿀꺽 삼키며 대답을 기다렸다.

간신히 진정한 최우철이 입을 뗐다.

"그러니 지금 걱정하시는 게 정확히 무엇입니까?"

"……베를린의 독주입니다."

최우철이 의아한 표정을 짓자 한스 레넌이 말했다.

"베를린 필하모닉과 배도빈의 음악은 더할 나위 없이 훌륭합니다. 하지만 그것만이 정답이 되어서는 안 되죠. 하지만 현재 베를린 필하모닉의 위상과…… 당신이 함께하게 된다면 그럴 수 있겠죠."

"아."

최우철이 손바닥을 보이며 좌우로 흔들었다.

"오해가 있으신 듯합니다만 저와 베를린 필하모닉은 아무런 연관이 없습니다. 물론 도빈이도요."

"……당신 뒤에 WH가 있다는 것쯤은 저도 파악하고 있습니다. 게다가 배도빈과 최지훈의 관계를 모르는 사람은 없죠. 더욱이 베를린 연합은 인터플레이를 상대로 전쟁을 선포할 정도였습니다. 이래도 부정하시는 겁니까?"

"그럼요. 정말 아무 상관 없습니다."

최우철이 무슨 말을 하는 거냐는 듯, 조금 황당한 표정을 지었다.

그 모습에 당황한 쪽은 도리어 한스 레넌이었다. 그가 재차 물었다.

"당신은 인터플레이에 반해 이 일을 시작하지 않았습니까?"

"하하하하하하!"

한참을 웃은 최우철이 고개를 저으며 사과했다.

"이거 미안합니다. 너무 웃겨서 말이죠."

"……."

"음. 이건 기자님이 사업을 해보신 적이 없으셔서 그런 것 같아 생기는 오해인 것 같습니다. 어떤 사업가도 그런 동기로 시작하진 않아요. 백이면 백 망합니다."

최우철이 시가를 꺼내 한스 레넌에게 권했다. 한스 레넌이 그것을 받아들자 커터와 성냥이 든 케이스를 밀어주었다.

그런 도중에도 최우철의 말은 계속되었다.

"기자님은 지금 정의의 편에 서 계신 거겠지만 저는 달라요. 저는 도리어 인터플레이의 사업 방향이 틀리다고 생각하지 않습니다. 실제로 크게 성공했으니까요. 제가 왜 그들을 무너뜨리는지 궁금하시겠죠? 하지만 안타깝게도 저는 기자님과 같은 목표를 가지고 있지 독과점 시장을 주도하는 저들을 벌하고자 하는 마음은 조금도 없습니다."

최우철도 시가에 불을 붙였다.

"그렇다고 사심으로 지훈이에게 이득을 주진 않을 겁니다. 제 아들이지만 저를 닮아 능력도 좋고 자립심도 아주 높거든요. 베를린 필하모닉이라. 저와는 아무런 관계도 없죠. 있더라도 마찬가지일 겁니다."

"……."

"저는 사업가입니다. 돈이 되는 일이면 뭐든 하죠. 다소 법에 어긋나는 일도 합니다. 그를 통해 잃는 것과 얻는 것을 저울질하면서 말이에요. 지금은 인터플레이가 가진 것이 탐이 날 뿐입니다. 제가 콘텐츠 사업을 한다면 아주 공평할 겁니다. 인기가 많은 작품은 더 많은 기회를 얻을 것이고 그렇지 못한 것은 도태되겠죠. 아주 전통적인 시장의 논리입니다."

최우철이 담배 연기를 길게 내뿜은 뒤 말했다.

"뭐, 결론적으로 인터플레이가 하는 것처럼 특정 단체 밀어

주기가 결코 개인의 욕심에 의하진 않을 거라고는 말해드릴
수 있겠네요."

'미친놈이다.'

한스 레넌은 생각했다.

합리적이란 말과 미쳤다는 말이 이렇게나 잘 어울리는 사람
이 또 있을까?

기자였기에 여러 형태의 인물상을 만나본 한스 레넌이었지
만 그가 보기에 최우철은 미친 사람이었다.

지극히 현실적이고 명석한 사업가였지만 이렇게까지 철저
히 자본에 미친 사람은 처음이었다.

그는 자신의 손이 떨리는 걸 보이고 싶지 않아 필사적으로
자신의 동요를 보이지 않았다.

"그러니 당신은 당신의 신념을 이루는 데에만 신경 쓰면 됩니다.
인터플레이. 존재해서는 안 될 아주 나쁜 놈들이지 않습니까?"

한스 레넌은 고개를 끄덕였다.

목표가 같을 때는 함께할 수 있겠지만 그 뒤에는 거리를 두
자고 그렇게 생각하며 말이다.

"꼬맹이, 너 나한테 뭐 섭섭한 거 있나?"

"그럴 리가요."

"그럼 네가 말해도 될 걸 왜 자꾸 소소하고 하게 해?"

"이번 기회에 다시 친해지면 좋잖아요."

"안 좋아. 네가 모르는 거 같은데 쟤하고 만나면 자꾸 어디가 아프다니까?"

"무슨 말이에요?"

"어지럽다든지 갑자기 몸살이 난다든지 말이야."

"거짓말하지 말아요."

"진짜라니까? 아무튼 난 너랑 이야기할 거니까 그렇게 알아둬."

배도빈이 한숨을 내쉬고 고개를 끄덕였다. 그러고는 들으라는 듯 중얼거렸다.

"오케스트라 대전이 끝나면 곡 하나 만들어 주려 했는데 이렇게 깐깐하다니까."

"……방금 뭐라 했어?"

"아무 말도 안 했는데요."

"곡 만들어 준다 했잖아!"

"들었으면서 왜 물어요?"

배도빈의 뻔뻔함에 가우왕이 이맛살을 찌푸렸다.

마치 순순히 굴지 않으면 곡을 써주지 않겠다고 말하는 것 같았다.

"너 지금 나 협박하냐?"

"네."

"요 꼬맹이가."

가우왕은 부들부들 떨었지만 안 한다고는 차마 말하지 못
했다. 그렇다고 곡을 받고 싶다고 말하기에는 자존심이 허락
지 않아 말을 돌렸다.

"그러고 보니 구스타프 하나엘 영감이 쓰러졌다던데. 들었냐?"

"네."

직접 만나본 적은 없었으나 배도빈은 그의 연주회를 즐겼었다.

토마스 필스 사후 침체될 수 있었던 로스앤젤레스 필하모닉
의 영광을 이어가던 구스타프 하나엘의 병환은 그에게도 안타
까운 일이었다.

"거기도 너처럼 건방진 꼬맹이가 한 명 있는데."

배도빈이 인상을 쓰자 가우왕이 어깨를 으쓱이며 말했다.

"아리엘 핀 얀스라고 얀스 영감 손자야. LA 필 최연소 악장
인데 용케 오케스트라 대전에 참가한다더라. 지휘자 중에선
너 다음으로 어릴걸?"

"대단하네요. 어린 나이에."

"……."

가우왕이 배도빈을 보았다.

아직 성인도 안 된 만 17살의 배도빈은 이미 베를린 필하모
닉의 정식 후계자로 근 1년간 지휘활동을 계속해 오고 있었다.

"네가 할 말이냐?"

배도빈이 어깨를 으쓱였다.

♪

가우왕과 소소가 친해지길 바라서 조금 괴롭혔더니 이제 눈을 마주친다고 해서 기겁하진 않게 되었다.

멋진 발전이다.

그러는 사이 협연 준비는 차근차근 준비되었고 공연 당일이 밝았다.

마지막 리허설을 위해 평소보다 일찍 출근했는데 무슨 일인지 단원들이 나보다 일찍 도착해 연습 중이었다.

기특한 마음에 괜히 기분이 좋아져 잠시 연습실 밖에서 지켜보고 있다가 안으로 들어섰다.

"안녕하세요."

"악장."

인사를 나누고 하던 일을 계속하라 하니 연습을 재개한다. 뒤에서 그것을 듣고 있자니 다른 단원들도 평소보다 빨리 출근했다.

내친김에 아직 자고 있을 가우왕을 깨워 빨리 오라 재촉했고 무대 위에서 리허설을 하였다.

좋은 느낌이다.

다들 자신 있게 연주하는 모습을 보니 이들 가슴에 조금씩 자부심이 생긴 듯하다.

"배도빈 악장?"

카밀라가 연습실을 찾았다.

"네."

"잠깐 괜찮을까요?"

복도로 나섰더니 카밀라가 기분이 좋은지 웃고 있었다.

"무슨 일이에요?"

"여기서는 조금 그렇고 사무실에서 얘기해 줄게."

그런가보다 싶은데 카밀라가 다시 입을 열었다.

"혹시 뉴스 봤어?"

평소에도 TV는 거의 안 본다.

고개를 젓자 카밀라가 신이 나서 말하기 시작했다.

"인터플레이 요즘 엄청 곤란한가 봐. 다들 난리도 아니야. 자."

카밀라가 핸드폰을 펼쳐 내게 보여주었다.

인터플레이의 서비스에 문제가 많아 이용자들이 여러모로 불편을 겪는 모양이다.

"문제가 많나 보네요."

"별로 감흥이 없나 봐?"

"신경 안 썼으니까요. 그래도 단원들이 보면 통쾌해하겠네요."

"아무렴."

푸르트벵글러의 말이 맞다.

단원 중에는 짖는 개를 무시할 수 없는 사람도 있으니까.

무서울 수도, 더럽게 생각할 수도 있고 아마 대부분은 불쾌하게 여길 것이다.

아무래도 예민하다 보니 그 영향을 받지 않긴 힘들 터.

모두가 나와 같을 순 없다.

그래서 인터플레이 측에서 나오는 이야기에 어떻게 대응해야 할지 고민했지만.

그렇다고 나도 짖을 순 없지 않은가?

그래서 자부심을 가질 수 있도록 환경을 만들어주고 싶었다.

'찰스 브라움'을 만들 때 그렇게 어렵게 만든 것도 베를린 필하모닉만이 연주할 수 있는 최고의 곡을 만들어 자부심을 느끼게 해주고 싶었기 때문.

결과적으로는 상업적으로도 크게 성공했고 그 때문에 예상치 못한 부담감이 생긴 것도 대화와 연습으로 해결하는 중이니 나만의 방법이 어느 정도는 통했으리라.

사무실에 도착하니 반가운 얼굴이 둘이나 있었다.

진 마르코와 나카무라 료코다.

"마르코. 료코."

마르코가 웃으며 다가와 나를 껴안았고 료코는 여전히 투지에 불타고 있다.

눈에서 불이라도 나올 것처럼 나를 노려본다.

"어떻게 된 거예요?"

"케르바 슈타인이랑 악장단이 B팀 인원에 대해 건의했잖아?"

40명 구성의 베를린 필하모닉 B는 확실히 규모가 큰 편은 아니었다. 챔버 오케스트라 수준에 타악기와 금·목관 연주자 몇몇이 함께할 뿐이다.

더군다나 A팀에 공석이 생기면 B팀에서 채우는 식으로 운영하던 기존 체계가 조금씩 어긋나기 시작했다.

내가 직접 지휘를 맡으면서 B의 스케줄이 늘었기에 A도 B도 인원 확충이 절실했던 거다.

그러다 보니 악장단 회의에서도 몇 번 안건이 나왔는데 푸르트벵글러의 반대로 몇 번 무산되었다.

이유는 수준.

푸르트벵글러의 깐깐한 기준에 부합하는 연주자가 많지 않았던 탓이다.

엄격한 기준을 두는 건 찬성하는 입장이나, 그렇다고 점점 쌓여가는 부담을 무시할 수도 없는 법.

그가 휴가를 간 사이 잠시 정권을 쥔 케르바 슈타인이 인원 확충에 힘쓰는 것은 바람직하다.

서로 워낙 바쁜 탓에 공식 오디션은 못 하지만 악장단만이라도 모여 보자고 이야기 나눈 바 있었다.

그리고 그 후보들이 이 두 사람인 모양.

솔로 오보이스트로 활동한다 했던 마르코도, 아직 학부생인 나카무라 료코도 생각지 못했는데 이렇게 보니 반갑다.

"두 사람 모두 A로 가기에 충분했는데 군이 B로 지원하더라고. 그래서 오디션을 보려 했는데 면접할 때 두 사람 모두 너랑 친분이 있다고 해서."

"아."

"어떻게 할래?"

절차대로 해도 괜찮지만, 카밀라는 센스 좋게 내 의사를 물어보는 것으로 배려해 주었다.

푸르트벵글러가 그랬던 것처럼 베를린 필하모닉 B를 어떻게 운영할지 결정권을 준 것이다.

'음.'

이 두 사람에 대해서는 잘 알고 있다. 오디션을 군이 볼 필요가 없고 또 당분간 따로 시간을 내기도 부담스럽다.

고민할 이유 따위 조금도 없다.

"두 사람 모두 채용할게요."

"그래."

마르코가 놀랐다.

"그, 그래도 되는 거예요?"

"다른 악단이나 다른 사람은 안 되지만 예외는 있죠. 빌헬름 푸르트벵글러와 배도빈이 그러겠다는데 말릴 수 있는 사람 있을까요?"

카밀라 앤더슨의 말에 마르코가 고개를 끄덕였다.

뭔가 폭정을 저지르고 합리화 받은 묘한 기분이 드는데 눈에 료코가 들어왔다.

주먹을 꽉 쥐고 있다.

벌써부터 투지가 넘쳐나니 베를린 필하모닉 B에 좋은 자극을 줄 거라 기대된다.

"만세!"

사교성이 좋은 마르코도 분명 좋은 영향을 미칠 테니 벌써부터 든든하다.

"그럼 공연 준비 때문에 먼저 가볼게요. 내일은 휴무니까 모레 단원들이랑 인사하도록 해요."

"그래! 잘 부탁해요, 감독님!"

"악장이에요."

마르코와 웃으며 인사했고 료코에게도 인사를 건넸다.

사실 좀 더 오래 걸릴 줄 알았는데 이렇게나 빨리 와줘서 고맙다.

어찌 되었든 카밀라가 내게 직접 연결해 줄 정도라면 서류 상으로라도 기본 소양은 인정받았다는 뜻이니 말이다.

"축하해."

"……오디션 왜 안 봐?"

준비를 많이 한 모양이다.

"네 연주는 들어봤으니까. 처음에는 적응하기 힘들겠지만 잘 해낼 거라 믿어."

"각오하고 있어."

"그래. 얼굴만 봐도 알 것 같아. 모레 봐."

"……."

고개를 돌려 카밀라와 눈을 마주했다.

"그럼 공연 준비 때문에 먼저 가볼게요. 혹시 가능하면 두 사람이 오늘 공연 볼 수 있도록 임시석이라도 마련해 주세요."

"그래. 보조의자라도 가져다 놓으면 되니까."

그렇게 인사하고 복도로 나오자 괜히 뿌듯해졌다.

지휘자 대기실에서 커피 알을 60개 세어 갈기 시작했다. 입자를 제법 크게 남긴 뒤 물을 따르자 향이 올라오기 시작했다.

항상 하던 행동을 반복할 때 마음이 안정되는 법.

조금 들뜬 마음을 가라앉히고 평소대로 지휘하기 위해 마음을 가라앉히다 보니 어느새 무대 위로 올라갈 시간이 되었다.

오케스트라 대전이라.

누가 생각했는지 참 재밌는 일을 생각했다.

다시 태어난 뒤 경쟁할 만한 사람이 딱히 없었는데, 예전에는 명사들과 겨루기를 즐기기도 했다.

그 과정이 너무나 즐거웠다.

마리 얀스와 빈 필하모닉, 제르바 루빈스타인 등과 진검승부를 벌인다고 생각하니 기껏 진정했던 가슴이 다시 뛰기 시작한다.

'안 되지. 안 돼.'

오늘은 오늘의 연주만을 생각하자.

발을 옮겼다.

언제나 그러하듯 베를린 필하모닉 콘서트홀은 내빈과 관객, 기자들로 가득 찼다.

공연 직전 베를린 필하모닉 디지털 콘서트홀에 접속한 사람은 200만 명에 달했다.

모두 피아노의 황제라 불리는 가우왕과 베를린 필하모닉의 첫 협연을 듣기 위함이었다.

기자들이 음악계 유명 인사들에게서 인터뷰를 따는 도중 출장을 온 이시하라 린이 한 사람을 발견했다.

밝은 금발은 자연스럽게 웨이브가 져 어깨에 닿았다. 푸른 눈과 얇은 눈썹은 그보다 아름다울 수 없었다.

이마에서 코로 이어지는 선은 우아하기 짝이 없었다.

"와."

이시하라 린이 촬영 기자를 마구 때리기 시작했다.

"아, 왜 그래요?"

"따라와. 대박이야."

이시하라 린이 인파를 헤치고 그에게 다가가 마이크를 들이밀었다.

"안녕하세요, 아리엘 핀 얀스 악장. 아사히 신문의 이시하라 린입니다. 잠시 인터뷰 가능하신가요?"

아리엘 핀 얀스가 이시하라 린을 보았다.

'미쳤어. 이렇게 예뻐도 되는 거야?'

눈을 마주하자 이시하라 린은 고개를 돌릴 수가 없었다.

잘생긴 사람은 수없이 많이 만났지만 아리엘 핀 얀스는 마치 이 세상 사람이 아닌 듯했다.

그가 입을 열자 이시하라 린은 숨이 멎을 것만 같았다.

"하찮군. 거절하겠어."

"……네?"

"무례하군. 두 번 거절하게 할 생각인가?"

아리엘 핀 얀스가 가슴 주머니에 꽂힌 하얀 장미를 꺼내 이시하라 린에게 향했다.

"오늘의 만남은 이것으로 만족하지."

아르엘 핀 얀스가 콘서트홀로 돌아갔고 자신도 모르게 하얀 장미를 받은 이시하라 린은 얼이 빠져 버렸다.

"쟤…… 뭐니?"

"심각한 흑염룡 환자 같은데요?"

무대 아래에서 기다리니 꼬맹이가 왔다.

8년 전이나 지금이나 저 작은 몸이 얼마나 크게 느껴지는지 직접 만나보지 못한 사람은 모를 것이다.

"가요."

차분하고 확고한 목소리.

고개를 끄덕였다.

무대로 오르자 마치 처음 무대에 오른 것처럼 가슴이 뛰었다.

솔로로 활동한 지 20년이 지났음에도 나를 이토록 두근거리게 하는 사람은 꼬맹이뿐이다.

피아니스트로서는 경쟁하고 싶고 바이올린을 켤 때는 함께하고 싶다.

녀석의 곡은 그 누구도 아닌 내가 연주해야 한다.

지휘봉을 휘두르는 모습을 보면 나도 그 일부가 되어 노래하고 싶어진다.

인사를 마친 꼬맹이가 악단을 마주했고 이내 고개를 돌렸다.

경연을 벌였던 그때.

피아노 너머로 보였던 그 어린 모습과 겹친다.

몸은 성장했음에도 저 진지한 눈빛만은 조금도 달라지지 않았다.

고개를 끄덕였다.

꼬맹이가 지휘봉을 휘둘렀고 이내 곡이 시작되었다.

라흐마니노프 피아노 협주곡 3번, D단조.

오케스트라가 묵중하게 연주를 시작했고 곧 내 차례가 왔다.

이는 두려움이다.

듣는 사람은 그 우울함에 목 놓아 울고 연주자는 경탄과 함께 손끝을 떨어댄다.

조금씩, 조금씩 음이 확장된다.

금관과 목관이 표현하는 무게감과 현악기들의 애절한 선율.

빡빡하게 들어선 음표를 연주할 때마다 베를린 필하모닉 B는 놀랍도록 어울려온다.

연습하면서 느꼈지만 이 젊은 오케스트라는 알 수 없는 힘을 가졌다.

아직 성숙하지 못한 이들이 눈에 보일 정도로 발전해 나가는 과정을 직접 확인하면서, 나는 그것이 꼬맹이에 대한 믿음 때문이라는 것을 알 수 있었다.

그리고 카덴차.

'오시아[1]는 없어요.'

'당연하지.'

나와 꼬맹이의 협연이다.

라흐마니노프는 1악장의 카덴차가 너무 어려울 것을 감안한 모양이지만, 시대가 흘러 피아니스트가 성장할 것은 고려하지 않은 것 같다.

확실히 건반을 더럽게 넓게 쓰면서도 박자는 난해하고 음표는 빡빡하지만.

이 무대에 타협이란 있을 수 없다.

더 높은 연주를 위해서라면 무엇이든 할 것이다.

1분 40초쯤 되는 나와 꼬맹이의 오리지널 카덴차.

보다 빠르고 사용하는 건반은 더욱 늘었다. 그러면서도 음은 더욱 명확해져 비극이 더욱 와닿는다.

그래. 이것이다.

나는 이런 연주를 하고 싶었다.

내 한계에 도전하면서, 그 경계를 오가며, 나 자신을 시험할 수 있는 가슴 뛰는 무대.

나는 아직 더 나아갈 수 있다.

한계에 이르긴 멀었다.

....

1) Ossia: 연주하기 쉽도록 수정된 악보.

나이 많은 피아니스트들은 한두 명씩 안주하기 시작했다.

모두 한때 존경했고 목표로 삼았던 이였지만 지금은 순순한 노인일 뿐.

그들처럼 멈추고 싶지 않다.

꼬맹이와 홍이라는 피아니스트의 연주회.

그를 뛰어넘는 연주회를 할 수 있을까?

답은 정해져 있다.

할 수 있다.

나 가우왕이 못 할 리 없다.

나를 가슴 뛰게 하는 꼬맹이가 있고 그 꼬맹이가 지금 내 연주에 반응하고 있다.

녀석과 내가 아니면 그 누가 오를 수 있을까.

녀석과 함께라면 분명, 분명 언젠가 마주할 한계 따위 언덕에 지나지 않을 터.

어려운 길 따위 그래봤자 길이다.

나아간다면 분명 나는 정상에 있을 것이다.

음악사에 기록될 이 거인과 함께하기 위해, 기필코 정상에 오를 것이다.

♪

모든 사람이 배도빈을 찬양한다.

존경하는 할아버지도 베를린의 마왕에 대해서는 칭찬을 아끼지 않는다.

로스앤젤레스 필하모닉에서도 마찬가지. 토마스 필스 경 또한 배도빈을 칭찬하곤 했다.

직접 들어보니.

확실히 그는 내 안의 빙하를 녹일 만한 음악을 하고 있었다.

'배도빈.'

나 아리엘 핀 얀스.

자랑스러운 마리 얀스의 피를 물려받고 볼프강 아마데우스의 정신을 잇는 자.

저 검은 용의 불길에 닿아 넋을 놓고 말았다.

그러나 폭군이라더니, 저렇게 상냥한 폭군도 있단 말인가.

악단을 조율하는 능력과 표현력은 가히 신과 비견할 만하지만 베를린 필하모닉 B는 그에 훨씬 미치지 못한다.

A라면 모를까.

지금의 배도빈은 쇠사슬에 묶인 왕이다.

'이길 수 있다.'

나의 고결한 정신이라면.

짙게 깔린 어둠을 몰아내고 저 거대한 마왕의 심장에 롱기누스의 창을 박아 넣을 수 있다.

웃음을 보이지 않기 위해 검지를 미간에 두고 입을 가렸다.

그러면서도 두 눈과 귀는 무대를 놓치지 않았다.

'잘 들었다. 검은 용의 마왕이여.'

♪

깊이를 더한 가우왕과 잘 따라와 준 단원들이 잔뜩 지쳐 있다.

그러지 않아도 높은 난도의 곡에 욕심을 더했으니 멀쩡한 것이 이상한 일.

혈기가 넘치는 이 어린 몸이 고마웠다.

"수고했어요."

"고생하셨습니다."

단원들과 인사를 나누고 가우왕에게 향했다.

가우왕이 나를 보며 씩 웃었다.

나 역시 오늘의 연주가 마음에 들었기에 따라 웃으며 악수를 나누었다.

가우왕 같은 남자와 함께할 수 있다는 것은 큰 축복이다.

소소가 다가왔다. 가우왕을 보더니 이내 가까이 다가간다.

그가 잠깐 흠칫했고 소소는 그런 그를 살짝 안아주었다.

가우왕은 손을 떨었지만 이내 소소를 안았다.

남매의 화목한 시간을 방해할 순 없어 내려왔는데 대기실 앞에 누군가 서 있다.

"처음 보는군. 검은 용의 마왕."

머리가 아픈 사람인가.

무시하고 대기실로 들어가려 하니 다시 앞을 막는다.

"인사하지. 내 이름은 아리엘 핀 얀스. 로스앤젤레스 필하모닉의 악장이자 고결한 음악가 마리 얀스의 손자다."

마리 얀스에게 손자가 있다더니 이 녀석인 모양이다.

"그리고 위대한 모차르트의 정신을 이어받았지."

그 말에 깜짝 놀랐다.

설마 나와 같은 경우인가 싶어 자세히 물어보려 하자 아리엘 핀 얀스가 손으로 얼굴을 반쯤 가리더니 웃었다.

"설마 너도……."

"역시 너는 알아보는군. 그렇다. 12살 때였지. 그 고혹적인 마술의 피리를 듣는 순간, 이 내가 아니면 그에 비할 사람이 없음을 깨달았다. 나를 얀스 가의 아마데우스라 불러주면 좋겠군."

"다시 태어났다거나."

"암! 그때 나는 다시 태어난 것이나 다름없었다. 역시 할아버님께서 인정하는 천재답게 대화가 통하는군."

"……."

미친놈이다.

혹시나 싶었는데 세상이 힘들긴 힘든 모양.

이성을 잃고 미친놈인 듯싶다.

"너의 숨결은 잘 받아들였다, 검은 용의 마왕이여. 하지만 안심하지 마라. 너의 사지를 옥조이는 그 사슬이 언젠가 네 목에 이를 테니."

"정신 나간 소리 집어치우고."

"음?"

"나가."

"……."

마리 얀스의 손자인데 너무 심했나 싶은 생각이 아주 조금 들었을 때 아리엘 핀 얀스라는 놈이 고개를 저었다.

"이런. 부정하고 싶은 모양이군."

"뭘?"

"나와 로스앤젤레스 필이 너와 베를린 필하모닉보다 우월함을 말이다. 기대해도 좋으마. 네 심장이 도려내질 심판의 날을."

"꺼져."

아리엘 핀 얀스가 멀뚱멀뚱 보더니 뒤돌아보았다가 다시 눈을 마주했다.

"아무도 없네만 누구에게 한 말이지?"

이상한 놈이 달라붙었다.

♪

가우왕과 베를린 필하모닉의 협연은 현대 클래식 음악이 어디까지 발전했는지 확인하는 무대로 평가받았다.

프로 연주자들 사이에서도 손꼽히는 난곡 라흐마니노프 피아노 협주곡 3번을 더욱 명확하고 풍성하게 했다는 평이 주류였다.

관객들도 크게 호응했다.

단지 화려한 기교뿐만이 아니라 악보상의 복잡한 음들이 더욱 확연해졌기에 그 의미를 보다 쉽게 받아들일 수 있었다.

배도빈의 해석과 가우왕의 기교.

그리고 베를린 필하모닉 B의 풍부한 표현력이 함께한 결과였다.

각 언론도 세계 최고라는 베를린 필하모닉이 또 한 번 성공적인 연주회를 열었다며 연일 기사를 풀어댔고 평론가들 역시 합세, 가우왕과 배도빈의 라흐마니노프 피아노 협주곡 3번을 찬탄했다.

이틀간의 총수입 930만 달러.

어느 면으로 보나 완벽한 성공이었다.

그러나 베를린 필하모닉 B의 단원들의 가슴을 울린 요인은 따로 있었다.

"마에스트로 푸르트벵글러, 이번 공연에 대해 한 말씀 부탁드립니다."

"그들은 베를린 필하모닉의 이름에 걸맞은 연주를 했다. 그 것으로 충분하다."

내부적으로 휴식에 들어간 빌헬름 푸르트벵글러의 인터뷰 는 단원들의 가슴을 벅차게 했다.

그들 가슴에 자부심이 싹 튼 것은 당연한 일.

그렇게 물이 오른 분위기로 3월이 다가왔다.

봄을 맞이한 베를린 필하모닉은 공개 오디션을 치러 다시금 단원들을 확충했다.

총단원 수 200명.

A와 B가 격일로 연주회를 여니 베를린 필하모닉 콘서트홀 은 3월과 4월 내내 음악이 끊이질 않았다.

동시에.

지금껏 인터플레이를 위시한 대표적인 언론 매체인 그래모 폰의 현직 기자 한스 레넌의 고발성 기사가 터졌다.

인터플레이가 언론을 의도적으로 조작했다는 사실이 전 유 럽에 퍼지면서, 지금껏 클래식 음악계를 뒤흔들었던 플랫폼은 급격히 무너지고 있었다.

"대체 뭣들 하고 있는 거야?"

"왜 음질이 이따위냐고!"

"서비스 재개는 대체 언제 되는데? 이럴 거면 당장 환불해!"

그런 상황에서 마침내 방점을 찍는 사건이 있었으니, 런던 심포니 오케스트라의 상임 지휘자 브루노 발터가 기자회견을 연 것이었다.

"런던 심포니 오케스트라는 인터플레이와의 독점 계약을 해지하기로 결정하였습니다."

셔터 소리가 요란히 났다.

회견을 위해 모인 기자들은 충격적인 사실에 급히 거수하였다.

"제임스 버만과도 합의된 이야기입니까?"

"런던 심포니 오케스트라는 자립을 원합니다. 더 이상 인터플레이의 서비스 악화와 제임스 버만의 간섭을 바라지 않습니다."

브루노 발터는 그간 제임스 버만이 런던 심포니 오케스트라에게 요구했던 프로그램과 일정에 대해 언급하고 그 증거 자료를 언론에 공개했다.

세계 최고의 오케스트라 중 하나라는 런던 심포니 오케스트라마저도 어떤 음악을 연주할지부터 일정, 단원 관리 방침까지 강요받았다는 사실에 많은 예술인이 크게 충격받았다.

거대한 제국의 몰락을 알리는 신호탄이었다.

· 51악장 ·

새 시대

동시에 새 시대가 도래하고 있었다.

독일의 저명한 문화평론가 게르트 카리우스는 배도빈 연구에 있어 가장 권위 있는 사람이었다.

그는 2010년부터 스테른지를 통해 배도빈에 대한 자신의 의견을 표출해 왔었다.

여러 칼럼을 통해 게르트 카리우스는 배도빈을 두 단어로 정의하였다.

열정과 인류애.

배도빈은 그 어떤 음악가보다 작품 활동을 왕성히 했고, 그런 만큼 자신에게 주어진 시간을 모두 음악에 쏟아부었다.

게르트 카리우스는 주장했다.

"배도빈은 현시대에 새로운 활력을 불어넣고 있습니다. 그의 천재성보다 끊임없이 나아가는 모습이 세상을 변화시키고 있습니다."

게르트 카리우스는 일찍이 21세기를 박탈의 시대라 부른 적 있었다.

경제의 양극화, 새로운 이념 다툼, 다원화에 따라가지 못하는 정책과 시민 의식으로 인해 21세기를 살아가는 사람들은 여러 면에서 거세당했다고 평했다.

그러나 그의 눈에 그렇게 좌절했던 이들이 조금씩 활기를 찾는 것처럼 보이기 시작했다.

게르트 카리우스는 이러한 현상의 이유를 배도빈에게 두고 있었다.

"그의 음악 세계는 항상 고난과 역경 그리고 번뇌로 차 있습니다. 하지만 끝은 언제나 희망을 노래하지요. 배도빈은 본인의 삶과 음악 내적인 메시지로 희망을 말합니다. 나와 당신이 승리할 수 있을 거라고 아주 강력히 주창하지요."

게르트 카리우스의 말대로 배도빈이 활동하기 시작하면서 클래식 음악계는 새로운 세대를 맞이했다.

21세기부터 활동을 시작한 음악가 중 주목할 만한 사람을 손꼽는다면 니나 케베리히, 엘리자베타 툭타미셰바, 아리엘 핀 얀스, 진 마르코, 소소, 나윤희, 최지훈, 최성신, 남궁예건

등이 있었다.

모두 간접적이든 직접적이든 배도빈의 음악을 들으며 성장해 온 이들이었다.

당연하게도 모두 각자의 분야에서 놀라운 열정을 보여주었고.

게르트 카리우스는 이 세대를 '라이든샤프트(Leidenschaft: 격정, 격앙)'으로 명명했다.

또한 이 시대의 선구자로 배도빈을 지목하자 음악학회에서도 이를 수용하였다.

배도빈의 천재성이 아닌 '인류의 희망'으로서의 인식이 큰 영향을 미쳤다.

음악을 통한 직접적인 메시지뿐만 아니라.

전 세계 가난한 음악가를 대상으로 한 투자 사업과 기초 교육을 병행한 기아 구제는 배도빈의 음악세계관을 이해하는 바탕지식이 되었다.

또한 배도빈의 음악을 듣고 배도빈의 도움을 받으며 자란 세대가 사회로 나와 활동하기 시작했기에.

학계에서도 게르트 카리우스의 주장을 인정할 수밖에 없었던 것이었다.

그에 따라 음악계 종사자들 사이에 조금씩 변화의 조짐이 퍼지기 시작했다.

인터플레이의 몰락과 새로운 시대의 정의.

약 1년간 지겹도록 반복되었던 런던의 전통파와 베를린의 혁신파 사이의 갈등이 한 음악가에 의해 명확히 종결된 것이었다.

희망조차 없었던 시대에 한 인간의 진실이 거대 자본에 앞선 유일한 사례였다.

가우왕을 배웅하기 위해 나왔다.

빨간 가죽 재킷과 꽉 조이는 흰 바지를 입고 발에는 고동색 워커를 신고 있다.

거기에 검은 선글라스를 끼고 있는데 왜 항상 저렇게 우스꽝스러운 차림을 하는지 알 수 없는 일이다.

기이하게 여기며 보고 있자니 가우왕이 씩 하고 웃었다.

"어때. 멋있지? 이게 공항패션이라는 거야."

"틀림없이 잘못 알고 있는 거예요."

"쯧쯧. 뭘 모르는구만. 정장만 입는 네 취향이 이상한 거야."

"차라리 도빈이가 나아."

소소의 타박에 가우왕도 더는 뭐라 하지 못하고 화제를 바꿨다.

"아무튼 그래. 네 말대로 베를린 필하모닉 B 제법 괜찮은 곳이었어."

"물론이죠."

"좀 멍청해 보이긴 해도 음악에 대해서만큼은 진심인 것 같더라. 그것도 다 네 덕분인가?"

"원래 그런 사람들이었어요."

"글쎄……. 그건 모르는 일이지."

가우왕이 어깨를 으쓱였다.

그러고 보니 가우왕도 처음 만났을 때와는 달라진 것 같다.

예전에는 자기만 아는 성격에다가 연주도 다른 사람과는 어울리지 않았었는데 지금은 협연도 다니고 성격도 꽤 부드러워졌다.

여전히 개떡 같은 면이 없지 않아 있지만 말이다.

"오케스트라 대전에서 우승 못 하면 혼날 줄 알아."

"농담이죠?"

내가 아니면 누가 할까.

가우왕이 씩 하고 웃었다.

"곡 만들어 준다고 했던 말도 잊지 말고."

"생각 좀 해볼게요."

"뭐라고?"

한참 웃은 뒤 악수를 했다.

손끝으로 아쉬움이 전해졌다.

또 당분간 못 보겠지만 세계 어디에 있든 그의 연주를 들을 수 있으니 그것으로 충분하다.

가우왕도 같은 생각일 것이다.

가우왕이 가방을 고쳐 매고 말했다.

"베를린 필하모닉에 만족하는 것 같은데, 적당히 해둬."

"무슨 말이에요?"

"결국 하고 싶은 일은 따로 있잖아."

멍청해 보여도 가끔 이렇게 맥락을 짚을 때가 있다.

"언젠가 헤어질 거라면 그들을 위해서라도 너무 깊게 파고들지 마. 베를린 필하모닉은 네가 없어도 잘 해나갈 테니까."

가우왕이 하고 싶은 말은 간단하다.

갈 길이 있으니 너무 돌아가지 말라는 뜻이다.

조금씩 유대감과 소속감을 느끼며 성장해 나가는 베를린 필하모닉 B와 좀 더 함께하고 싶은 마음과 이제는 슬슬 움직여야 한다는 생각이 어느 쪽으로도 기울어지지 않아 고민하던 차다.

가우왕은 그들도 그들만의 길이 있고, 계속해 걸어 나갈 힘이 있다는 말로 그런 내 부담을 덜어주려는 것이다.

"생각해 볼게요."

이번에는 웃지 않았다.

인사를 마치고 한발 물러서자 언제 화해했는지 남매가 정답게 인사를 나누었다.

'좀 쉬어야지.'

가우왕을 배웅하고 소소와 함께 귀가했다.

"피곤해."

"저도 그래요."

일요일이라서 공연도 없고 하루 정도 푹 쉴 생각으로 문을 열었다.

푸르트벵글러가 왔는지 2층에서 그가 작업하고 있는 곡과 진달래의 노래가 들려왔다.

이제는 제법 중심이 잡힌 듯하다.

푸르트벵글러가 잘 가르치는 거야 당연한 일이지만 노래는 그의 전문 분야가 아니다.

순전히 개인 교습을 통해 연습하고 있을 테니 그 끈기가 기특하다.

"나 잘래."

소소가 터벅터벅 계단으로 향했다.

평소에도 잠이 많은지라 아침 일찍 배웅하는 일이 그녀에겐 꽤 큰일이었던 모양이다.

"다녀오셨습니까."

집사가 다가와 짐을 들어주었다.

"네. 아버지랑 어머니는요?"

"주인님께선 오늘도 발굴 현장에 계십니다. 안주인님께선 도진 도련님과 외출하셨습니다."

벌써 몇 달째 집보다 밖에서 주무신 날이 더 많다.

피곤하긴 하지만 오늘이 아니면 또 한동안 오케스트라 대전으로 바쁠 테니 못 뵐 것 같다.

"차 좀 준비해 주세요. 아버지께 가려고요."

"네. 준비하겠습니다."

소파에 앉아 조금 눈을 붙였다가 기사와 함께 아버지의 발굴 현장으로 향했다.

차에서 내리니 꽤 넓은 범위에서 작업이 진행되고 있었다.

주변에는 건설 기계가 있었지만 발굴이 되는 부근에는 없고 인부들이 직접 작업하고 있다.

섬세한 작업이 필요한 듯하다.

따라라라 따라라라라—

사무실로 향하는데 바가텔 A단조가 16비트로 들렸다.

'음?'

"어이! 거기 조심해!"

누군가의 외침에 고개를 돌리니 작업차가 후진을 해와 뒤로 물러섰다.

"조심하십시오, 도련님."

집사가 다가와 걱정하는데 의아해서 물었다.

"바가텔 A단조는……."

"네?"

"……엘리제를 위하여."

잘못된 이름이다.

"아~ 공사현장에서 후진할 때 많이 사용되더군요. 이유는 모르겠습니다만."

'대체 왜 이 곡이 이런 데 사용되는 거지.'

황당하다.

찝찝한 마음을 품고 아버지가 계실 컨테이너 박스 사무실로 향했고 그곳에서 아버지를 만날 수 있었다.

"아버지."

"도빈아."

책상에 앉아 계시던 아버지가 일어나 나를 반기셨다. 꽤 오래 못 뵈었는데 그새 또 얼굴이 수척해지셨다.

얼굴은 새까맣게 탔고 버짐이 피었는데 표정만큼은 무척 밝으셨다.

"어이구. 여기까진 어떻게 왔어?"

다 큰 아들을 꽉 안으시고 얼굴을 문대시는데 이제는 거절할 마음도 안 생긴다.

아버지만의 애정 표현이리라.

"시간이 나서요. 걱정되기도 하고."

"하하. 미안. 미안. 아빠가 같이 있어주고 해야 하는데."

"저랑 어머니는 괜찮아요. 도진이가 많이 보고 싶어 해요."

"……그러게."

분위기가 가라앉았다.

아버지가 무슨 일을 하는지 잘 모르지만 내가 태어나기 전부터 참아오신 일이니 그 갈증이 쉽게 해소되긴 어려울 거다.

작업에 집중하면 며칠씩 틀어박히는 거야 내가 뭐라 할 일도 아니고, 아버지도 그럴 수밖에 없는 것이리라.

그러나 동시에 도진이에 대한 미안한 감정도 있으실 테니 나라도 조금은 위로하기 위해 아버지의 손을 꽉 잡아드렸다.

아버지가 씩 하고 웃으시곤 인스턴트커피를 타 주셨다.

슬쩍 아버지 책상을 보는데 '테메스'라는 단어가 보여 물었다.

"테메스가 뭐예요?"

"아, 문헌으로 남은 옛 문명이야."

아버지께서 설명을 시작하셨는데 그렇게 신난 아버지는 블랙나이트 이야기를 해주셨을 때 이후로 처음이었다.

기분 좋게 들을 수 있었다.

"30년 전에 발견된 비석에 소개되어 있는데 테메스는 테메스라는 지도자가 이끈 도시국가 같아. 수렵과 음악을 즐겼다고 하는데 중요한 건 이들의 문화가 헬레니즘에 큰 영향을 주었다고 추측된다는 거지."

무슨 말씀을 하시는지 하나도 못 알아듣지만 즐거워하시니 고개를 끄덕이며 호응했다.

"기록에 의하면 테메스의 지도자는 영적인 능력이 강하다고 하는데 해석해 보면 음악으로 환자를 치료했다나 봐."

"음악으로요?"

"아마 플라시보 효과겠지. 의학이 덜 발전했을 때니 그런 일을 믿었던 것 같아. 딱히 다른 방법도 없었을 테고."

아마 심신안정 상태가 되는 걸 유도했을지도 모른다.

"이 문명이 어디에 있는지 발견한다면 서양 고대사가 완전히 달라져. 황금으로 만든 제사단도 있었다는데."

황금으로 만든 제사단이라니 그건 좀 관심이 간다.

그렇게 아버지가 무슨 일을 하시는지 대충 듣고 나서 본론을 꺼냈다.

"두 분 결혼기념일 곧이잖아요."

"아."

"……."

"하하하하."

깜빡하신 모양이다.

"당일이라도 푹 쉬시는 게 좋을 것 같아요. 도진이는 걱정하지 마시고요."

"도빈이 정말 다 컸네. 엄마아빠 기념일도 챙겨주고."

"아버지가 안 챙기시니까요."

나도 이런 일에 신경 쓰는 성격은 아니고 어머니 역시 아버지의 외골수적인 면을 이해하시나.

두 분을 위해서라도 자식 된 도리를 할 뿐이다.

-그럼 료코, 힘내.

"응."

아빠랑 통화를 마치고 짐을 챙겼다.

아빠는 내가 뭐든 할 수 있다고 생각하지만 정말 베를린 필하모닉에서 잘할 수 있을까 싶다.

솔직하고 아름다운 바이올린.

배도빈과 같은 무대에 서는 건 어렸을 적부터 지켜온 꿈이다.

지금까지 열심히 했다고 생각하지만 변변치 못한 지금의 나로서는 떨려서 말이나 제대로 할 수 있을까, 실수하진 않을까 걱정된다.

택시에서 내려 베를린 필하모닉 콘서트홀 앞에 내렸다.

안내받았던 연습실 문 앞에 다다르자 가슴이 요동쳤다.

손바닥에 참을 인을 써서 먹었는데도 나아지지 않는다.

"……저어."

깜짝 놀라 돌아보니 베를린 필하모닉 B의 제2바이올린 수석 나윤희 님이 서 있었다.

입단한 지 얼마 되지도 않아 수석이 된 엄청나게 멋진 사람.

말이 제대로 나오지 않았다.

"아아. 그."

"아, 죄, 죄송해요. 놀라게 해드릴 생각은 어, 없었어요."

"흐어?"

흐어라니. 무슨 말을 하는 거야.

정말 바보 같다.

"부, 불편하셨다면 죄송해요. 저는 단지 들어가고 싶어서……"

"아. 아아."

또 오해를 산 모양이다.

나윤희 님이 잔뜩 겁을 먹고 몸을 떨었다. 뒷걸음질 쳐 자리를 내주자 나윤희 님이 꾸벅 인사하곤 후다닥 안으로 들어가셨다.

'아.'

겨우 문이 열렸는데 또다시 닫히고 말았다.

이래서는 안 돼.

여기까지 어떻게 왔는데 소심한 성격 때문에 선배님들과의 첫 만남을 망칠 수는 없다.

똑 부러지게 인사하자고 단단히 마음먹고 문을 열었다.

그러자 눈앞에 수십, 아니, 백 명은 훌쩍 넘는 사람을 볼 수 있었다.

자세히 확인하지는 못했지만 세계에서 가장 힘 있는 첼리스트인 이승희 님을 포함해 명장 빌헬름 푸르트뱅글러의 자랑이라는 베를린 필하모닉의 악장들까지 모두 나를 바라보는 듯했다.

"오! 신입이다!"

쾅!

당황한 나머지 문을 닫아버리고 말았다.

어쩌자고 다시 닫았는지 다시는 저 안으로 들어갈 수 없을 것만 같다.

'아빠, 큰일 났어.'

새로 입단한 진 마르코와 나카무라 료코를 반기기 위해 모인 베를린 필하모닉 단원들은 아침부터 잔뜩 기대하고 있었다.

"파릇파릇한 신입이 온다며?"

"진 마르코는 빈 필에 있었잖아. 파릇파릇하다고 하기엔 경력자지."

"학부생이 온다고 들었는데? 이름이 뭐였더라. ……일본 사람이었는데."

"나카무라 료코. 일본 내에서는 꽤 유명해요."

"그래?"

"네. 비올라의 카리스마라고."

"그게 무슨 뜻이야?"

"무대 위에서의 눈빛이 정말 엄청나대요. 연주도 시원시원하고."

"궁금한데? 언제쯤 오려나."

단원들이 나카무라 료코에 대해 이야기하는 도중, 때마침 문이 열렸다.

모두의 시선이 문으로 향했고 평소보다 다급히 들어오는 나윤희에게 시선이 모였다.

"안녕하세요."

"무슨 일 있어?"

이승희가 다가가 물었다.

"밖에…… 무서운 분이 계셔서."

나윤희가 말끝을 흐렸다.

이승희와 단원들이 그를 의아하게 생각하고 있을 때 다시금 문이 열렸고 이목이 집중되었다.

잔뜩 힘을 낸 나카무라 료코가 연습실을 마치 꿰뚫듯이 훑었다.

잠시 적막이 흘렀다.

"오! 신입니다!"

쾅!

디스카우가 반갑게 외쳤고 료코는 요란하게 문을 닫았다.

"어…… 나 뭐 잘못했나?"

알 수 없는 죄책감을 느낀 디스카우를 뒤로 하고 소소가 문을 열었다.

"들어와."

"아. 으."

"괜찮아. 옳지."

소소의 손을 잡고 들어온 나카무라 료코가 주변을 둘러보았고 그녀와 눈을 마주친 사람들은 딴청을 부렸다.

마치 야생동물을 마주한 듯한 기분에 저도 모르게 시선을 피할 수밖에 없었다.

"앉아."

소소가 료코에게 자리를 마련해 주었고 주머니에서 누네띠네를 꺼내 주었다.

불안하여 주변을 살피던 료코는 일단 할 일이 주어지자 과자를 먹는 일에 집중하였다.

그렇지 않으면 압박감을 감당할 수 없을 것만 같았다.

그 모습이 단원들의 눈에는 달리 보였다.

"소소 악장 뭔가 조련사 같네."

"그러게. 잘 다루잖아?"

나카무라 료코의 기백에 움찔했던 단원들도 얌전히 과자를 먹는 그녀를 보고서는 슬며시 다가가 말을 붙이기 시작했다.

이윽고 배도빈과 진 마르코가 도착했다.

특유의 밝은 성격으로 금세 단원들과 친근하게 지내게 된 진 마르코는 나카무라 료코의 부러움을 샀고 그녀의 시선에 알 수 없는 오한을 느꼈다.

마르코와 료코가 잘 적응해서 다행이다.

다들 료코를 무서워하는 것 같고 료코도 왠지 모르게 성이 난 듯하나 묘하게 소소만은 잘 따랐다.

사교성이 좋은 마르코는 벌써부터 기존 단원들과 거리를 좁힌 듯하다.

미팅이 끝나자 케르바 슈타인이 나섰다.

"그럼 A는 30분 뒤 제1연습실에서 모이겠습니다."

A팀 단원들이 움직이기 시작했고 케르바 슈타인에게 다가가 물었다.

"미켈란젤리 페스티벌 준비는 괜찮아요?"

이탈리아의 북쪽에 있는 도시 브레시아에서 매년 열리는 축제에 A팀이 나가기로 결정되었다.

베를린 필하모닉 B를 만들 때는 이런 외부 공연을 맡기고

A는 정기 연주회에 집중하고자 했는데 오케스트라 대전 때문에 일을 미룬 꼴이 되어버렸다.

덕분에 미리 준비를 해야 했고 그렇지 않아도 바쁜 케르바 슈타인이 걱정되었다.

"하던 연주를 하는 거야 문제없지만 아무래도 레퍼토리를 추가하는 게 문제지."

케르바 슈타인이 이제는 거의 다 벗겨진 머리에 손을 얹으며 말했다. 꽤 힘에 부친 듯하다.

미켈란젤리 페스티벌을 포함해 고정적으로 참가하는 몇몇 축제에서는 새 곡을 준비해 왔는데 푸르트뱅글러가 만든 전통이었다.

무시할 수도 없는 일이라 어떻게든 준비하고 있지만, 그러지 않아도 준비할 일이 많은 탓에 부담스러운 것 같다.

케르바 슈타인을 위로하고 손뼉을 쳤다.

"우리도 시작하죠. 디스카우, 부탁했던 건 준비되었나요?"

"물론! 기대하라고."

디스카우가 브레이크 드럼을 들어 보였다.

자동차 바퀴에 사용되는 금속이다.

타악부의 특성상 타악기 연주자는 여러 악기를 다뤄야 하는데, 악기가 아닌 것도 악기처럼 다루려면 디스카우 같은 노련한 사람이 아니고서야 쉽지 않은 일이다.

더군다나 이번에 준비하는 곡은 타악기가 다양하게 사용되어야 하는 만큼 그런 능력을 지닌 사람이 절실하다.

'든든하네.'

오보에가 A음을 내며 조율을 마쳤다.

모두 준비를 마친 듯해 오늘 연습할 곡에 대해 설명하기 시작했다.

앞서 한차례 미팅을 가져 개론을 했지만 마르코와 료코를 위해 요약 정도는 필요할 듯하다.

"최은수의 마네킹은 심상을 명확히 하는 게 중요합니다. 음은 신비롭고 변화가 많지만 그걸 연주하는 우리는 그 불안감을 정확히 인지해야 해요."[2]

마네킹(Mannequin)은 기괴한 분위기 속에서 듣는 사람의 내면에 불안함을 자극하는 곡이다.

예측하기 힘든 돌출적인 부분과 날카로운 음색 활용은 공포 영화에 어울릴 듯하지만 그렇다고 여타 다른 실험적인 곡처럼 괴상하진 않다.

추상적인 형태와 구체적인 분위기.

그 독특함은 베를린 필하모닉과 우리 연주를 듣는 팬들에게 새로운 자극이 되어줄 것이다.

....

2) 진은숙(1961~) 대한민국의 작곡가. 그라베마이어, 쇤베르크, 시벨리우스상 수상자. 국·내외를 가리지 않고 인정받는 작곡가.

소소에게 눈길을 주어 연습을 시작하자는 뜻을 전했다.

단원들이 연주를 시작했다.

손을 저었다.

"디스카우는 포르티시모를 의식해 주세요. 바이올린은 더블 포르티시모입니다."

곡을 조율해 나가는 동안 마르코와 료코도 열심히 쫓아온다. 처음일 텐데 곧잘 하는 것을 보니 역시 잘 뽑았다는 생각이 들었다.

하지만.

'피아노가 문제야.'

오늘은 피아노 없이 가지만 이 곡에서 피아노는 빠질 수 없다.

도리어 그 역할이 매우 큰데 악단에 상주하는 피아니스트가 얼마 전 은퇴하면서 맡아줄 사람이 없어졌다.

연습을 이어가다가 피아노 없이 가는 건 무리라고 판단.

"오늘은 여기까지 하죠."

연습을 종료했다.

'내가 할까. ……아니야.'

곡에 따라서는 피아노를 연주하면서도 지휘가 가능해도 세심한 부분까지 잡기엔 무리가 따른다.

기존 레퍼토리라면 또 모를까.

그런 경우가 전혀 없는 건 아니나 아직 베를린 필하모닉 B는 내가 신경 써야 하는 부분이 많기에 연주와 지휘를 병행하기에는 걱정되는 일이 많다.

그렇게 생각하며 걷다가 진달래에게 문자를 보냈다.

오늘도 어김없이 1인분만 남았다는 말에 발을 재촉하자니 저 앞에 나윤희가 보였다.

슈퍼 슈바인으로 가는 듯하다.

다가가 물었다.

"카레 먹으러 가요?"

"아, 응."

"오늘 연주 좋았어요. 돌출부를 잘 이끌더라고요."

나윤희가 쑥스러운 듯 작게 웃었다.

시시콜콜한 이야기를 하며 슈퍼 슈바인에 도착.

푸근한 주인장과 불량한 종업원이 반겼다.

"별일이네? 같이 오고."

진달래가 물었다.

"오는 길에 만났어. 난 버섯 카레랑 밥 추가."

"특제 카레 하나……."

"버섯에 밥 추가랑 슈니첼 특제 카레…… 오케이."

주문을 확인한 진달래가 주방으로 들어갔고 나윤희가 나를 힐끔힐끔 보았다.

뭔가 하고 싶은 말이 있나 보다.

"왜 그래요?"

"특제 카레 좋아하는 거 아니었어?"

"좋아해요."

"그런데 왜 버섯 카레만 먹어? 저번이랑 저저번에도."

"슈니첼 특제 카레가 더 맛있으니까요."

"응?"

나윤희가 이해할 수 없다는 듯 반응했고 난 다시 피아노 문제를 어떻게 해결할까 고민에 빠졌다.

한두 번이라면 외부에서 사람을 초청해도 되겠지만 아무래도 정규 레퍼토리에 넣고 싶은 곡이라 여러모로 아쉬운 점이 남는다.

마네킹뿐만 아니라 피아노 협주곡도 다루고 싶은 곡이 많으니까.

'우선은.'

최지훈과 니나 케베리히가 떠올랐지만 두 사람 모두 독주자로 왕성하게 활동하고 있고 베를린 필하모닉에 두자니 그들의 앞길을 막는 듯해 배제하였다.

루트비히 오케스트라처럼 거의 대부분의 곡에 피아노를 쓸 것도 아니니 말이다.

'나중에 하자.'

답이 없는 문제를 계속 고민하다 보니 피곤해져 고개를 흔들어 애써 잊었다.

"자, 여기."

진달래가 카레를 가져다주었다.

카레의 깊은 향을 맡자 이내 답답한 마음도 조금은 가셨다.

만족스러운 식사를 마치고 계산을 하려는데 주인장 김덕배가 카드를 받곤 목소리를 낮췄다.

"잠깐 가게 밖에서 보자."

뭔가 할 말이 있겠거니 싶어 나섰고 나윤희에게는 먼저 돌아가라 일렀다.

가게 옆 작은 주차장에서 김덕배가 한숨을 푹 내쉬었다.

"무슨 일이에요?"

"……아무래도 달래 일 그만두는 게 좋겠다."

"무슨 뜻이에요?"

독일 말을 빨리 배우고 용돈도 스스로 벌고자 의욕적이었던 진달래가 떠올라 되물었다.

"실은 말이다."

나윤희와 진달래가 막 친해졌을 무렵, 진달래는 나윤희를 자신이 일하는 슈퍼 슈바인으로 초대했다.

"저……."

"언니! 빨리 와! 빨리!"

조심스레 매장에 들어선 나윤희를 반갑게 맞이한 진달래가 자리를 안내했다.

어색하게 자리를 잡은 나윤희에게 진달래가 메뉴판을 설명하기 시작했다.

"우리 집은 기본 카레만으로도 엄청나게 맛있어. 양파를 무지무지 많이 넣고 볶아서 단맛이 간질간질거린단 말이야."

나윤희는 그런 진달래를 보며 슬며시 미소 지었다.

단맛이 간질거린다는 표현은 이해할 수 없었지만 조잘대는 진달래가 그저 귀여웠다.

"그럼 그걸로 줘."

"오케이! 여기 야채 카레 1인분!"

나윤희는 장애를 입고 연고조차 없는 타국에서도 밝고 당당하게 지내는 진달래가 멋져 보였다.

아직 스무 살도 안 되었는데 저렇게 씩씩하다니.

배우고 싶다고도 생각했다.

"자! 음료수는 서비스야."

"괜찮아?"

"그럼! 놀러 오셨는데 이 정도는 대접해 드려야지!"

진달래가 당차게 답하곤 배시시 웃었다.

나윤희도 괜히 기분이 좋아져서 따라 웃었다. 그러고는 카레를 떠먹었는데 곧장 감탄하고 말았다.

뭐라 표현하진 않았지만 그 표정 변화에 진달래가 만족하고는 서빙을 보러 갔다.

'맛있다.'

소박하게 나온 무짠지도 훌륭했다.

그때 가게 안이 소란스러워졌다.

"뭐야. 잠깐 말 좀 하자는데 왜 이렇게 까칠해?"

"이, 이거 놔."

나윤희가 고개를 돌렸다.

매장 안의 한 남자가 진달래의 오른손을 잡고 있었다.

진달래는 몹시 불쾌한 표정을 짓고 있었고 팔을 빼내려 했지만 그러기엔 역부족이었다.

"어이, 우리 종업원한테 무슨 짓이야?"

그 광경을 보던 슈퍼 슈바인의 주인장 김덕배가 나섰다.

겉으로도 드러나는 그의 위협적인 덩치에 한껏 소리치려던 남자가 기세를 죽이고는 혀를 찼다.

"흥. 이래서 칭총들이 하는 식당은 안 된다니까."[3]

남자의 무례한 행동에 나윤희는 걱정되었다.

....

3) 유럽에서 중국인을 비하하는 호칭. 아시아인에 대한 인종차별, 비하 발언이다. 한국인, 일본인들에게도 사용한다.

'어쩌지……. 달래 도와줘야 하는데. 무서울 텐데. 경찰. 경찰 불러야 하나?'

당황한 나윤희가 머릿속으로 여러 생각을 하고 있을 때 남자가 쥐고 있던 진달래의 오른손을 살폈다.

"……뭐야, 이거. 의수잖아? 허. 기가 차네. 흥이 식었어. 가 봐."

진달래의 얼굴이 빨갛게 달아올랐다.

그녀의 작은 어깨가 파르르 떨렸다.

뒤로 주춤거리며 물러난 진달래는 나윤희가 지금껏 봐왔던 당당하고 밝은 동생이 아니었다.

"이, 이건……."

수치심과 그간 애써 눌러왔던 상실감 때문에 그녀는 부당한 일에 맞서지 못하였다.

그 모습에.

나윤희는 자신도 모르게 일어섰다.

그녀는 진달래의 손을 꼭 잡고 자기 등 뒤로 세웠다.

무례한 남자를 가로막아 동생을 보호했다.

"뭐야, 이건 또."

나윤희는 남자와 시선을 마주하는 것만으로도 무서워 다리가 후들거렸다. 당장에라도 주저앉을 것만 같았다.

하지만 너무나 갑작스럽고 두려운 상황에 놀란 진달래를 위해서라도 물러설 수 없었다.

시선을 피하지 않았다.

"사, 사과하세요."

"뭐라고?"

무례한 남자가 일어섰다.

나윤희보다 머리 하나는 더 큰 남자가 다가와 그녀를 내려 다봤고 나윤희는 동생을 보호하기 위해 양팔을 벌렸다.

"사, 사과하라 했어요."

"이 주변이 언제부터 차이나타운이 된 거야? 어이가 없네."

"우, 우린 중국인이 아니라 한국인이에요. 동양인이라 해서 그런 말을 들을 이유도, 다, 다, 다, 당신이 그런 말을 할 권리 도 없어요. 이, 이, 이 아이는 당신이 그렇게 마, 막 대할 수 있 는 사람이 아니에요."

"이 말더듬이가 뭐라는 거야?"

그 순간 김덕배가 카운터에서 나와 무례한 남자의 뒷덜미를 잡아서 들었다.

"뭐야! 무슨 짓이야? 중국인 새끼가 사람을 치려고 하네?"

남자가 바둥거렸지만 김덕배의 억센 팔은 조금도 움직이지 않았다.

김덕배가 나윤희와 진달래를 보며 말했다.

"가게에 벌레가 들어온 모양이다. 빨리 쫓아냈어야 했는데 미안하다."

그러고는 가게 문을 열고 남자를 밖으로 밀어 던졌다.

내팽개쳐진 남자가 악을 썼다.

"내가 누군지 알아? 이러고도 여기서 장사할 수 있을 것 같아? 이 빌어먹을 원숭이 새끼야!"

김덕배는 경고하듯 손가락으로 가리키며 말했다.

"다신 얼씬대지 마."

김덕배가 가게 안으로 들어왔을 때, 그는 주저앉아 서로를 꼭 안고 있는 두 여자를 보며 한숨을 내쉬었다.

"그 뒤로 매일같이 오더구나. 아마 달래가 걱정되었겠지."

나윤희와 묘하게 슈퍼 슈바인에서 자주 마주친다 생각했는데 그런 일을 겪었을 줄이야.

그 무례한 짐승에게도.

내 식구가 그런 힘든 일을 겪었는데도 알지 못했던 내게도 화가 났다.

동시에 찰스 브라움이 왜 인종차별 문제를 해결하고자 열을 올렸는지 이해할 수 있었다.

유럽으로 유학 온 학생들이 인종차별 문제로 공부도 제대로 못 하고 심지어는 음악가로서의 진로조차 방해받는 걸 안타깝게 여긴 찰스 브라움은 이곳 베를린에 유학생들을 위한 학과를 설립, 교수일도 직접 해왔었다.

그의 말을 떠올려 보면 비단 독일만의 문제가 아니라 전 유럽의 문제인 듯하지만 주변 사람이 겪으니 비로소 체감된다.

이 얼마나 역겨운 일인가.

"또 그 녀석 마에스트로 푸르트벵글러와 작업한다며?"

"네."

진달래가 자랑한 모양이다.

"그렇게 소중한 기회를 얻었다면 최선을 다해야지. 지금은 달래를 위해서라도 그쪽 일에 집중하게 해주는 게 좋아."

김덕배의 말이 맞다.

정신 나간 개에게 물린 일도 걱정되지만 그 일뿐이라면 진달래가 안전하게 일할 수 있도록 돕는 게 옳다.

짐승 때문에 그녀가 하고 싶은 일을 그만둬야 할 이유는 조금도 없고 그건 김덕배도 같은 생각일 거다.

하지만 지금 녀석에게는 보다 중요한 일이 있다.

푸르트벵글러와 함께하는 일은 평생에 한 번 있을까 말까 한 일이다.

여러 상황을 보더라도 김덕배의 말처럼 봉달 서커스 OST 작업에 집중하는 게 옳다.

그 사건은 그저 여러 계기 중 하나일 뿐이다.

"고마워요."

"무슨. 나야 싹싹한 종업원이 나가면 아쉽지만 그 아이를 보면 응원해 주고 싶어서 말이야."

"같은 생각이에요."

비단 진달래뿐만이 아니라 이런 환경 때문에 재능을 키워나갈 수 있는 기회조차 박탈당하는 아이가 많을 것이다.

가슴이 아프다.

창문으로 매장 안에서 열심히 그릇을 나르고 있는 진달래를 보며 저 아이의 미래를 위해서라도 이 일에 조금 더 신경 써야겠다고 생각했다.

적어도 내 눈에 보이는 아이들만이라도 지켜주자고.

나와 그들이 만들어나갈 새로운 시대를 위해서라도 말이다.

진달래를 앉혀놓았다.

"뭐, 뭔데 그렇게 무게를 잡아?"

"푸르트벵글러랑 작업한 지 꽤 되었잖아. 어때?"

생각지 못한 질문이었던지 진달래가 고민하다가 대답했다.

"재밌는 할아버지?"

아이가 없어 가만히 보고 있자 말을 덧붙였다.

"대단하다고 해야 할까. 내가 부족한 부분을 집어내기도 하고 곡도 진짜 대박이고. 그 정도? 근데 왜?"

"푸르트벵글러는 최고야."

"어……."

"네가 생각하는 거 이상으로 대단한 사람이야. 모든 음악가로부터 존경받고 이미 그 자체로 역사인 사람이야. 넌 그런 사람에게 음악을 배우고 있고 함께하고 있는 거고."

가만히 듣던 진달래가 고개를 끄덕였다.

"그래! 열심히 할게!"

"네게 주어진 환경에서 열심히 하는 걸로는 안 돼."

진달래와 눈을 마주하곤 말했다.

"음악 하고 싶다고 했잖아."

"당연하지."

"그럼 다른 걸 포기해야 해. 네가 하는 게임이든 아르바이트든 모두."

"……."

아직 어린 진달래는 분명 또 고집을 세울 거다.

하지만 이미 한차례 이 아이의 진정성을 확인했었기에 믿는다.

상황을 잘 설명해 준다면 '은혜 갚기'와 '놀이'를 포기할 수 있을 거라고 말이다.

"알았어."

"……."

예상과 다른 반응이다.

"아쉽지만 어쩔 수 없지. 사장님한테 죄송해서 어떻게 말하지? 끄응."

"고집 안 부리네."

"뭘?"

"일하면서도 할 수 있다고 말할 거라 생각했어."

진달래가 내 말을 듣더니 방바닥을 긁기 시작했다. 그러더니 이내 기어들어 가는 목소리로 중얼거렸다.

"나도 알아. 지금 이 상태로는 부족하니까."

자각하고 있긴 했던 모양이다.

"그치만 진짜 마냥 공부만 하는 게……."

"쓸데없는 고민하지 마. 수술받을 때 했던 각오만 생각해."

진달래가 끙끙 앓더니 이내 무릎을 탁 치고 고개를 들었다.

"알았어! 열심히 공부해서 빚은 꼭 갚을게!"

"그래."

대화를 마치고 밖으로 나와 핸드폰을 꺼냈다.

찰스 브라움을 찾아 전화를 거니 이내 그가 조금 지친 목소리로 받았다.

-찰스 브라움입니다.

"저예요. 오늘 잠깐 시간 좀 내주세요."

-으음. 오늘은……. 아니다. 이쪽으로 와줄 수 있어?

"갈게요. 어디예요?"

-베를린 대학. 교수실에 있어.

"지금 출발할게요. 이따 봐요."

통화를 마치고 집사에게 차를 부탁해 베를린 대학으로 향했다.

점심시간에 가까워 도착한 주말의 베를린 대학은 한산했다.

찰스 브라움의 교수실로 향하자 그가 피곤한 얼굴로 나를 맞이했다.

"어서 와."

"피곤해 보이네요."

"과제 봐주고 있거든. 어제부터."

어제부터 쭉 일했다는 말인가.

그의 방에서 짙게 풍기는 커피향이 그렇다고 말해주는 것 같다.

"앉아."

찰스 브라움이 책상 앞에 놓인 소파에 자리를 권했다.

마주 보고 앉아 이야기를 시작했다.

"차별당하는 학생들을 위해 여길 만들었다고 했죠?"

"영향력 있는 자의 의무지."

노블레스 오블리주를 말하는 거다.

"어떤가요? 지금 유럽 상황은."

"흐음."

찰스 브라움이 일어서 커피포트로 향했다.

"마실래?"

"주세요."

찰스 브라움이 커피를 따랐고 방을 가득 채우고 있던 짙은 커피향이 더욱 뚜렷해졌다.

"고마워요."

그에게서 잔을 받고 한 모금 마시자 잠깐 생각에 잠겼던 찰스 브라움이 고민을 풀어냈다.

"단순히 교육이 덜 되었거나 개인의 인성 문제로 보고 싶은데. 난민이나 테러 등으로 외부인 자체를 꺼리는 의식이 강해졌지. 정도는 심각하고 해결방법은 없어서 안타까운 일이야."

평소 바이올린을 연주할 때를 제외하곤 좀 모자라 보였던 그가 달라 보인다.

"그런데 갑자기 왜?"

"주변에서 비슷한 일을 겪었더라고요. 찰스가 한 말이 떠올라서 물어보려고 왔어요."

"저런."

"지금으로서는 분리해 두는 게 최선이에요?"

찰스 브라움이 고개를 무겁게 끄덕였다. 그러고는 잠시 생각을 정리하는 듯하다 입을 열었다.

"하지만 그렇다고 포기해선 안 되겠지. 할 수 있는 일을 할 뿐이야."

"멋지네요."

찰스 브라움이 씩 웃었다.

"고귀한 신분에 천재 바이올리니스트인 내가 이타적이기까지 하니 그럴 수밖에. 어때. 조금은 존경스럽지 않나?"

"그런 이유라면 찰스가 절 존경해야 할 것 같네요."

대답하지 않고 빙그레 웃자 찰스 브라움이 불편한 듯 입을 앙다물고는 시선을 피했다.

"서로 배경은 치우고 생각하지."

"계속하는 거예요?"

뜬금없이 자기 자랑을 하게 되었다.

찰스가 나를 이기고 싶다면 왕위 계승권은 낮더라도 차라리 영국 왕실이라는 배경을 내세우는 게 그나마 가능성이 있다고 생각하지만 그러자고 하니 받아들였다.

"바이올린은 내가 더 잘하지. 그건 너도 인정했어."

"맞아요."

어떻게든 자신을 뽐내고 싶어 하는 그가 귀여워서 웃는데 그럴수록 찰스는 분한 모양이다.

조금 놀려주고 싶어서 핸드폰을 꺼냈다.

"뭐 하는 거야?"

"무슨 상을 받았는지 보려고요."

"난 11번의 콩쿠르에서 우승했고 클래식 브릿 어워드에서 2010년과 2014년에 올해의 아티스트로 선정되었지."

"11번이나?"

"훗."

놀라서 되묻자 찰스 브라움이 만족스럽다는 듯이 웃었다.

베를린 필하모닉 공식 홈페이지에 접속하자 내 수상이력이 나왔다.

차례로 읽어주기 시작했다.

"올해의 레코드 2번, 베스트 음반 2번…… 그래미랑 그라모폰은 받은 게 너무 많네요. 17년에 아카데미 음악상, 빌보드 클래식 차트 7년 연속 1위. 그라베마이어랑…… 너무 많으니 직접 보세요."

하나하나 읽어주려 했는데 너무 많기도 하고 이런 걸 받았었나? 싶은 것도 있어 핸드폰을 넘겨주었다.

찰스 브라움은 받지 않고 입을 살짝 벌린 채 아차 싶다는 표정이다.

"받아요."

"……다 기억하고 있어."

"뭘요."

"네 수상이력."

"이 많은 걸요?"

"……이쯤 하지."

빙그레 웃었다.

"아무튼 물어보고 싶은 건 끝인가?"

"네. 현실적으로 접근할 수 있는 방법이 없을까 싶었는데 많지 않은 것 같네요."

"그렇지."

"그래도 이런 의식은 좋은 것 같아요."

"그건 무슨 뜻이야?"

"음악가니까 음악으로 이야기하겠단 뜻이에요."

찰스 브라움이 고개를 끄덕였다.

집으로 향하는 길에 푸르트벵글러의 집을 지나치는 도중 그 앞에 반가운 사람이 보여 차를 세웠다.

"따로 갈 테니 먼저 돌아가세요."

"알겠습니다."

기사를 보내고 돌아서자 푸르트벵글러의 고함이 여기까지 들렸다. 거리가 꽤 있는데도 우렁차다.

"돌아가!"

웃으며 점잖게 다시 한번 노크를 하는 노신사에게 다가가 인사했다.

"얀스."

이제 백발이 성성한 마리 얀스가 뒤돌아보더니 얼굴을 활짝 폈다.

"오, 도빈 군이 아닌가."

반갑게 악수를 나누곤 물었다.

"여긴 어쩐 일이에요?"

"위로하러 왔지."

말끝에 '쫓겨나와 힘들지 않겠는가'라고 덧붙인 그에게서 익살스러움을 조금 느낄 수 있었다.

그렇게 점잖은 마리 얀스에게도 이런 면이 있을 줄은 몰랐다.

"누가 쫓겨나왔다는 거야!"

귀도 좋지.

푸르트벵글러가 현관문을 벌컥 열고는 성을 냈다.

그 모습을 보니 한참은 더 현역으로 활동할 수 있을 듯해 안심했다.

"넌 어쩐 일이냐?"

"지나가다가 얀스 보고 왔어요. 위로해 준다고 온 사람한테 문도 안 열어줬던 거예요?"

"도빈 군이 도리를 아는군."

나와 마리 얀스가 빤히 바라보자 부들부들 떨던 푸르트벵글러가 이내 길을 터주었다.

거실로 들어서니 푸르트벵글러가 쌀쌀맞게 말했다.

"적당히 앉아."

"나는 따뜻한 차가 좋네."

"허. 도로 쫓겨나가고 싶다면 던져주지."

"쫓겨나온 건 자네지 않은가."

"하하하하하!"

두 사람의 대화가 너무 웃겨서 크게 웃고 말았다.

점잖은 사카모토와 마리 얀스도 푸르트벵글러 앞에서만큼은 이렇게나 유쾌해지는 모양이다.

"고얀 놈들."

불쾌한 듯 인상을 있는 대로 쓴 푸르트벵글러가 숨을 길게 내쉬었다.

"쉬라고 해도 고집부려서 단원들이 쫓아낸 건 사실이잖아요."

"아, 그런 사정이 있었구만."

마리 얀스가 고개를 끄덕였고 푸르트벵글러가 신경질적으로 반응했다.

"뭐 하러 왔어? 성질 긁으러 왔으면 당장 나가."

"그럴 리가 있겠나. 자네가 모임도 안 나오니 얼굴이나 보러

온 게지."

"늙은이들 뭐가 좋다고 매년 보는지. 쯧."

"모임이요?"

마리 얀스에게 물었다.

"우드 바투타라고 매년 마음이 맞는 사람끼리 모이는데 벌써 40년이 넘었지."

꽤 오래된 모임이다.

"하나둘 떠나니 이제 남은 사람은 네 명뿐인데 이 친구가 안나오니 직접 찾아올 수밖에."

푸르트뱅글러는 관심 없다는 듯 눈을 감고 소파의 팔걸이를 툭툭 치고 있다.

"두 사람이 이렇게 친할 줄은 몰랐어요."

"안 친해."

마리 얀스에게 묻자 푸르트뱅글러가 기다렸다는 듯이 부정했다.

카라얀을 부정하는 푸르트뱅글러가 그의 제자인 마리 얀스를 싫어하는 줄 알고 있던 터라 마리 얀스에게 답을 구했다.

그도 부정하지는 않았다.

"친근한 사이는 아니지만 함께 늙어가다 보니 서로 이해하는 부분도 생겼네. 안 그런가, 푸르트뱅글러."

"흥."

음악만큼은 분명 서로 인정하고 있을 테고 두 사람 정도의 수준이라면 고독함을 느낄 수밖에 없다.

자신의 음악을 깊게 이해할 수 있는 사람이 라이벌뿐이라고 생각하면, 두 사람의 관계를 단순히 친하거나 멀다는 말로 설명할 순 없을 것이다.

나 또한 그랬으니까.

모처럼 만난 두 사람이 함께할 수 있게 자리를 비켜줘야 할 것 같다.

"그럼 전 가볼게요."

"가는 길에 저 인간 좀 같이 데려가거라."

"싫어요. 얀스, 그럼 오케스트라 대전 때 봐요."

"기대하겠네."

배도빈이 떠나고 단둘이 남은 푸르트벵글러와 마리 얀스는 대화 없이 시간을 보냈다.

그러다 푸르트벵글러가 음악을 틀었다.

시카고 심포니의 상임 지휘자이자 그들과 함께 거장으로 칭송받는 제르바 루빈스타인이 지휘한 말러의 6번 교향곡이었다.

곡이 끝난 뒤에야 마리 얀스가 입을 뗐다.

"언제 들어도 루빈스타인의 말러는 감탄이 나오는군그래."

"말러만은. 들어줄 만하지."

마리 얀스가 심통이 난 푸르트벵글러를 보다가 다시 말을 걸었다.

"드보르자크는 필스가 좋았지."

"도빈이가 나아."

"필스가 들으면 서운해하겠네."

"사실일 뿐이야. 필스는 라흐마니노프가 괜찮았지."

"그렇게 생각하나? 라흐마니노프는 브루노 발터라 여겼거늘."

비슷한 세대의 지휘자들을 언급하기 시작한 두 사람은 이미 떠난 사람, 아직 남은 이들을 떠올리며 대화에 열을 붙여갔다.

그리고 이내 베토벤에 이르러서는 모처럼 만에 평범하게 오가던 대화가 다시금 다투듯이 되었다.

"베토벤은…… 아무리 생각해도 내가 제일이었던 것 같군."

"이 영감탱이가 망령이 났나."

한동안 옥신각신한 두 사람은 다시 입을 닫았고 오랜 시간 뒤에 마리 얀스가 회환에 젖은 목소리로 말했다.

"오래되었네."

마리 얀스는 자신과 함께했던 인물들을 떠올리며 자신의 삶을 돌아보았다.

비록 그때의 모습은 온전히 기억할 수 없었지만 음악만큼은 비록 60년 전에 연주되었던 것이라도 생생했다.

"시대가 변하기 시작했네. 정말 새로운 바람이 일고 있어. 우리 손으로 이뤄내고 싶었던 일 말일세."

푸르트벵글러는 반응하지 않았다.

사카모토 료이치와 함께 새로운 바람을 가장 먼저 느꼈기에 이러한 날이 올 거라 굳게 믿고 있었다.

"점점 기괴해지는 클래식을 들으며 안타까웠지. 음악의 본질보다는 단순히 파괴하는 듯한 성향에 어느새 나도 보수적이 되었던 듯하네."

일찍이 푸르트벵글러와 마리 얀스를 비롯한 음악계 거장들은 변질되는 클래식을 경계해 왔었다.

양식을 탈피해 자유를 찾은 음악이 어느 시점부터 양식을 부수는 데에만 초점이 맞춰졌다.

그러다 보니 미학은 사라지고 아름다움을 부정하는 다른 무엇인가를 추구하는 이들이 생겨났다.

바흐, 모차르트, 베토벤.

그 뒤로 수많은 음악가가 남긴 그 찬란한 인류의 유산이 무너질까 두려워, 그들은 보수적이 되었다.

"그래서 런던의 주장을 마냥 부정할 수도 없었지. 그들 말대로 그 기괴한 소음을 들을 바에야 고전으로 돌아가는 게 낫다고 생각했으니까. ……물론 인터플레이의 저열함에는 동조하지 않지만 말일세."

푸르트벵글러가 일어나 부엌으로 향했다.

잠시 뒤 물 끓는 소리가 났다.

"하지만 이제는 괜찮아. 나는 진정 새로운 시대가 열렸음을 느꼈네. 재능 있는 세대가 나섰고 클래식 음악계는 과거 그 어떤 때보다 호황이지."

"하고 싶은 말이 뭔가."

침묵을 지키고 있던 푸르트벵글러가 묻자 마리 얀스가 빙그레 웃으며 답했다.

"우리의 시대가 얼마 안 남았네. 더 늦기 전에 마침표는 찍어야 하지 않겠는가."

푸르트벵글러가 무심하게 마리 얀스 앞에 홍차를 가져다주고는 자리에 앉았다.

"복귀하게. 그리고 오케스트라 대전에 참가하게."

"베를린 필하모닉은 도빈이가 알아서 할 테니 그리 알아."

마리 얀스가 고개를 저었다.

"아니. 난 자네도 나서라고 말하고 있는 걸세. 도빈 군과 베를린 필하모닉 B가 아니라 전통을 지켜왔던 빌헬름 푸르트벵글러와 본연의 베를린 필하모닉 말일세."

"……."

"자네와 베를린 필하모닉 A가 없는 오케스트라 대전은 의미가 없어."

마리 얀스 앞에 놓인 찻잔 위로 김이 모락모락 피어올랐다.

그것이 식을 때까지 푸르트뱅글러는 눈을 감고 답하지 않았다.

그리고 마침내 고개를 끄덕였다.

"찻값은 치렀군."

푸르트뱅글러의 말에 마리 얀스가 만족스럽게 웃었다.

"잘 생각했네."

"하나 정정하지."

푸르트뱅글러가 단호히 말했다.

"아직 새 시대는 오지 않았어. 난 아직 세상에 없던 음악을 듣지 못했네."

"전혀 다른 음악은 존재할 수 없네."

"그런 뜻이 아니야."

알 수 없기에 막연할 수밖에 없다.

그러나 푸르트뱅글러의 믿음은 확고했다.

언젠가는 반드시.

세상에 없던 음악을 들을 수 있을 거라고 그런 가능성을 보여준 사람이 있었기에 그렇게 굳게 믿을 수 있었다.

"내가 참전하는 일은 우리 시대를 마무리하는 게 아니야. 새 시대의 가능성을 확인하는 일이지."

푸르트뱅글러의 확고함에 마리 얀스가 옅게 웃었다.

♪

집에 도착하니 어머니께서 반갑게 맞이해 주셨다.

"다녀왔습니다."

"조금 늦었네?"

"오다가 푸르트뱅글러한테 잠깐 들렀어요."

"그럴 줄 알았으면 연락해 볼걸. 손님 왔어. 예쁜 친구던데?"

어머니께서 웃으시더니 정원으로 향하셨고 집사가 응접실로 안내해 주었다.

문을 열자 하얀 정장 차림에 흰 면장갑을 낀 정신병자를 볼 수 있었다.

놈이 돌아섰다. 오른손으로 얼굴을 가린 채 천천히 눈을 뜬다.

"다시 만났군. 검은 용의 마왕이여."

"경찰 불러요."

정원 쪽으로 향하고 있는 집사를 불러 세웠다.

"예?"

"후후훗. 역시 마왕이라 할지라도 이 몸만은 두려운가? 걱정 마라. 오늘은 할아버지의 권유로 인사를 하러 왔을 뿐이니."

"할아버지? 마리 얀스?"

"후훗. 그렇다. 라트비아의 고귀한 음악가, 백작 마리 얀스가 내 조부시지."

"……도련님, 어떻게 할까요?"

"우선은 괜찮은 거 같아요."

이상한 놈이지만 일단은 인사하러 왔다고 하니 두고 봐야겠다.

얀스 얼굴을 봐서라도 말이다.

"아, 나는 60도로 짧게 우려낸 홍차를 좋아하네."

벌써부터 머리가 지끈거리지만 차를 내와 달라 부탁했다.

잠시 뒤 집사가 차를 내왔고 나는 찻잔을 유심히 관찰하는 녀석을 마땅찮게 봤다.

"빨리 마시고 돌아가."

"리차드 지노리. 멋진 취향이군."

뭐라는 거야.

아리엘 핀 얀스라는 놈이 향을 즐기는 듯 숨을 들이쉬었다. 그러더니 홍차를 한 모금 마시곤 가슴 주머니에 꽂혀 있는 장미를 들었다.

"토마스 필스 경과 할아버지께서는 항상 그대 이야기를 해주었지. 꼭 한 번 이렇게 만나고 싶었어."

"아, 그래."

녀석이 빙그레 웃고는 손에 쥐고 있던 장미를 입에 가져갔다. 꽃잎 하나를 뜯어 먹고서는 천천히 등받이에 기댔다.

보통 미친놈이 아니다.

이상한 인간은 꽤 많이 만났다고 생각하건만 이런 놈은 처음이다.

"인터플레이와의 싸움은 잘 봤다. 마왕의 싸움은 지저분하고 맹목적일 줄 알았거늘 과연 왕이라는 자다운 고귀한 자태. 인상적이야."

머리가 아프다.

"그래서 정했지. 이 나의 호적수로 인정할 만한 사람인지 눈과 귀로 직접 확인하겠다고. 전율. 환희. 할아버지와 필스 경의 말씀대로였어."

"그래. 그래."

"그러나 새로운 시대를 열고 그 가장 앞에 설 자는 아리엘핀 얀스. 오늘은 선전포고로 그대에게 내 음악을 들려줄."

"나가."

"……들려줄."

"나가라고."

얀스의 얼굴을 보고 참는 것도 한계에 이르렀다.

뭔가 알 수 없는 헛소리를 해대는 녀석을 두고 응접실을 나섰다.

내 층으로 올라가 잠시 머리를 식히고는 오케스트라 대전 때 지휘할 에로이카 악보를 살피다 보니 어느새 해가 저물었다.

슬슬 허기가 져 계단으로 내려가는데 이상한 대화 소리가 들렸다.

"이럴 수가."

"뭐, 뭐야. 당신 누구야."

"이런 초라한 곳에서 지중해의 아프로디테를 만날 줄은 몰랐습니다. 여신이여, 별의 이름을 받은 아리엘 핀 얀스가 인사 드릴 수 있는 영광을 구하나이다."

'저 미친놈이 아직도 안 돌아갔네.'

계단을 마저 내려가자 정신병자가 진달래를 두고 개수작질을 하고 있다.

한쪽 무릎을 꿇고 올려다보는데 진달래가 움찔하자 손을 쥐어 손등에 입을 맞추었다.

"그대의 이름은?"

"지, 진달래인데."

"뜻을 알려주시겠습니까?"

"그냥…… 꽃 이름."

진달래가 꽃 진달래라는 뜻이라 덧붙이자 아리엘 핀 얀스가 일어서 양팔을 벌렸다.

"봄에 그대와 같은 봄꽃을 만나다니. 그대와 너무도 잘 어울리는 이름이오. 이 가슴 가장 깊은 곳에 간직하겠소."

다가가 놈의 엉덩이를 걷어찼다.

형편없이 넘어질 줄 알았던 녀석이 날렵하게 몸을 구르더니 자연스럽게 일어섰다.

"뒤에서 급습이라니. 이 내 재능을 시기하는 것인가."

"너 짜증 나니까 좀 돌아가라."

"그대와의 용건은 끝났다. 지금은 봄의 여신과 만나는 중이고 방해한다면 결투를 신청하지."

　또 머리가 아파진다.

"네 손님이라니까 네가 알아서 해."

"어? 나 근데 푸르트뱅글러 할아버지 만나러 가야 하는데."

"아아! 이럴 수가! 여신이여, 그대도 마왕군에 넘어갔단 말입니까. 어찌하여 마왕의 편에 계십니까."

"미치겠네."

　핸드폰을 꺼내 집사를 불렀다.

　곧 아래층에 있던 그가 올라왔다.

"부르셨습니까, 도련님."

"저놈 쫓아내 주세요."

"홍. 이 집의 주인이 그리 말하니 어쩔 수 없지. 하나 내 발로 걸어 나가겠다."

"만났을 때부터 나가라고 했어."

　녀석을 쫓아낸 뒤에 몰려드는 피로감에 밥 생각도 사라지고 말았다.

1층 로비 소파에 앉으니 진달래가 물었다.

"누구야?"

"미친놈."

그 말로는 만족스럽지 않은지 다시 한번 묻기에 대답해 주었다.

"로스앤젤레스 필하모닉의 악장이래. 내 심장에 창을 꽂겠다느니 헛소리를 해대는 놈이야."

"아."

고개를 끄덕인 진달래가 묘하게 머뭇거렸다.

"푸르트벵글러 보러 간다고 안 했어? 어서 가 봐."

"어. ……근데."

의아하여 올려다보자 진달래가 쭈뼛대며 물었다.

"……좀 멋있지 않아?"

기가 차서 뭐라 하려다가 고개를 저었다.

이미 얼굴을 붉히고 있는 녀석에게 무슨 말을 해도 안 먹힐 것 같다.

마리 얀스를 떠나보낸 뒤, 푸르트벵글러는 봉달 서커스에 삽입할 곡을 정리하였다.

이제 작업은 녹음만 남았는데 연주자도 구해놓고 연습도 반복했던 터라 크게 신경 쓸 부분은 없었다.

베를린 필하모닉에서 지휘를 했더라면 결코 이렇게 빠른 시간 안에 완성할 수는 없었다.

그리 생각하니 잠시간 주어진 휴가를 꽤 알차게 보냈다는 생각이 들었다.

그때 진달래가 문을 두드렸다.

뜻하지 않게 들인 제자는 지금까지 푸르트벵글러가 대했던 사람들과 달리 힘이 넘쳤다.

노년의 푸르트벵글러에게는 진달래를 가르치는 일이 썩 즐거운 소일거리였다.

"안녕."

그런데 오늘은 평소의 씩씩한 모습과는 달리 조금 얌전하여 푸르트벵글러는 그를 의아히 여겼다.

"무슨 일 있느냐? 힘이 없구나."

"아니. 똑같은데? 여기. 쉐프 아저씨가 싸줬어. 할배랑 같이 먹으래."

"음. 좋지."

배도빈에게 고용된 쉐프가 준비한 것을 식탁에 펼치자 이내 그럴듯한 저녁상이 차려졌다.

푸르트벵글러가 입을 열었다.

"내일부터 녹음에 들어갈 거다."

"어? 벌써?"

"음. 그러니 잘 준비해 둬라. 네가 예전에 했던 것처럼 컴퓨터로 조작하는 일은 없을 테니."

"으아아아. 가사 다 만들어서 숨 좀 돌리나 싶었는데."

푸르트벵글러가 울상을 짓는 진달래를 보고는 작게 웃었다.

처음에는 불순물이 너무 많이 묻어 있어 그것이 진정 보석인지조차 알아보기 힘들었던 또 한 명의 천재.

한 달 정도 가꾸었을 뿐이고 아직 세공이 들어가기도 전인데, 닦아낸 원석은 그 붉은 빛을 오묘히 발하고 있었다.

'연주는 영 아니지만.'

베이스는 기분을 내는 정도.

진달래의 목소리에는 힘이 있고 호소력이 짙었다.

그것을 어떻게 사용하는지 알았으니 완전히 자신의 것으로 받아들인다면 캐슬린 배틀 같은 가수가 될 수 있을 거라 믿었다.

배도빈과 소소, 나윤희.

이번에 새로 입단했다는 진 마르코와 나카무라 료코.

그리고 진달래.

푸르트벵글러는 낮에 마리 얀스가 한 말을 떠올렸다.

배도빈이 세상에 모습을 드러낸 뒤로 분명 음악계는 변화해 왔다.

기괴함을 위한 음악이 아니라 정말 음악이 아름다움에 더욱 근접한 듯한, 발전하고 있다는 느낌을 받을 수 있었다.

그러나 한 명의 천재가 독주한다고 시대가 변화하였다고는 할 수 없었다.

베를린뿐만 아니라 세계 각지에서 재능 있는 음악가들이 속속들이 나타나고 있었다.

마치 카라얀 이후 마리 얀스, 브루노 발터, 아르투로 토스카니니, 사카모토 료이치와 푸르트벵글러가 활동하기 시작했을 무렵처럼 말이다.

푸르트벵글러는 음악을 향유하는 이들이 늘어나고 뛰어난 음악가들이 재능을 뽐내는 이러한 환경을 무척 긍정적으로 생각하면서도 한편으로는 아쉬움을 느꼈다.

배도빈의 대교향곡이 생각보다 늦어지고 있다는 점.

새로운 시대가 열렸음을 알리는 데 그보다 좋은 것도 없으리라 생각했다.

세기의 천재라는 배도빈도 틈이 날 때마다 대교향곡을 붙들었지만 좀처럼 진전은 없었다.

마치.

베를린 필하모닉이 그 일의 족쇄가 된 듯한 기분을 떨쳐낼 수 없었다.

'아니 될 일이지.'

푸르트벵글러가 고개를 저었다.

이미 1년간 지휘자로서 갖춰야 할 것들을 보여주고 들려주었다.

처음 만났을 적부터 음악에 관해서는 완벽했기에 악단을 지휘하고 감독하는 입장을 알려주었고.

배도빈은 푸르트벵글러와는 다른 답을 찾아낸 듯했다.

그 또한 방법이리라.

그리 생각한 푸르트벵글러는 이제 배도빈을 놓아줘야 한다고 생각했다.

베를린 필하모닉이라는 거대한 성조차 배도빈이 이끄는 변화의 물결을 견뎌낼 순 없었다.

언젠가는 올 일이 다가왔을 뿐이라 생각하며.

그 시기가 자신이 생각했던 것보다 조금 빨랐을 뿐이라 생각하며 푸르트벵글러는 기쁘면서도 아쉬웠다.

카밀라 앤더슨이 베를린 필하모닉의 모든 단원을 한자리에 모았다.

200여 명의 단원이 의아하게 있는데 단상에 푸르트벵글러가 모습을 드러냈다.

그를 오랜만에 보는 단원들은 반가운 마음에 소리를 치려고 했다가 그가 얼마나 화가 났었는지를 떠올리곤 잠시 상황을 지켜보았다.

카밀라 앤더슨이 입을 뗐다.

"저희 베를린 필하모닉 운영진은 오케스트라 대전에 출전시키기로 결정하였습니다."

단원들이 잠시 술렁였다.

"베를린 필하모닉은 두 팀으로 참가할 것입니다. 기존에 준비하고 있던 B와 별개로 A팀 역시 출전. 마에스트로 빌헬름 푸르트벵글러가 객원 지휘자 신분으로 지휘를 맡아주실 예정입니다."

푸르트벵글러의 복귀 의사를 전달받은 베를린 필하모닉 악단주와 운영, 사무국은 투표를 다시 해서라도 그를 복직시키려 했다.

그러나 푸르트벵글러는 뜻깊은 전통을 깰 수는 없다고 고집, 베를린 필하모닉의 객원 지휘자로서 합류하였다.

이러한 사실을 몰랐던 단원들은 울컥한 마음에 단상을 몰려들었다.

그 누구도 푸르트벵글러를 객원 지휘자로 생각지 않음은 당연한 일이었다.

"셰프!"

"제성해어어!"

"이제 괜찮은 거예요?"

단원들을 다독인 푸르트벵글러는 상황 설명을 뒤로하고 마이크 앞에 섰다.

"OOTY에서 베를린 필하모닉 A의 참가를 특별히 승인해 주었다. 말 그대로 예선을 치르지 않은 특별대우다. 그간 우리가 쌓은 이름값 덕분이겠지."

"……."

"적폐다. 고집이고. 나가지 말아야 할 이유는 너무도 많다. 하지만 나는 참가하기로 결정했다."

푸르트벵글러가 고개를 돌려 얼굴이 활짝 핀 배도빈을 보며 말했다.

"베를린 필하모닉 A의 목표는 우승. 그리고 그것은 B도 마찬가지다. 배도빈 악장."

"네."

"베를린 필하모닉 B가 우승하지 못한다면 그 책임을 지고 이곳을 떠나라."

푸르트벵글러의 복귀 소식에 기쁨으로 가득 찼던 회장이 무겁게 내려앉았다.

· 52악장 ·
천재들의 앙상블

단원들은 푸르트벵글러의 발언을 쉽게 받아들일 수 없었다.

푸르트벵글러도 배도빈도 베를린 필하모닉에 없어서는 안 될 사람이었다.

배도빈이 복귀하면서 베를린 필은 가파르게 성장했고 단원과 운영진을 포함, 겨우 250명 정도의 인원을 가진 악단이 후원금 제외, 순수 활동만으로 연간 수천억 원의 매출을 올리게 되었다.

푸르트벵글러는 베를린 필을 최고의 현대 오케스트라로 발전시킨 인물이었다.

그의 공백이 어떤 결과를 불러일으키는지는 지난 휴식 기간을 통해 명백히 드러나 있었다.

케르바 슈타인과 악장단이 최선을 다했으나 팬들은 연일 푸르트벵글러의 복귀를 요구하였다.

그런데 베를린 필하모닉 A와 B로 나뉘어 스스로 경쟁 구도를 만들다니.

마누엘 노이어가 나섰다.

"세프, 우리에겐 당신도 배도빈 악장도 소중합니다. 우승하지 못하면 떠나라뇨."

"맞아요. 받아들일 수 없습니다."

단원들이 마누엘 노이어에 동조하였다.

적극적으로 나서지 않는 사람들도 배도빈을 걱정스럽게 바라보았다.

그가 베를린 필하모닉을 위해 얼마나 노력했고 또 성과를 보였는지 알았기에 푸르트벵글러의 발언에 상처 받지는 않을까 우려한 것이었다.

그러나 푸르트벵글러는 조금도 자신의 의견을 꺾지 않았다. 그저 단상에서 배도빈을 볼 뿐이었다.

긴장의 순간.

배도빈의 웃음이 그 팽팽했던 분위기를 깨뜨리고 말았다.

"도빈아?"

마누엘 노이어와 함께 푸르트벵글러에게 강력하게 반대하고 나섰던 이승희가 배도빈을 걱정스레 불렀다.

하지만 그녀, 아니, 모든 단원의 걱정과는 달리 배도빈은 전에 없던 표정을 보여주었다.

그의 눈은 총기와 열망으로 가득했다.

"재밌겠네요."

배도빈이 입을 떼자 회장은 순식간에 아수라장이 되었다.

푸르트벵글러의 마음을 돌리려는 사람과 배도빈을 설득하려는 사람 그리고 이 상황에 대해 의견을 나누는 등 여러 말이 한꺼번에 오갔다.

"셰프! 대체 왜 이러는 겁니까?"

"도빈아, 너까지 왜 그래?"

"우리끼리 이러면 어쩌자고. 애초에 오케스트라 대전은 B가 참가하기로 했잖아!"

여러 말이 오가는 사이 푸르트벵글러가 단상을 내려쳤다.

그 소리에 단원들이 그에게 주목했고 푸르트벵글러는 주변을 둘러본 뒤 말했다.

"A팀 단원들은 30분 뒤에 제1연습실에 모이도록."

푸르트벵글러를 대신해 베를린 필하모닉을 이끌어 왔던 케르바 슈타인은 전체 미팅이 끝나자마자 푸르트벵글러를 찾았다.

그 외에도 많은 단원이 함께했지만 케르바 슈타인은 자신이 먼저 이야기를 나눠보겠다고 단원들을 진정시킨 뒤 푸르트벵글러와 독대하였다.

"이유를 알려주십시오."

케르바 슈타인은 차분히 물었다.

폭군이라 불리지만 푸르트벵글러가 이유 없이 그런 결정을 내릴 리 없다는 믿음이 있기 때문이었다.

푸르트벵글러는 창문 밖에 시선을 둔 채 답을 아꼈다.

"세프!"

"……작년은 참 즐거웠지?"

"예?"

푸르트벵글러의 선문답 같은 질문에 케르바 슈타인은 의아했다.

그러나 곧 이어지는 푸르트벵글러의 말에 이내 쓸쓸히 침을 삼킬 수밖에 없었다.

"그런 기분은 정말 오랜만이었어. 악단이 하나 되어 새로운 곡을 반복해 연습했지. 베를린 환상곡의 초연 때 관객들의 얼굴과 박수 소리를 잊을 수 있을까 싶다."

푸르트벵글러는 여전히 베를린 시내를 내려다보고 있었다.

"첫 번째 자선 공연과 투란도트는 또 어땠나. 베를린 필하모닉 역사상 가장 화려한 공연이었지. ……모두 녀석 덕분이야."

"……선생님."

"베를린 필하모닉의 보석. 할 수만 있다면 녀석에게 지휘봉을 쥐여주고 싶다. 할 수만 있다면 녀석을 상임 작곡가 자리에 앉혀놓고 싶어. 이 몸이 바스러질 때까지 녀석의 곡을 지휘하며 말이다."

푸르트벵글러가 돌아섰다.

케르바 슈타인은 푸르트벵글러의 눈을 보고는 아랫입술을 깨물었다. 그 젖은 눈이 그가 배도빈을 얼마나 아끼는지 말해 주는 듯했다.

"하지만 그건 내 욕심이다. 아니, 우리 모두의 욕심이지. 케르바, 자네도 대교향곡에 대해 들었을 테지?"

"……네."

"나는 내 악단이, 베를린 필하모닉이 녀석의 걸림돌이 되는 걸 용납할 수 없네. 만약 그렇다면 차라리 녀석을 보내는 게 옳아."

케르바 슈타인이 주먹을 꽉 쥐었다.

푸르트벵글러는 배도빈을 떠나보내고 싶은 것이 아니었다. 베를린 필하모닉과 배도빈을 위한 강경책을 내놓았을 뿐이었다.

마치 자신과 단원들에게 묻는 듯했다. 배도빈이라는 새로운 시대에 적응할 수 있겠냐고.

"단원들에게 전하게. 도빈이와 함께하고 싶다면 전력을 다해 녀석에게 어울리는 악단이 되라고."

"알겠습니다."

푸르트뱅글러의 뜻을 이해한 케르바 슈타인은 제1연습실로 향했다.

케르바 슈타인을 기다리고 있던 A팀 단원들은 케르바 슈타인을 보자 다급히 질문을 쏟아냈다.

그들을 진정시킨 케브라 슈타인이 푸르트뱅글러의 뜻을 전하자 다들 숙연해졌다.

"함께하기 위해서……."

배도빈 본인은 어떻게 생각할지 몰라도 적어도 빌헬름 푸르트뱅글러는 현 베를린 필하모닉이 그에게 어울리지 않는다고 판단했다.

그간 너무도 승승장구했기에 그런 생각을 하지 못했던 단원들은 처음으로 인식하기 시작했다.

어쩌면 배도빈이 베를린 필하모닉을 위해 자신을 희생하고 있을지도 모른다고 생각했다.

한 사람이 중얼거렸다.

"사실 도빈이가 맡은 일이 많긴 하지. 거의 모든 섹션에 관여하고 있잖아. A든 B든."

"작업도 더딜 수밖에 없겠네. 어렸을 때는 그렇게 많은 곡을 발표했는데 작년에는 단 두 곡뿐이었으니까."

"단 두 곡이라니. 그런 곡을 쓰고 싶어도 평생 못 하는 사람이 얼마나 많은데."

"도빈이가 기준이니까."

"……."

단원들의 말이 조금씩 도빈이에 대한 미안함과 애석함으로 번져나가고 있었다.

마누엘 노이어가 혀를 찼다.

"다들 지금 무슨 말을 하고 있는 거야? 그럼 뭐, 그 녀석을 보내줘야 한다는 뜻이야?"

"하지만."

"하지만이고 뭐고 우리가 아니면 누가 녀석에게 맞춰줄 수 있냐고. 안 그래?"

마누엘 노이어의 언성이 높아졌다.

"빈? 암스테르담? 런던? 녀석이 음악에 집중할 수 있게 해줄 악단이 우리 말고 누구란 말이야. 우리가 아니면 그 악랄한 천재 꼬맹이가 어떻게 마음 놓고 음악을 할 수 있겠냔 말이야!"

마누엘 노이어의 외침은 베를린 필하모닉 A를 울렸다.

"그렇게 불안해? 세계 최고의 오케스트라 베를린 필하모닉이 대체 언제부터 나약해진 거야?"

세계 최고의 오케스트라라는 베를린 필하모닉마저 배도빈을 감쌀 수 없다면 배도빈은 어디에서 악단 생활을 할 수 있겠는가.

그 말이 단원들의 가슴에 새겨졌다.

천재는 고독하다.

베를린 필하모닉의 단원들 역시 또래에서는 비할 자가 없었고 그렇기에 수많은 시기와 질투, 고독을 느꼈다.

자신과 비슷한 수준, 또는 그 이상의 사람들이 모인 이곳.

베를린 필하모닉에 입단한 뒤에서야 진정 음악을 함께 향유할 수 있었고 그렇기에 베를린 필하모닉의 유대와 소속감이 생긴 것이다.

그런데 이런 곳마저 배도빈을 감당하지 못한다면 배도빈은 어디서 교향곡을 연주하고 지휘해야 할까.

각자의 경험을 바탕으로 배도빈의 상황을 느낄 수 있었던 단원들은 그제야 조금 푸르트벵글러를 이해할 수 있었다.

푸르트벵글러는 배도빈을 내쫓으려 하는 것이 아니라 베를린 필하모닉이 배도빈에게 어울리는지 시험하는 것이었다.

단원들이 마음을 굳게 먹었고.

때맞춰 푸르트벵글러가 제1연습실로 들어왔다.

단원들을 앞에 두고 그들을 둘러본 푸르트벵글러는 고개를 끄덕이고 입을 열었다.

"A장조. 시작하지."

한편 베를린 필하모닉 B 단원들은 A팀과는 다른 이유로 잔뜩 걱정할 수밖에 없었다.

우승.

사실상 살아 있는 전설인 빌헬름 푸르트벵글러와 베를린 필하모닉 A를 뛰어넘지 못하면 배도빈을 떠나보내야 한다는 조건 때문이었다.

더군다나 정작 당사자인 배도빈이 싱글벙글하고 웃고 있었기에 단원들은 더욱 걱정되었다.

평소 무뚝뚝한 편이었던 배도빈이 저렇게 밝게 웃는 모습을 처음 보는 단원도 적지 않았다.

콘트라베이스 주자인 시엔 양이 소소에게 말을 걸었다.

"악장 평소랑 좀 다르지 않아요?"

소소가 배도빈을 물끄러미 보더니 고개를 끄덕였다.

"즐거운 것 같아."

"그죠? 이상한 거 맞죠?"

소소가 고개를 돌려 의아하게 물었다.

"이상해?"

"그렇잖아요! 우승하지 못하면 떠나야 하는데!"

시엔 양의 말을 들은 소소가 배도빈에게 성큼성큼 다가갔다.

"시엔이 너 이상하대."

소소의 말에 시엔 양이 화들짝 놀라 급히 소소의 입을 틀어막았다.

"아, 아, 아니. 그게 아니라!"

그 모습을 본 배도빈이 여전히 밝은 표정으로 시엔을 안심시켰다.

"괜찮아요."

소소가 시엔의 손을 내리고 물었다.

"재밌어?"

"그럼요."

배도빈의 대답에 소소가 살짝 미소 지었다. 마치 어린애처럼 순수하게 이 상황을 받아들이는 배도빈을 보니 소소도 기분이 좋아졌다.

"커흠. 이거 나도 좀 간이 떨리는데. 우승 못 하면 배도빈 악장이 떠나야 한다니."

타악기 수석 디스카우가 나서서 단원들의 난감함을 배도빈에게 전했다.

"걱정 말아요. 다들 열심히 하면 되니까."

그러나 이번에도 배도빈은 콧노래까지 흥얼거리며 캐논을 켰다.

경쾌한 연주에 묘하게 분위기가 진정되었다.

제2바이올린 주자 오오타 타카히코가 수석인 나윤희에게 귓속말을 했다.

"악장이 왜 저렇게 좋아하는지 알아요?"

그 말에 나윤희가 음 하고 뜸을 들이다가 말했다.

"원래 이런 경연 별로 안 좋아한다고 들었는데."

"들었는데?"

"상대할 사람이 없어서라고……."

"……."

"조금 이상하지만 도빈이니까 그럴 수도 있겠다는 생각이 들어요. 지금도 그렇지만 어렸을 적에는 더 그랬을 테니까."

나윤희의 말대로 모든 사람이 배도빈이 출전한 콩쿠르나 경연에서 그의 우승을 점쳤다.

이미 만 8살에 피아노계의 황태자라는 가우왕을 전 세계가 지켜보는 가운데 그의 홈그라운드에서 박살 내버렸으니 무리도 아니었다.

그것은 크리크 콩쿠르나 쇼팽 콩쿠르에서도 마찬가지였고 나윤희와 찰스 브라움이 참가했던 베를린 필 악장 오디션 때에도 마찬가지였다.

배도빈과 어깨를 나란히 할 만한 사람들은 죄다 클래식 음악계에서 30~40년씩 활동했던 리빙 레전드뿐이었으니.

배도빈이 그들과 경쟁할 명분도 기회도 없을 수밖에 없었다.

"그래서…… 즐겁나 봐요."

오오타 타카히코는 나윤희의 말을 이해할 수 없었다.

하지만 나윤희는 최근 무료해 보였던 배도빈이 생기를 찾은 듯해 조금은 괜찮지 않을까 생각했다.

♪

그때는 하루하루가 두근거렸다.

이름 있는 피아니스트를 찾아가 서로의 실력을 가늠하길 반복했다.

귀족들의 심심풀이를 위해서가 아니라 순전히 자신을 알리고, 서로의 세계를 더욱 깊이 이해하기 위해.

또는 순수한 향상심으로 도전하던 날이 내게도 있었다.

그러다 보니 어느 순간부터 여러 이름으로 불리기 시작했다.

선생님, 천재, 마에스트로.

감히 나와 '대화'하길 바라는 사람들이 줄어들었고 또한 청각을 잃으며 그 즐거움을 포기할 수밖에 없었다.

다시 태어난 뒤에도 마찬가지.

나와 대적하려는 사람은 없었고 첫 번째 삶과 마찬가지로 내 이름이 알려질수록 사람들은 나를 경외했다.

내 말을 거스르려 하지 않았고 내 음악이라면 모두 찬양했다.

그리 반갑지만은 않았다.

음악은 아름다워야 한다는 모호한 목적성만을 가졌기에 그 누구도 답을 알려주진 못하고 오로지 본인과 대중만이 판단할 수 있다.

안개 낀 그 길을 찾아 나아가는 과정은 몹시 외로운 일이라 맹목적인 찬양은 그리 달갑지 않았다.

때로는 내 존재를 위해서라도 스스로 변호하고 주장하고 싶거늘.

그래서 감히 내게 도전했던 가우왕이나 찰스 브라움이 반가웠던 것이다.

나는 나에 대해 말하고.

그는 그에 대해 말해서 서로를 이해할 수 있는 시간이, 그 '대화'가 너무도 소중했다.

고독한 여정에 큰 즐거움이었다.

대중은 한없이 나와 내 음악을 사랑해 주는 것 같으면서도 좋지 못한 음악에 대해서는 매몰차다.

그것을 너무도 잘 알기에 매번 머릿속으로 나와 그들이 바라는 음악 사이에서 고집을 세우고 논쟁을 이어나가야만 했다.

어떤 것도 그것을 대신할 순 없다.

하지만 가우왕이나 찰스 브라움 같은 훌륭한 음악가들과의 갈등만큼은 스스로를 돌아보고 타인을 이해하는 과정이 될 수 있다.

그것은 마치 영혼을 마주한 듯한 기분이 들게 하여 나라는 존재가 이 세상에 살아 있음을 알려주는 듯했다.

더 아름다운 음악을 하고 싶은 향상심을 충족시켜 주는 것이다.

사카모토와 푸르트벵글러도 그런 존재였다.

두 사람과는 비록 가우왕이나 찰스 브라움처럼 경쟁하지는 못했지만 그들은 내가 왜 그런 전개를 선택했는지, 지시를 하는지 이해했다.

최근에는 채은이도 조금씩 그런 모습을 보여주곤 한다.

이해받는 일은 얼마나 소중한가.

'내가 가는 길이 옳다.'

사람들은 나를 천재로 여기며 대단하다 말하지만, 나 역시 평범한 사람인지라 타인이 나를 깊이 이해하고 인정해 주길 바란다.

내 믿음이 옳았음을 인정받는 것으로 더욱 힘낼 수 있다.

아마 이기고 싶다는 가장 근본적인 본능도 결국에는 자신을 증명하고 싶다는 마음에서 생겨났을 터.

경쟁하는 상대를 넘어서려는 순수한 마음은 사람을 보다 강인하게 만들고 그 과정에서 호적수를 만나는 것은 소위 천재로 불리는 외로운 이들에게 더할 나위 없는 즐거움이다.

그래서.

푸르트벵글러의 말이 너무도 기뻤다.

'그때'와 '지금'을 통틀어 내게 '나를 넘어서라'고 요구한 사람은 단 한 명도 없었다.

그 말을 다른 누구도 아니라 세계에서 가장 뛰어난 음악가로 인정하는 이에게 들었으니 가슴이 두근거릴 수밖에.

세계 최고의 악단이라 생각해 선택했던 베를린 필하모닉이 내게 도전장을 내민 것이다.

이보다 좋은 경쟁자가 또 있을까.

푸르트벵글러라면 전력을 다해 부딪칠 만하다.

그 과정에서 서로를 더욱 깊이 이해할 수 있으리라.

나도 모르게 웃음이 나온다.

이렇게 가슴이 뛰는 것은 얼마 만인가.

나는 마치 처음 음악을 접했을 때의 소년으로 돌아간 듯했다.

5월 5일.

배영빈 감독의 데뷔작, 극장용 애니메이션 〈매국노〉가 대한민국과 중국에 동시 개봉하였다.

크레용 위즈는 영세업체임에도 마에스트로 빌헬름 푸르트벵글러가 오리지널 스코어 작업을 총감독했음을 적극적으로 홍보하여 최소한의 스크린을 확보하는 데 성공하였다.

그리고 대망의 개봉일.

한국 애니메이션, 일제시대, 신인 감독, 서커스.

여러 요인에서 크레용 위즈의 매국노는 성공보다는 제작비 회수 걱정부터 해야 하는 작품이었다.

그러나 반응은 폭발적이었다.

감독까지 직접 나서 밤을 새워 작업한 매국노는 뛰어난 영상미를 자랑했고 인물들의 디테일한 표정 변화까지 자세히 표현했다.

더욱이 일제에게 당한 크나큰 아픔을 지닌 한국, 중국 두 나라의 관객들은 극이 진행되면서 몰입할 수밖에 없었다.

매국노라 욕을 먹는 주인공 '봉달'이 몰래 뒤에서 조선총독부의 뒤통수를 칠 때마다 알 수 없는 후련함을 느꼈다.

세계적으로 유명해진 봉달 서커스가 미국에서 후원받게 되고, 일본인의 발을 핥았던 봉달이 성공 후 그들을 무시하는 장면에서는 카타르시스마저 느낄 수 있었다.

108분.

짧지 않은 러닝 타임 내내 지루할 틈이 없었다.

애니메이션 전반에 깔린 빌헬름 푸르트벵글러의 밴드 음악은 동양적 느낌이 들면서도 관객들을 고양시키는 힘이 있었다.

때로는 가슴 졸이고 때로는 감탄하면서 애니메이션을 즐긴 관객들은 엔딩 크레디트를 맞이하면서 가슴이 먹먹해졌다.

그리고.

봄비 젖은 개나리

그 아래 스며든 꽃잎의 눈물이

들을 감싸는 온기에 흐드러져요

곡 중간에 삽입되었던 '봄이 오는 들판에'의 풀 버전이 엔딩 크레디트가 오르는 도중에 흘러나왔고.

영화를 본 사람들은 그것을 듣기 위해 자리를 뜨지 않았다.

한국 기준 개봉 일주일 만에 누적 관객 수 80만 명 돌파.

중국에서는 320만 명을 기록하였고 동시에 세계 여러 평론가로부터 영상미와 오리지널 스코어 부분에서 극찬을 받았다.

└볼 때는 웃다가 나올 땐 울었다.

└아이와 함께 보러 갔는데 애기도 저도 너무 재밌게 봤네요. 너무 자극적이면 어쩌나 걱정했는데 그럴 걱정 안 하셔도 괜찮을 것 같아요.

└노래 누가 불렀나?

└나 진짜 엔딩 크레딧 올라갈 때 울었잖아. 하.

└한국 사람 같던데?

└진달래라고 이번에 처음 발표한 곡인 듯.

└첫 곡이 푸르트벵글러 곡 ㄷㄷ

└금수저였던 거임.

└푸르트벵글러 진짜 대단하다. 이런 국뽕물에 무슨 독일 작곡가를 쓰냐고 생각했는데 진짜 쩔었음.

└간만에 재밌게 봄. 이 정도 퀄리티면 우리나라 애니메이션도 돈 내고 보지.

♪

퇴근하고 집에 돌아오자 진달래가 요란한 소리를 내며 계단에서 뛰어 내려왔다.

"이거 봐! 다들 노래 좋대!"

"좋네."

"좋다니! 이건 그냥 좋은 게 아니라!"

더 좋은 말이 떠오르지 않는지 잠깐 고민하더니 이내 소리 쳤다.

"어마어마하게 좋은 거라고!"

"그래. 수고했어."

독일에는 아직 상영되지 않아 보지는 못했지만 푸르트벵글러가 직접 만든 곡이니 좋지 않을 리 없다.

독일에서는 스크린을 많이 확보할 수 없어 어쩌면 인터넷으로 집에서 봐야 할 수도 있겠지만 배영빈이 만든 만큼 언젠가는 꼭 볼 것이다.

"오늘도 바빠?"

"응. 먼저 올라간다."

"먹을 거 가져다줄게!"

진달래가 주방으로 향했다.

조금 더 자랑하고 싶은 듯해 받아주고는 싶지만 요즘은 그럴 시간이 없다.

푸르트벵글러는 이번 애니메이션의 오리지널 스코어 작업으로 전 세계에 자신의 건재함을 다시 한번 알렸다.

영화가 개봉도 하지 않은 유럽에서 푸르트벵글러가 작곡했다는 이유만으로도 곡을 사서 듣는 사람이 생겨날 정도니 말이다.

'대단했지.'

나 역시 제대로 녹음된 것은 오늘 처음 들었는데 역시나 훌륭했다.

오케스트라 풍의 밴드 음악이라니.

동양적 색채감을 풍긴다고 했지만 그것을 현대적으로 각색시켜 세련된 느낌을 줄 거라고는 생각지 못했다.

'또 한 번 놀라게 해주겠지.'

오케스트라 대전에 참가하기로 결정한 뒤로는 A팀도 B팀도 서로 어떻게 준비하는지는 철저히 비밀에 부쳤기에 더욱 기대되었다.

정말 제대로 붙어보자는 의미라서 나 역시 B팀 단원들을 독려하고 연주의 질을 높이는 데 주력한 두 달.

이제 다음 주면 잘츠부르크로 향하니만큼 달아오른 가슴

을 주체할 수 없었다.

똑똑—

진달래가 먹을 것을 가져온 것 같다.

"들어와."

"퇴근하자마자 일하네. 달래가 먹으라고 줬어."

최지훈이 샌드위치를 들고 방으로 들어왔다.

얼마 전에 독립하면서 베를린에 거처를 마련했는데 떨어져 지낸 지 오래되어 그런지 아직은 이렇게 나타나는 것에 익숙하지 않다.

"같이 먹어."

"응."

"공연은?"

"오늘 3시가 마지막이었어."

"벌써? 오래 준비했잖아."

"······오케스트라 대전 준비해야 하잖아."

샌드위치를 한 입 베어 먹었는데 성실한 최지훈이 벌써부터 2차전 과제, 협주곡을 언급했다.

독주자로 여러 사람을 생각해 봤는데 단원들도 한 번 호흡을 맞췄던 최지훈을 선호했기에 부탁했다.

녀석의 스케줄이 걱정되어 미리 언질을 해두었는데 벌써부터 준비하고 있을 줄은 몰랐다.

"아직 1차전 시작도 안 했으니 천천히 해도 돼. 2차전 확정되면 이야기해 줄게."

"당연히 통과하는 거 아니야?"

"글쎄. 다들 대단하니까."

샌드위치를 입에 물고 악보를 보는데 최지훈이 웃었다.

"뭐야?"

"뭐가?"

"왜 웃어."

"즐거워 보이는 것 같아서."

싱거운 녀석.

방긋방긋 웃는 최지훈을 보니 일할 마음도 가셔서 악보를 내려놓았다.

"예전에 생각나?"

"그렇게 물으면 어떻게 알아."

"있잖아. 네가 콩쿠르 나가기 싫다고 해서 내가 이유가 되어 주겠다고."

"아아."

"내가 그러고 싶었는데 선수를 빼앗긴 기분이야. 푸르트벵글러가 참전하기로 하니까 사람이 이렇게 달라질 수 있나 싶다니까."

오렌지 주스를 마시면서 최지훈의 말을 들었다.

"그래서? 이길 수 있을 것 같아?"

"글쎄. 질 생각은 없지."

적어도 1차전은 내 아홉 개의 교향곡 중에 하나를 선택하는 만큼 질 생각은 조금도 없다.

"그러고 보니 아리엘 핀 얀스라는 사람도 대단한가 봐. 유럽에는 잘 안 알려졌는데 미국에선 엄청나게 유명하대."

"정신병자야."

"응?"

"이상한 놈이니까 신경 안 써도 돼."

장미를 먹던 장면이 떠올라 소름이 돋았다.

미친 사람과는 상종하지 않는 게 답이다.

"암스테르담도 그렇고 빈도 그렇고 런던이랑 시카고, 로스앤젤레스…… 진짜 멋질 것 같아."

"그러게."

남은 샌드위치를 입에 털어 넣고 무심코 다시 악보를 보았다.

그러다 아차 싶어 다시 고개를 드니 최지훈이 나를 지그시보고 있었다.

"아, 미안."

"괜찮아. 나 가볼게. 파이팅!"

녀석을 보다가 한마디 했다.

"아직 기다리고 있어."

"어?"

녀석이 문을 붙잡고 돌아섰다.

"기다리고 있다고."

가만히 나를 보던 녀석이 밝게 웃고는 문을 닫았다.

요즘은 리사이틀도 열심히 하고 마음 자세도 좋은 걸 보니 빨리 성장해야 한다는 압박에서 완전히 벗어난 듯하다.

녀석과 함께 베를린 필하모닉 A와 겨룰 생각을 하니 악보에서 손을 뗄 수 없다.

"다들 악기 가져오세요!"

오케스트라 대전을 이틀 앞둔 날.

잘츠부르크로 향하기 위해 아침부터 분주했다.

사무국 직원들과 배송업체 그리고 단원들이 뒤섞여 주차장은 난리도 아니었다.

단원과 직원들은 전용기로 이동하지만 악기는 트럭으로 옮길 예정이다.

무게와 부피 때문인데 아무래도 새로 한 대 사야겠다.

배송업체가 준비한 거대한 트럭 앞으로 사람들이 몰려들었다.

"본인 박스 잘 확인하고 가져와 주세요!"

악기와 그것을 담을 안전하게 보관할 수 있는 철제 케이스를 고가로 장만해 여럿 비치하고 있기는 하지만 그렇다고 마냥 마음 놓을 수도 없는 법.

출장에 익숙한 단원들도 걱정되는 모양이다.

"잘 확인하고 넣어."

"으으. 그냥 가지고 가면 안 될까요?"

"이쪽이 더 안전해."

입단한 지 얼마 안 된 단원들이 애써 불안을 달래며 박스에 악기 케이스를 담았다.

"의상은 이쪽입니다!"

내부가 작은 옷장처럼 생긴 철제 박스를 연 배송업체 직원이 소리쳤다.

단원들은 또 우르르 그쪽에 몰려들었다.

타 지역으로 이동할 때마다 매번 겪는 일이지만 정말 번거롭다.

"도빈아."

카밀라다.

고개를 돌리니 사무국 직원인 멀핀이 함께 서 있었다.

"멀핀 알지? 이번에 과장으로 진급했어."

"축하해요."

멀핀과 악수를 나누었다.

쑥스러운지 작게 웃는다.

"이번 일부터 B팀 전담을 맡게 되었어. 유능한 친구니까 잘 해줄 거야. 혹시나 불편한 거 있으면 꼭 말하고."

"맡겨주세요."

카밀라의 소개 뒤에 멀핀이 다짐하듯 말했다.

그녀가 일하는 모습은 종종 봤던 만큼 믿고 함께할 수 있다. 그녀가 없었더라면 카밀라 역시 과로로 쓰러졌을 것이다.

"잘 부탁해요."

성실한 사람이기에 반갑게 받아들였다.

"A팀은요?"

"반대편에서 준비 중이야. 같이 처리하면 훨씬 편한데 굳이 따로 가야 한다고 고집부린다니까. 진짜 이해 못 하겠어."

카밀라가 투덜댔다.

푸르트벵글러가 오케스트라 대전이 끝날 때까지는 A와 B를 철저히 분리시켜 놓은 게 마음에 들지 않는 것이다.

덕분에 한 번에 처리할 수 있는 일을 나눠서 해야 하는 사무국 직원들의 불만도 납득할 수 있다.

"제대로 붙고 싶나 봐요."

"그게 문제야. 배려심이라고는 조금도 없어. 자기 마음대로 할 줄만 알지. 도빈아, 뒤는 걱정하지 말고 아주 코를 뭉개버려. 내가 지켜줄게."

카밀라가 주먹을 꽉 쥐어 보였다.

푸르트벵글러와의 개인적 친분을 생각하면 그를 응원하는 게 당연할 텐데.

재밌는 사람이다.

"그럴 생각이에요."

"좋아!"

"아, 준비 끝난 듯하네요."

"나도 가봐야겠다. 그럼 잘츠부르크에서 봐."

카밀라가 A팀이 있을 반대편 주차장으로 향했다.

멀핀이 나와 단원들을 안내했고 전용기에 탑승.

한 시간 정도 걸려 잘츠부르크에 도착할 수 있었다.

♪

음악의 도시 잘츠부르크는 크리크 국제 음악 콩쿠르로 분주했다.

배도빈이란 걸출한 인물의 등장으로 어린 음악 영재를 발굴, 육성하자는 분위기가 형성되었고.

그 취지로 만들어진 크리크 국제 음악 콩쿠르는 벌써 10회째를 맞이하고 있었다.

어린 음악가들이 소화하기에는 스케줄이 지나치게 빡빡하다는 이유로 지역 예선인 칸토가 6월에서 2월로 앞당겨졌고, 본 무대인 크리크는 기존 7월에서 6월로 조정되었는데(결선 기준).

때마침 앞뒤로 오케스트라 대전과 잘츠부르크 축제까지 열리니 5월부터 8월까지 잘츠부르크는 모든 거리에 음악이 넘쳐나게 되었다.

당연히 전 세계의 모든 음악인이 모이는 것도 과언은 아니었다.

주최 측인 세계 클래식 음악 협회(WCMA: World Classical music Association)에서는 이런 드문 기회를 십분 활용.

음악인들이 친분을 교류할 수 있도록 전야제를 이틀간 성대하게 열었다.

클래식 음악의 발전을 도모하기 위한 거장들의 교류가 목적이었다.

그러나 각자 자신이 세계 최고라고 증명하기 위해 모인 이들이 하하호호 잘 지낼 리 만무.

특히 인터플레이로 인해 사이가 극도로 악화되었던 베를린 필하모닉과 런던 필하모닉의 두 지휘자가 만나자마자 으르렁댔다.

"쫓겨났다더니 용케 참가했군, 푸르트뱅글러."

런던 필하모닉의 지휘자 아르투로 토스카니니가 푸르트뱅글러를 보자마자 대뜸 시비를 걸었다.

푸르트뱅글러가 그를 본 뒤 고개를 돌려 사카모토 료이치에게 말했다.

"자네도 알았나? 토스카니니가 살아 있어. 노망나 뒈진 줄 알았는데."

"뭐라?"

토스카니니가 멋지게 맞받아친 푸르트벵글러를 향해 이빨을 드러냈다.

"그 더러운 입 열지 말게. 인터플레이 엉덩이를 핥아서 그런지 똥 냄새가 심하군."

"뭐, 뭐가 어쩌고 저째!"

두 거장의 말싸움이 험해지고 있을 때 배도빈은 그런 일에는 조금도 관심 없는 듯 브라우니를 먹고 있었다.

심지어 단맛에 부족함을 느끼고 초콜릿 퐁듀에 담가 먹기까지 했다.

"입심은 여전하네. 공개석상에서 저런 말을 거침없이 할 수 있는 사람은 저 사람뿐일 거야. 안 그래?"

가우왕은 아르투로 토스카니니와 빌헬름 푸르트벵글러의 싸움에 감탄했다.

"가우왕도 못지않잖아요."

"……."

평화롭게 디저트를 먹던 배도빈이 대수롭지 않게 답했다.

"그 미칠 듯이 단것 좀 그만 먹어. 그러다 죽어."

"가우왕은 슬슬 관리해야 하지만 전 아직 괜찮아요."

"……빌어먹을 꼬맹이."

"가우왕이야말로 술 좀 줄여요. 술 마셔서 득 본 사람 못 봤어요."

"네가 술맛을 알아?"

"가우왕보단 더 잘 알걸요?"

가우왕이 혀를 찬 뒤 샴페인을 마시는데 멀리서 최지훈이 두 사람을 향해 반갑게 손을 흔들었다.

"가우왕 씨! 와 계셨네요!"

"그래."

"잘 지내셨죠?"

"이거 먹어."

"아, 고마워. ……근데 너무 달 것 같은데."

최지훈이 배도빈에게서 브라우니를 건네받아 한 입 먹고는 눈을 크게 떴다.

배도빈을 보면서 고개를 끄덕이니 비로소 배도빈이 만족하고 다시금 디저트에 집중했다.

"혹시 가우왕 씨도 참가하세요?"

"아아. 암스테르담이랑."

"네?"

가우왕의 말에 최지훈이 깜짝 놀랐다.

그러지 않아도 강력한 우승 후보로 꼽히는 암스테르담 로열 콘세르트허바우가 2차전 협주자로 가우왕을 영입했다니.

배도빈과 함께 반드시 우승하고 싶었던 최지훈으로서는 놀라지 않을 수 없었다.

배도빈도 놀라긴 마찬가지였다.

"진짜예요?"

"드디어 네 콧대를 눌러줄 기회가 온 거지."

"사람들이 한 번 졌던 건 이해해도 두 번 지면 불쌍하게 생각할 텐데."

"뭐라고?"

가우왕의 참전 소식에 놀랐던 최지훈은 가우왕을 놀리며 작게 웃는 배도빈을 보고선 안도했다.

분명 넘보기 힘든 상대가 생겼지만 지금은 형제 같은 배도빈이 오케스트라 대전을 즐기고 있음이 더 기뻤다.

가우왕이 최지훈에게 말을 걸었다.

"그러고 보니 많이 늘었던데? 쇼팽 에튀드 좋았다."

"연주회 와주셨던 거예요?"

"뭐. 가까웠으니까."

"거짓말 말아요. 베를린이랑 프라하면 적어도 서너 시간은 걸릴 텐데."

"쓸데없는 말 하지 말고 먹던 거나 계속 먹어."

한편 내빈으로 초대받은 히무라가 배도빈, 최지훈, 가우왕이 인사를 나누는 모습을 보았다.

배도빈이 최지훈에게 초콜릿을 묻힌 브라우니를 권하고 있었다.

인사를 하러 막 발을 떼려던 차, 한 남자가 히무라 곁으로 와 말을 걸었다.

"신기하네요. 가우왕이 다른 사람과 친하게 지내다니."

"아, 스클레너 씨."

히무라가 세계 클래식 음악 협회 이사인 레이 스클레너를 알아보고 악수를 청했다.

레이 스클레너도 엑스톤을 시작으로 배도빈 등 여러 음악가를 발굴, 육성한 히무라를 익히 알고 있었기에 반갑게 인사를 나누었다.

두 사람이 다시 배도빈 일행이 있는 쪽으로 시선을 두었다.

가우왕은 어지간한 사람이 아니고서야 무시하기로 유명했다.

목이 뻣뻣하여 사람들과 잘 안 어울린다고 알려졌는데 그런 이야기와는 달리 배도빈, 최지훈과 잘 지내니 레이 스클레너에게는 의외였다.

"이렇게 보니 가우왕이 사람을 가린다는 이야기도 뜬소문이었던 모양이네요."

"하하. 정확히 알고 계신 겁니다."

히무라가 예전 배도빈과 가우왕이 함께 작업할 때를 떠올리며 말했다.

"도빈이도 지훈이도 가우왕이 인정하는 사람이니 저렇게 지내는 거죠. 보세요. 장 니콜라는 이번에도 무시당했네요."

최지훈의 압도적 실력에 밀려 매번 준우승에 그쳤던 20대의 젊은 피아니스트 장 니콜라가 가우왕에게 무시당하고 있었다.

"배도빈 군이야 워낙 유명하지만 최지훈 군도 대단한 모양이네요."

"네. 정확한 타건과 깊이 있는 해석이 절대 저 나이에 나올 수 있는 수준이 아니죠."

"역시 히무라 씨의 안목은 대단한 것 같습니다. 실은 협회 이사를 맡고 있긴 하지만 음악에 대해서는 잘 모릅니다. 어떻습니까. 조용한 자리에서 고견을 들려주시지요."

"여부가 있겠습니까."

히무라는 이번 기회에 세계 클래식 음악 협회에 연줄을 만들 좋은 기회라 여기며 얼른 자리를 옮겼다.

파티장에서 조금 떨어진 방에 이르자 히무라는 화려한 테이블을 맞이할 수 있었다.

'처음부터 부를 생각이었나.'

그런 생각을 하며 앉자 아니나 다를까 레이 스클레너가 본론을 꺼냈다.

"미카엘 블레하츠에게 라이징스타 엔터테인먼트와 도빈 재단에 대해서 많이 들었습니다. 정말 훌륭한 일을 하고 계시더군요."

히무라가 살짝 웃고 진심을 담아 답했다.

"도빈이가 없었으면 불가능했죠. 시작도 도빈이의 수집, 아니, 투자였으니까요. 저는 그저 도울 뿐입니다."

"배도빈 군과 WH그룹도 히무라 씨를 높게 평가하니 전적으로 일을 맡긴 거겠죠. 실은 오늘 그와 관련된 일로 이야기를 나눠보고 싶었습니다."

히무라가 고개를 끄덕여 레이 스클레너가 편하게 이야기할 수 있도록 배려했다.

"아시다시피 오케스트라 대전은 음악계의 발전을 위해 만들어졌습니다. 질적으로나 양적으로 말이죠. 때문에 협회에서는 도빈 재단을 통해 후원받은 지망생들이 라이징스타 엔터테인먼트를 통해 활동하는 과정을 무척 인상 깊게 받아들였습니다. 그래서 두 단체와 협력 관계를 만들자는 이야기가 나왔죠."

"아."

"정리해 말씀드리면 세계 클래식 음악 협회는 도빈 재단에 후원하길 바랍니다."

"감사한 말씀입니다만 조건도 있겠죠?"

"네. 라이징스타 엔터테인먼트 소속 음악가들이 협회의 일을 홍보해 주었으면 합니다. 가능하다면 지속적으로요."

'나쁘지 않은데.'

세계 클래식 음악 협회와 연을 맺어 나쁠 일은 없었다.

도리어 그러길 바랐기에 레이 스클레너를 따라 이 방에 들어왔었다.

정보와 지원 그리고 홍보 수단으로서 협회는 큰 역할을 해 줄 터.

배도빈이 그리는 그림을 완성하기 위해서라도 협회와 함께 하는 편이 바람직하다 판단했다.

"좋은 일입니다. 긍정적으로 검토할 수 있을 것 같네요."

충분히 긍정적인 뜻을 비쳤으나 확답은 하지 않는 히무라를 보며 레이 스클레너가 고개를 끄덕였다.

"이사회와도 얘기해 보셔야 할 테니까요."

"실은 재단주의 의견을 묻는 거지만요."

"재단주?"

"도빈이가 도빈 재단의 주인입니다. 저랑 몇몇이 이사로 있긴 하지만 직책일 뿐, 도빈이의 뜻으로 운영되고 있죠."

"……수억 달러 규모의 재단이요?"

"자본이 주체고 그 자본이 모두 도빈이 것이니까요."

"……."

레이 스클레너가 얼이 빠졌다.

"그럼 조만간 세부 논의를 하는 자리를 마련하도록 하죠. 도빈 재단 역시 협회의 정신을 높이 사고 있습니다."

히무라가 빙그레 웃었다.

♪

배불리 먹고 쉬고 있자니 히무라가 찾아 왔다.

전야제 파티에서 안 보이기에 어디 있나 싶었는데 일을 하고 있었던 모양이다.

"세계 클래식 음악 협회에서 사업 제안을 했어. 협회 홍보 조건으로 재단에 후원하고 싶다고."

"홍보요?"

"응. 나나 같은 경우가 그래. 어려운 환경을 이겨내고 성공한 피아니스트가 되었다는 이야기를 풀어내는 거지. 음악계에 대한 투자를 이끌어 낼 수도 있고 지망생들에게도 분명 큰 힘이 될 거야."

"우리가 하고 있는 일이네요."

히무라가 고개를 끄덕였다.

"좋은 일은 함께하는 편이 좋겠죠. 히무라가 잘 판단해서 조율해 주세요."

"오케이. 그리고…… 여기. 전에 부탁했던 명단이야."

히무라가 제법 두툼한 서류 뭉치를 주었다.

샛별 엔터테인먼트에 소속된 음악가들인데 히무라뿐만이 아니라 여러 사람이 인정하는 소위 말해 '샛별'들이다.

"오케스트라에 관심 있는 사람들로 추렸어."

"네. 저도 그편이 좋아요."

명단을 살펴보는데 눈에 띄는 사람이 있었다.

출신지가 처음 보는 나라다.

"나미비아가 어디예요?"

"아, 자이 바트만 말이지? 아프리카 서남부에 있는 나라야."

"신기하네요."

"웅. 클래식 음악을 하는 흑인은 드문 편이니까. 그래도 열정은 대단해. 배우기 위해서라면 독일이라도 가겠다며 하니까."

"그건 무슨 뜻이에요?"

"나미비아가 예전에 독일의 식민지였거든. 아무래도 감정이 안 좋을 수밖에 없지."

고개를 끄덕였다.

명단을 대충 넘겨 본 뒤에 옆으로 치웠다.

"고마워요. 계속 가져다주세요."

"맡겨만 둬. 그럼…… 어때?"

"뭐가요?"

"오케스트라 대전. 사카모토 선생님은 네가 엄청 좋아할 거라 말씀하시던데."

귀신이다.

"난 네가 이런 식의 경쟁은 좋아하지 않는다고 생각해서 사카모토 선생님과 내기를 했지."

"얼마나 걸었어요?"

"자그마치 만 엔이라고. 그래서. 어떤데?"

"만 엔 잃으셨네요."

히무라가 두 손으로 얼굴을 감쌌다. 납득되지 않는 모양이다.

"평가받는 거 싫어서 콩쿠르도 잘 안 나갔잖아. 크리크랑 쇼팽도 지훈이 때문에 나간 거 아니야?"

"맞아요."

"그런데?"

"그때랑은 상황이 달라요. 경쟁할 사람이 없었으니 심사 위원에게 평을 받는 자리였지만 지금은 서로가 서로를 이해할 수 있으니까요. 심사 방식도 팬 투표 포함이고."

사실 푸르트뱅글러나 마리 얀스뿐만이 아니라 여러 오케스트라 또한 자부심을 가지기에 충분하고도 넘친다.

이런 사람들과 함께 대화할 수 있다면 무대 따위는 그리 중요한 게 아니다.

그렇게 이야기하자 히무라는 장고 끝에 납득했다.

"그러니까 결국엔 점수와 상관없이 서로 이해할 수 있으니 괜찮다는 말이지?"

"네. 저도 바빠서 다른 악단 연주는 못 들은 지 꽤 되었으니까요. 어떤 음악을 들려줄지 기대돼요."

"그렇구나."

히무라가 이해했다는 듯 고개를 끄덕였다.

세계 각지에서 자신을 갈고닦은 천재들의 합주.

서로의 음악을 들으며 더욱 발전할 수 있다는 이야기를 납득한 듯하다.

"그런 거라면 우승에 연연하지는 않겠네."

"그건 아니죠."

"어?"

"팬 투표가 7할이잖아요. 우승해야죠."

히무라가 다시금 의문에 빠졌다.

최지훈은 배도빈과의 추억이 있는 잘츠부르크 거리를 거닐었다.

어렸을 적 크리크 국제 피아노 콩쿠르에 출전해 이곳, 잘츠부르크에서 배도빈과 함께 결선에 올랐을 때를 생각하면 지금도 가슴이 뭉클해졌다.

'잘해야지.'

그때부터 줄곧.

외롭게 음악을 할 형제와 함께하기 위해, 더 높은 곳으로 향하기 위해 자신을 갈고닦았다.

그렇기에 배도빈이 이렇게 중요한 대회에서 함께할 협주자로 다른 누구도 아닌 자신을 선택했다는 사실이 너무나 기뻤다.

현재 피아노계는 소위 말하는 천재가 너무도 많았다.

한국에서만 최성신과 남궁예건, 손가을이 세계 각지의 악단들과 협주하며 명성을 높이고 있었고 박건호는 여전히 베토벤 소나타의 최고 권위자로 활동했다.

세계로 나가면 30대가 주를 이루었다.

가우왕, 마리오 폴리니, 막심 에바로트 세 명이 피아노계의 3대 거장으로 불리었고.

니나 케베리히, 엘리자베타 툭타미셰바, 장 니콜라도 각자의 영역에서 확고한 영역을 구축하고 있었다.

지금은 개인 활동이 뜸한 사카모토 료이치와 미카엘 블레하츠 그리고 완전무결의 피아니스트 크리스틴 지메르만도 현역이었으며.

전설적인 비르투오소 글렌 골드 역시 간혹 연주회를 가지고 있으니, 그야말로 피아노계는 그 어떤 때보다 치열했다.

배도빈은 그런 인물들과 함께할 수 있었다.

배도빈과 베를린 필하모닉은 세계 그 어떤 음악가에게나 설레는 이름이었다.

말 그대로 부르면 되는 입장이기에 최지훈은 이러한 상황에서 자신을 택한 배도빈에게 부응하기 위해서라도 최선을 다하고 싶었다.

또한 세계의 이름 있는 음악가들이 모두 모인 이곳 잘츠부르크에서 자신의 피아노를 들려주고 싶었다.

'암스테르담이랑 가우왕 씨 대단하겠지?'

하지만 최지훈 역시 단지 본인의 만족만을 바라지는 않았다.

우승.

배도빈과 함께 우승하고 싶다는 강렬한 욕망이 그의 가슴을 열렬히 불태우고 있었다.

그런 점에서 로열 콘세트르허바우와 가우왕의 조합은 신경쓰일 수밖에 없었다.

'어떤 식으로 나올까?'

천천히 걸으며 생각을 정리하고 있을 때 최지훈의 눈에 낯익은 얼굴이 들어왔다.

"누나."

"안녕!"

최지훈이 니나 케베리히를 반갑게 불렀고 니나 역시 최지훈을 향해 손을 크게 흔들며 다가왔다.

니나가 최지훈의 손을 잡고 위아래로 크게 흔들었고 최지훈 역시 반갑게 호응하다 문득 예전 일이 떠올렸다.

배도빈이 베를린 필하모닉 악장 오디션을 보기 전에 그녀에게 소리를 친 기억이 떠오른 것이었다.

그 뒤로 서먹해져 연락을 하지 않았기에 최지훈은 조금 머쓱해졌다.

"잘 지냈어? 키 또 컸네?"

니나 케베리히가 자신보다 머리 하나는 더 큰 최지훈을 올려다보며 손을 들어 키를 가늠했다.

"응."

"좀 이상한데?"

니나 케베리히가 눈을 좁히며 최지훈을 빤히 바라봤다. 자연스레 최지훈은 고개를 돌려 시선을 피했다.

"오랜만에 봐서 그래?"

다시 한번 말을 걸어도 최지훈이 제대로 대답을 못 하자 혹시나 하는 마음에 물어보았다.

"혹시 예전 일 때문에 그래? 1호기?"

니나가 최지훈의 등을 찰싹 때리며 웃었다.

"신경 쓰지 마. 나도 너도 도빈이 좋아해서 그런 거잖아. 친구 대신 화낼 줄 아는 거 멋지다고 생각해."

최지훈이 작게 웃었다.

자신과 다르게 이렇게 털털한 모습을 좋아했었다고 생각했다.

"오늘은 내가 쏜다! 채끝 엄청나게 맛있게 해주는 곳 있어."

니나 케베리히가 최지훈을 끌고 걷기 시작했다.

야외에 테이블을 둔 음식점에 자리 잡은 뒤 최지훈은 깜짝 놀랐다.

"로스앤젤레스랑?"

"응! 미국에 있을 때 여러 번 같이 했는데 좋은 느낌이야."

"나도 출전해."

"어?"

"난 도빈이랑. B팀이야."

니나 케베리히가 말도 없이 그저 눈을 깜빡거리기만 했다.

"세상에."

"나도 놀랐어. 진짜 대전은 대전인가 봐. 가우왕 씨는 암스테르담이랑 한대. 마리오 폴리니는 빈이랑."

"······우승해서 돈 잔뜩 벌 생각이었는데 망했네."

그 말에 최지훈이 웃어버렸다.

세계 최고의 오케스트라에 꾸준히 이름을 올리는 로스앤젤레스 필하모닉과 북미에서 선풍적인 인기를 끌고 있는 니나 케베리히라면 그 자체로 큰 이슈이거늘.

다른 악단과 독주자를 떠올릴수록 어느 곳 하나 빠지지 않았다.

천재 중의 천재라 불리는 니나 케베리히마저 그 이름을 들자마자 우승을 저 멀리 여기니 최지훈은 동질감을 느꼈다.

"그러고 보니 도빈이가 거기 악장에 대해서 이야기하던데. 실제로는 어때?"

"아리엘? 뭐라는데?"

"정신병자라고 하던데."

"핳하하하핳하."

니나 케베리히가 최지훈의 말을 듣자마자 크게 웃었다. 도무지 진정할 수 없는지 몇 번 기침을 한 뒤에야 웃음을 멈추었다.

"1호기답다. 어…… 틀린 말은 아닌 거 같은데?"

니나 케베리히가 아리엘에 대해 떠올리며 말끝에 다시 한번 작게 웃었다.

"어떤 사람인데?"

"장갑을 안 끼면 다른 거 안 만져. 연주할 때도 음이 조금이라도 안 맞으면 단원들 엄청 괴롭히고. 가끔은 장미를 먹더라."

"……어?"

유난스럽거나 완벽을 추구한다는 점에서 앞의 두 이야기는 이해할 수 있어도 마지막 이야기는 의아할 수밖에 없었다.

"말도 진짜 웃겨. 글쎄 사인해 달라는 팬한테, 오늘 밤 당신의 눈에 날 담은 것으로 충분하지 않나? 라고 하더라니까."

니나 케베리히가 자기 무릎을 반복해 때리며 웃었다.

최지훈은 아리엘 핀 얀스의 언행에 혼란을 느낄 수밖에

없었다.

"그냥 해주면 안 되는 거야?"

"그런 식으로 행동하는 게 좋은가 봐. 아니, 걘 컨셉이 아니지. 음. 아니야. 아니고말고."

"오오, 봄의 여신이여. 운명이 우리를 또 만나도록 인도하였군요."

오케스트라 대전만큼 좋은 공부도 없다는 말에 잘츠부르크를 찾은 진달래는 소소, 나윤희와 함께 축제를 즐기고 있었다.

그러던 중 산책을 나온 아리엘 핀 얀스가 진달래를 알아보고 인사를 건넸다.

"아, 안녕."

진달래가 얼굴을 붉히며 인사를 받았다.

"처음 만났을 때부터 묘한 느낌을 받았지만 그토록 아름답게 노래하실 줄은 몰랐습니다."

"어?"

"봄이 오는 들판에. 듣는 순간 당신이라는 것을 알 수 있었죠."

다른 사람에게 노래 이야기를 직접 듣는 것은 처음이었기에 진달래는 뛸 듯이 기뻤다.

더욱이 마치 만화를 찢고 나온 듯한 수려한 외모의 아리엘에게서 들으니 진달래는 어쩔 줄 몰라 했다.

"알프스의 눈물로 달인 차를 함께하시겠습니까?"

"어…… 그게."

진달래가 망설이자 소소가 진달래의 등을 밀어버렸다.

"으악!"

그 덕에 진달래가 앞으로 밀려났고 넘어지지 않기 위해 본능적으로 아리엘을 잡았다.

"아, 미, 미안."

"다른 사람이었다면 불쾌했겠지만 당신이라면 언제든 환영입니다."

아리엘의 푸른 눈이 석양에 비쳐 반짝였다.

그 눈을 가까이서 접한 진달래는 자기도 모르게 멍하니 바라볼 수밖에 없었다.

아리엘이 에스코트를 하려고 하자 진달래가 아리엘과 소소를 번갈아 보았다.

소소는 작게 손을 흔들어 진달래를 배웅했다.

"가자."

진달래가 더 이상 안 보이게 되었고 소소가 나윤희에게 말을 걸었다.

나윤희는 좀처럼 발을 떼지 못했다.

"괘, 괜찮을까?"

"아는 사이 같던데."

"그래도……."

"말투는 역겨워도 잘해주잖아."

"그게 아니라."

슬슬 배고픔을 느낀 소소가 답답한 마음에 나윤희를 끌고 가려 할 때 나윤희의 입에서 의외의 말이 나오고 말았다.

"달래 아직 미성년자잖아."

"……철컹철컹?"

소소의 질문에 나윤희가 고개를 끄덕였다.

소소가 급히 핸드폰을 꺼내 진달래에게 전화를 걸었다.

제1회 OOTY 오케스트라 대전 개막일.

태양이 새로운 시대를 조명하듯 잘츠부르크 거리를 따사롭게 비췄다.

대축전극장 주변은 세계 각지에서 몰려든 관광객으로 북적였다. 그들의 얼굴은 설렘으로 가득했다.

오늘부터 매일 정상급 악단이 10일간 베토벤 교향곡을 연주하니 클래식 음악 팬들에게는 더할 나위 없는 축제였다.

이달에 집계된 방문객만 50만 명으로, 잘츠부르크는 발 디딜 틈도 없었다.

그런 관심에 따라 언론도 함께했다.

각국의 방송사와 스트리밍 서비스 업체가 몰려들었고 그나마 협회 측에서 중계 방송사를 정리하지 않았더라면 대축전극장은 카메라로 도배가 되었을 터였다.

평단도 마찬가지였다.

내로라하는 평론가들에게 오케스트라 대전은 놓칠 수 없는 기회였다.

세계 최고의 악단은 어디인가에 대한 의문은 항상 제기되어 왔었고 평가 기준은 매번 달랐다.

그렇기에 여러 악단을, 공신력 있는 협회가 정한 기준으로 판단할 수 있는 이 대회는 큰 의미가 있었다.

"우와. 진짜 엄청나요."

"나도 이런 적은 처음이야. 기사 하나 잘 뽑아보자."

"맡겨만 주세요!"

대한민국의 클래식 음악 잡지 '관중석' 역시 최근 국내에서 가장 주목받고 있는 평론가 차채은을 육성하기 위해 지원에 나섰다.

오케스트라 대전이 이어지는 두 달간 특집호를 내기 위해 이필호 편집장과 정세윤 기자를 파견했고, 차채은이 여러 악단을 평할 수 있도록 여비를 전액 지원한 것이었다.

'여기구나.'

차채은은 양옆으로 길게 늘어진 낮은 건물을 보며 생각했다.

배도빈과 최지훈이 크리크 국제 피아노 콩쿠르에서 우승과 4등을 하면서 빈 필하모닉과 협연한 장소였다.

어려서부터 친하게 지냈던 세 사람 중에 본인만 여러 이유로 떨어져 지냈기에 차채은은 배도빈과 최지훈이 함께했던 곳에 가보고 싶다는 생각만 간직할 뿐이었다.

때문에 배도빈, 최지훈이 무대에 서는 장소에 함께할 수 있게 되었음에 어떠한 성취감을 느낄 수 있었다.

"기자님, 팸플릿 구할 수 있어요?"

"받아놓은 게 있는데. ……아, 여기 있다."

정세윤 기자가 작은 가방을 열어 미리 챙겨두었던 팸플릿 하나를 차채은에게 건네주었다.

그것을 받아 든 차채은이 일정을 살폈다.

10일간 하루에 네 악단이 베토벤 교향곡 중 하나를 연주하는데 첫날만큼은 다섯 악단이 준비되어 있었다(참가 악단 총 41곳).

'또 처음이네.'

연주 순서를 확인하니 가장 처음 배도빈 지휘자의 베를린 필하모닉 B이 베토벤 교향곡 3번 E플랫 장조(영웅, Eroica)를 연주한다고 적혀 있었다.

어렸을 적부터 항상 첫 번째에 배치되는 게 신기할 따름이었다.

"첫날부터 엄청나네요?"

"베를린 필 B가 처음이었지? 다른 곳 오케는?"

"부다페스트 페스티벌 오케스트라랑 니혼 필하모니, 선원 심포니, 로스앤젤레스 필하모닉이요."

"허."

두 사람의 대화를 듣던 이필호 편집장이 어이가 없어 웃고 말았다.

배도빈의 베를린 필하모닉 B야 말할 것도 없이 최근 가장 주목 받는 악단이지만 부다페스트 페스티벌 오케스트라와 로스앤젤레스 필하모닉 역시 항상 순위권에 이름을 올리는 전통의 강호였다.

니혼 필하모니(일본 필하모니 오케스트라)는 화려하고 경쾌한 분위기를 장점으로 하는 일본 탑 오케스트라 중 하나였으며.

선원 심포니 역시 서양의 클래식을 중국의 시각으로 받아들여 그 독특함을 유지하고 있는 뛰어난 악단이었다.

본선 1차에서 떨어질 만한 곳은 눈을 씻고 찾아봐도 없었다.

"미치겠네. 최성신이 선원이랑 함께하지 않아?"

"아, 맞아요."

이필호 편집장의 질문에 정세윤 기자가 손뼉을 쳤다.

배도빈, 최지훈을 집중 조명할 수 있으면 좋으련만 최성신 역시 최지훈만큼이나 국내외에서 인기 있는 피아니스트였다.

관중석으로서는 베를린 필하모닉 B와 선원이 나란히 2차전으로 출전해야 기사를 쓰기 좋을 텐데 참가 악단 면면을 보니 쉽지 않을 듯했다.

이만한 라인업에서 세 악단이 떨어진다고 생각하니 이렇게 아쉬울 수 없었다.

"대체 왜 토너먼트인 거예요?"

"여러 악단이 모이니까 이런저런 문제가 많을 거라 판단해서 그렇게 정했겠지."

"……떨어지면 빨리 돌아가서 연주회 하라는 거네요?"

"그렇지."

많은 오케스트라가 지방자치단체나 기업, 개인의 후원에 의지하고 있다고는 하나.

지역을 기반으로 정기 연주회를 하는 악단들이 몇 달씩 연고지를 떠나 있으면 재정에 문제가 발생할 수밖에 없었다.

그리하여 세계 클래식 음악 협회는 이러한 문제를 최소화하며 대회 진행을 수월하게 하기 위해 여러 장치를 마련했는데, 1, 2차전을 토너먼트 방식으로 진행하는 것도 그 일환이었다.

1차전은 각 일자별로 하위 조로 나뉘어 그 안에서 상위 두 팀이 2차전에 오르고.

그렇게 선정된 20개 악단은 2차전에서 다시 5개 팀씩 4개 조로 분산, 상위 두 팀이 올라 3차전에서 8강이 이루어지게 되었다.

"점수를 바로 낸다는 것도 그런 이유겠네요."

차채은의 질문에 이필호가 고개를 끄덕였다.

연주를 마치면 그 즉시 심사 위원단의 점수표가 공개되고 '관람 결제를 해 해당 일자의 공연을 모두 들은 사람'에 한해서도 투표할 수 있는 권한이 주어졌다.

결국에는 마지막 차례의 악단이 연주를 마치면 1시간 이내에 집계, 처리되는 방식이었다.

이와 같은 진행에 비판이 없는 것은 아니었다.

"첫 번째 연주하는 곳은 불리할 수도 있겠네요."

"그치. 뒤에 가면 잊힐 수도 있으니까."

"첫 번째만 불리하다고는 할 수 없어. 사람의 집중력이 그렇게 오래 갈 수 없거든. 하루에 교향곡 4개라니. 어지간한 사람은 듣다가 지칠걸?"

"아. 그렇겠네요."

여러 면에서 신경 쓴 것을 엿볼 수 있지만 그렇다고 첫 회를 맞이한 오케스트라 대전이 모든 문제를 해결한 상태는 아니었다.

그러나 그 어떤 악단도 그러한 문제를 신경 쓰지 않았다.

그저 음악을 듣기 위해 잘츠부르크를 찾은, 또는 집에서 결제를 하고 중계를 보는 팬들을 위해.

최고의 연주를 하는 데 모든 신경을 집중했다.

♪

잘츠부르크 대축전극장 무대에 베를린 필하모닉 B가 자리를 잡았다.

오보에 수석이 A음을 내자 여러 악기가 음을 내면서 조율을 마쳤다.

객석을 가득 채운 청중들은 잔뜩 부푼 마음으로 그 모습을 지켜보았다.

세기의 천재, 베를린의 마왕. 희망.

배도빈을 수식하는 이름은 여럿이었으나 그 어떤 호칭도 최고라는 말을 달리 말할 뿐이었다.

그렇기에 배도빈이 지휘하는 베를린 필하모닉의 음악을 직접 들을 수 있음에 가슴 설렐 수밖에 없었다.

'금관이 많군. ……무슨 의도지?'

객석에 앉은 푸르트벵글러가 무대를 살피며 생각했다.

평소 베를린 필하모닉 B의 편성과 달리 금관 악기 연주자가 한두 명씩 더 많이 자리하고 있었다.

더욱이 3번 교향곡에서는 쓰이지 않는 관악기인 트롬본과 유포니움도 한 대씩 끼어 있었다.

'들어보면 알겠지. 자, 어서 들려다오. 여태껏 없었던 음악을.'

푸르트벵글러가 주먹을 꽉 쥐었다.

마침내.

배도빈이 모습을 드러냈다.

강렬한 눈빛과 존재감에 콘서트홀이 가득 차는 듯했다.

악장 소소가 손짓해 단원들을 일으켜 세웠다. 쏟아지는 환호와 박수를 받으며 배도빈이 소소와 악수를 나누었다.

지휘단에 오른 배도빈이 관객들에게 세 방향으로 각각 인사한 뒤 돌아섰다.

베토벤이 남긴 아홉 개의 교향곡.

하나하나가 음악사에 지대한 영향을 끼쳤고 200년이 흐른 지금도 사랑받는 곡 중에서도 가장 힘찬 3번 교향곡, 에로이카(영웅).

배도빈이 단원들을 둘러본 뒤 두 손을 가슴 아래 두었다.

콘서트홀에 적막이 흐르고.

이내 배도빈이 지휘봉을 힘차게 들어 연주를 시작했다.

1악장. 힘차고 빠르게(Allegro con brio).

두 번의 천둥소리가 강렬히 울려 퍼지고 이내 현악기가 풍성하고 부드럽게 뒤따른다.

제1바이올린이 분위기를 고조시키는데 관객들은 시작부터 배도빈과 베를린 필하모닉에 압도되고 말았다.

대축전극장을 찾은 관객들은 대부분 클래식 음악을 많이

들어왔기에 에로이카가 어떤 곡인지 잘 알고 있었다.

그럼에도 베를린 필의 연주는 기존의 에로이카보다 더욱 강렬히 시작했는데 도입 부분은 거의 폭력이나 다름없었다.

악기 수를 늘리고 세기를 더욱 강조해 관객을 놀라게 한 뒤 그 기세를 몰아 곧장 분위기를 이어갔다.

이어서 호른.

현악기와 목관 악기가 나누는 대화 아래 중간중간 변형된 박자들로 긴장감이 더욱 고취되었다.

'역시 도빈 군의 베토벤이군.'

사카모토 료이치는 크게 감탄했다.

에로이카는 박자 변형이 많은 곡으로 듣는 사람은 예측할 수 없어 늘어질 틈이 없고 그 전개에 빠져들 수밖에 없었다.

배도빈은 거기에 더불어 섬세하게 박자를 조율해 악단을 이끌었고 관객은 그 강렬한 힘에 흡입되었다.

에로이카에 대해 단편적으로 아는 사람들은 단순히 곡 자체가 가진 힘만을 떠올리지만.

사실 에로이카는 곡 전반에 깔린 여러 악기의 동시 연주와 섬세한 멜로디를 제대로 표현하지 못하면 요란해지는, 해석하기 난해한 곡이었다.

돌출과 정상.

어울림음과 안어울림음.

불규칙적으로 오가는 난해한 스코어를 아름다운 음악으로 만들기 위해 얼마나 많은 노력을 했을지, 이곳에 모인 사람은 모두 알 수 있었다.

에로이카를 연주해 봤고 수십, 수백 번 들었기 때문이었다.

'아니.'

그때였다.

사카모로 료이치를 비롯해 배도빈과 베를린 필하모닉 B의 연주를 듣는 모든 사람이 의아함을 느꼈다.

지금까지의 에로이카가 아니었다.

'금관이 문제야.'

배도빈이 에로이카를 준비할 때 가장 어려웠던 부분은 금관 파트였다.

다시 태어난 뒤 많은 경험을 통해 금관 악기를 어떻게 다뤄야 하는지 완벽히 익혔지만, 목관과 금관 악기는 180년의 공백 중에서 가장 많은 변화가 있었던 악기였다.

그중에서도 금관은 배도빈이 베토벤로서 살 적에 미처 듣지 못했던 소리를 많이 낼 수 있었다.

그렇기에 현대에 일반적으로 들을 수 있는 에로이카는 배도빈이 당시에 만들었을 때보다 훨씬 다양한 소리를 내고 있었다.

훌륭했지만.

배도빈의 마음에 와닿을 리 없었다.

그것을 인지한 순간부터 배도빈은 220년 전에 만들었던 자신의 3번째 교향곡 에로이카를 다시 쓰기 시작했다.

쉽지 않았다.

처음 만들었을 때의 에로이카에 금관 악기는 분위기를 돋우는 정도에 그쳤는데 특히 1악장 마지막 부분이 그러했다.

트럼펫으로 연주할 수 없으니 목관 악기로 채운 것인데, 현대의 에로이카는 악기의 발전으로 그 부분을 트럼펫으로 연주할 수 있었다.

현대 지휘자들은 비단 에로이카만의 문제가 아니라 당시 음악 대부분에 있었던 '불가능한 연주'에 대해 여러 각도로 접근했다.

마리 얀스와 칼 에케르트는 변화한 시대에 맞게 재해석해 곡을 지휘했으며.

제르바 루빈스타인과 브루노 발터 같은 고전주의자들은 당시 작곡가의 뜻을 중요시했기에 시대연주에 집중했다.

그러나 배도빈은 다른 길을 택했다.

연주가 불가능했기에 억눌렀던 당시의 '제한'이 풀렸기에 그의 창작 욕구는 더없이 타올랐다.

더욱더 과감한 울림.

심사 위원단, 평론단, 음악계 거장 그리고 청중들 모두.

새로운 에로이카에 빠져들어 숨조차 제대로 쉴 수 없었다.

· 53악장 ·

파괴와 창조

압도적인 음량이었다.

배도빈이 지휘하는 에로이카는 지금껏 경험할 수 없었던 진솔함으로 청중들의 가슴을 울렸다.

첼로와 콘트라베이스의 아름다운 선율 사이마다 호른과 트럼펫이 힘차게 나섰고.

새롭게 추가한 튜바와 유포니움이 곡을 더욱 풍성히 하였다.

에로이카는 본래 여러 악기가 각자의 특성을 십분 발휘할 수 있도록 만들어진 곡.

첼로와 콘트라베이스가 드라마틱한 선율을 독자적으로 이어가면서 세 파트로 나뉜 호른이 각자의 음역대에서 저마다의 기량을 뽐낸다.

베토벤 본인마저 자신의 교향곡 중 가장 사랑하는 곡으로 꼽았을 정도로 완벽한 에로이카.

그렇기에 어느 누구도 감히 새로운 악기를 더한다는 시도를 할 수 없었다.

그 자체로 완벽했고 무엇을 더했다간 자칫 완벽하게 조율된 여러 악기의 조화가 무너져 산만해질 수 있었다.

♪

3악장을 마치고 잠시 숨을 돌렸다.

베를린 필하모닉 B는 이십 대에서 사십 대 사이의 젊은 음악가들이 모여 사실 기존 단원처럼 노련하진 않다.

그러나 새로운 것에 도전하는 자세에 있어서는 그들보다 낫다.

지난 일 년간 함께하면서 이들은 내 악보를 받아 보는 일에 익숙해졌다.

처음에는 겁을 냈지만 곧 자신들이 연주하는 새로운 소리에 대해 자부심을 느꼈다.

지금까지 그들이 알고 있던 방식과 관념, 버릇을 버리는 데 익숙해졌다.

그것은 음악가에게 있어 가장 어려운 일이었으며, 동시에 자신을 바꾸고 발전시키는 원동력이었다.

나 역시 쉽지 않았다.

에로이카를 재구성하는 일은 지금의 나를 시험하는 듯했다.

에로이카를 만들 당시의 나는 여러 고정 관념을 버리기 위해 부단히 노력했다.

파격적인 전개를 위해 조성과 박자를 끊임없이 바꿔주는 일이라든지, 불협화음을 적극적으로 활용한 점이라든지, 세 개의 호른을 배치한 일 등이 그러했다.

첼로와 콘트라베이스의 음색을 적극적으로 활용하기 위해 독자적인 흐름을 주입했던 것도 마찬가지.

파괴 없이는 창조도 없다.

더욱 아름다운 음악을 위해서라면 범하지 못할 규칙이란 없으니까.

그런 생각으로 만든 에로이카이기에.

지금에 이르러서는 내가 만들어 놓은 '답'을 스스로 부숴 내야만 했다.

하지만 어떻게 해도 처음 완성했을 때보다 못했다.

최고의 교향곡이라 자부했던 만큼 그보다 나은, 발전된 에로이카를 만들 수 없었다.

그래.

없었다.

첫날은 답답했고 두 번째 날에는 좌절했다.

세 번째와 네 번째 날에는 수십 년이 흘렀음에도 발전하지 못한 내게 화가 났고 다섯 번째 날에 문득 악상이 떠올랐다.

여섯 번째 날에는 쉬지 않고 악보를 쓰고 고치기를 반복했고 일곱 번째 날에는 그간 적었던 악보를 모조리 찢어버렸다.

여덟 번째 날에는 더 이상 발전할 수 없는가 자문했다. 아니라고 분명히 말할 수 없음에 분해서, 억울해서 펜을 부러뜨리고 말았다.

아홉 번째 날도 마찬가지. 아무리 노력해도 도저히 답을 찾을 수 없음에 좌절하여 울기도 했다.

그리고 열 번째 날.

비로소 한 마디를 완성할 수 있었다.

지금은 자신할 수 있다.

에로이카가 다시 태어났다고.

단원들이 흔들림 없이 곧은 눈으로 나를 바라본다.

4악장, 피날레를 연주할 때다.

대단히 빠르게(Allegro molto).

팔을 옆으로 펼친 채 단원들이 준비하기를 기다렸다.

나를 향한 신뢰를 가득 느낄 수 있다.

양팔을 모아 힘차게 들었다.

현악기가 한 번 강렬하게 치고 나온다. 그 뒤에 점차 하강하며 팀파니가 속도감을 더한다.

강렬하고 비장하다.

지휘봉을 옆으로 길게 내려 음악을 잠시 끊어내고 다시금 들어 올려 강하게 세 번 때린다.

세 번의 강한 음과 한 번의 여린 음. 다시 강하게, 여리게, 길게.

박자를 뒤틀어 긴장감을 더한다.

잠깐의 간격.

그것을 비집고 조심스럽게 장난치듯 현악부를 지휘했다.

바이올린 주자들이 손가락으로 현을 튕겨낸다.

짧게 끊어지나.

가볍지 않도록.

플루트와 바이올린이 주고받는 대화는 극도로 긴장되었던 청중들을 안심시킬 것이다.

그러는 와중에 팀파니나 금관이 자꾸만 불안함을 조성하니 안달이 날 테지.

그러면서도.

제2바이올린과 콘트라베이스.

제1바이올린과 비올라.

양쪽에서 흘러나오는 기품 있는 멜로디에 빠져들 수밖에 없을 것이다.

부드러운 멜로디를 비집고 올라오는 제1바이올린의 활기찬 연주를 들으면서 조금씩 안도하기 시작할 것이다.

단원들이 악보를 넘겼다.

동시에 마르코를 향해 지휘봉을 들었다.

오보에가 맑은 소리를 내며 등장.

곡은 점차 고조된다.

본래라면 없었을 유포니움이 오보에와 어울리기 시작한다.

'아아.'

그래. 이것이다.

베를린 필하모닉 B가 연주를 마치자 50분간 숨죽이고 있었던 관객들이 저도 모르게 손뼉을 치기 시작했다.

"브라보!"

배도빈이 재구성한 에로이카는 단순히 음악을 들려주는 것이 아니라 청중을 자신의 심상으로 끌어들였다.

연주 내내 멜로디에 빠져 있었던 청중들은 환호하면서도 여전히 에로이카가 남긴 여운을 느끼고 있었다.

베를린 필하모닉 B를 제외한 나머지 40개의 악단 구성원들은 온몸으로 전율을 느꼈다.

허리를 타고 올라오는 그 감각이 전신을 지배하면서 자연스레 입을 벌릴 수밖에 없었다.

깊이 이해하기에.

배도빈과 베를린 필하모닉 B가 무슨 짓을 저질렀는지 그 누구보다도 잘 알기에 느낄 수 있는 감정이었다.

그것은 마치 해일과 같았고 쏟아지는 심상에 저항할 수 없이 음악이 흐르는 대로 몸을 맡길 수밖에 없었다.

황당하게도 이것이 진짜 에로이카라는 생각마저 들었다.

'미친놈.'

마리 얀스의 옆에서 가우왕은 아랫입술을 꽉 깨물었다.

모든 음악가가 그러하듯 가우왕 역시 배도빈을 완성된 음악가로 인정하고 있었다.

이미 12년 전, '부활'을 발표했을 때부터 배도빈은 그 어떤 작곡가보다 강렬한 인상을 남겨 왔다.

그러나 그는 완성된 음악가라는 평가를 항상 부정했다.

새로운 곡을 만들 때마다, 새 연주를 할 때마다, 매번 지휘단에 오를 때마다 세상을 놀라게 했다.

음악으로 청중의 마음을 움직일 수 있다는 것은 놀라운 재능이었으나 가우왕을 비롯한 다른 음악가들은 배도빈의 가장 무서운 점이 따로 있음을 잘 알고 있었다.

매번 자신을 벗어나는 음악가.

사람마다 스타일이 있을 수밖에 없다. 그것이 없는 음악가는 정체성이 없다는 뜻으로 결코 거장의 반열에 오를 수 없었다.

그렇기에 어떤 곡을 연주하든 자신의 색이 묻어나올 수밖에 없는데, 배도빈은 스스로 그것을 부정하는 듯했다.

초기 배도빈을 평가하는 데 주류를 이룬 것은 강렬함과 직관성이었다.

하지만 그것도 지금에 와서는 정답일 수 없었다.

'베를린 환상곡'의 쾌활함과 '찰스 브라움'의 서정적 멜로디는 지금까지의 배도빈의 곡과는 전혀 달랐다.

현재 배도빈은 예측할 수 없이 변화하는 음악가라는 게 정확한 표현이었다.

세상 그 어떤 음악가가 10년 이상 자신을 꾸준히 바꿀 수 있는가.

그럴 수는 없다.

배도빈이 낭만시대의 음악을 거쳐 근현대의 음악을 받아들이는 과정에서 그 앞을 추구했기에 가능한 일이었다.

매일 타인이 보지 않는 장소에서 자신을 극한까지 몰아붙였기에 가능한 일이었다.

베를린의 마왕은 자신을 부수는 데 망설이지 않았다.

그 폭력적인 음악성이 그를 마왕이라 불리게 하였고 항상 새로운 것을 추구하는 창작의 열망이 그를 신이라 불리게 했다.

신인가 악마인가.

잘츠부르크에 모인 음악가, 평론가들은 진정 배도빈을 그렇게 여길 수밖에 없었다.

당연히 심사 위원단도 고민할 수밖에 없었다.

'만점이 아닌 게 이상하지.'

'뒤에 나올 악단은 대체 어떻게 평가해야 하나.'

'난감하군. ……아니. 이보다 대회 정신에 부합하는 음악이 더 있을 수 있을까.'

30명의 심사 위원들이 고민하는 가운데, 미카엘 블레하츠 역시 어떻게 채점해야 하는지 결정을 못 내리고 있었다.

절대평가를 한다면 두말할 필요 없이 만점이었다.

위대한 베토벤의 에로이카를 원곡 훼손 없이, 아니, 도리어 더욱 뛰어나게 재구성했으니 만점 이외의 점수를 생각할 수 없었다.

그러나 오늘 반드시 3개 악단을 떨어뜨려야 하기에 상대평가가 될 수밖에 없었다.

그러한 조건이 미카엘 블레하츠와 다른 심사 위원들을 고민할 수밖에 없게 하였다.

'아니지. 그렇다고 속일 수는 없지 않은가.'

미카엘 블레하츠가 점수 기입란에 10점 만점을 넣었다.

그리고 모든 심사 위원이 그와 같이 생각을 이어나가다 결국에 동일한 점수를 기입했다.

첫 번째 날, 첫 번째 조, 첫 연주에서 만장일치로 만점이 나온 것이었다.

한편 온라인 스트리밍 서비스로 관람하던 음악 팬들도 베를린 필하모닉 B의 연주에 충격을 받았다.

└인간적으로 이게 말이 되나?

└진짜 미쳤다. 에로이카 적어도 수십 번은 들었는데 이런 건 처음임.

└음 하나하나 소나기처럼 쏟아내네;; 대체 연습을 얼마나 한 거야?

└뭐야. 내 50분 돌려줘요.

└롤 하면서 듣다가 탈주했다.

└도빈이랑 단원들이 하나 된 거 같아서 너무 좋다. 함께한 지 얼마 안 되었는데 저렇게 공명할 수 있는 게 진짜 멋진 것 같아. 아, 너무 좋다……

└숨 쉬는 방법 좀 알려주라. 듣다가 까먹었다.

└원래도 유포니움이랑 튜바가 있었나?

└ㄴㄴ 없음. 유포니움이 다른 악기랑 엄청 잘 어울리네.

└유포니움이 둥글둥글 해서 여러 곡에 잘 어울리는 편임. 난 오보에랑 어울릴 때 진짜 좋았음.

└유포니움 좋으면 구스타브 홀스트 곡 찾아 들어봐.

└정말 감동이네요. 초연을 들은 사람들이 이런 느낌이었을까 싶네요.

배도빈의 에로이카를 들은 팬들은 고민 없이 곧장 투표를 시작했다.

한 사람당 두 곳에 투표할 수 있었으니 한 표는 무조건 베를린 필하모닉 B에 준다는 생각이었다.

　곧 실시간 집계가 시작되었고 순식간에 베를린 필하모닉 B에 수만 표가 쌓였다.

　└아무리 그래도 다른 악단 연주 안 듣고 투표 시작하는 건 좀 아니 지 않나;;

　└그만큼 좋아서 그러겠지.

　└아니. 그래도 뒤에 있는 악단들도 이름 빵빵하잖아. 그런데 벌써 부터 한 표 쓰면 후순위가 불리한 거 아님?

　└자기 표 자기가 쓰겠다는데.

　└애초에 자기가 좋아하는 악단만 듣는 사람이 태반임. 고정 팬층 많은 악단이 인기투표 하는 거나 마찬가지지.

　└어차피 심사 위원단이랑 득표수랑 합산하잖아. 팬 투표는 애초에 전문성 기대하는 게 아니라 얼마나 감동을 주느냐로 판단하는 거니까 그런 거 신경 안 써도 됨.

　└아니 내 말은 다 듣고 나서 결정해도 안 늦는다고.

　└나도 같은 생각.

　└솔직히 다 들으려면 5시간은 될 텐데 어떻게 다 듣나? 각자 상황에 맞춰 행동하는 거지. 네 말이 정론이긴 해도 모든 사람에게 적용할 순 없음.

　└배도빈이 그만큼 확신을 주었단 뜻으로 받아들여. 나 클래식 짬 좀 되는데 저런 연주 처음이다. 진짜 베토벤은 배도빈이 넘사벽임.

♪

베를린 필하모닉 B와 부다페스트 페스티벌 오케스트라의 오전 연주가 끝났다.

사카모토 료이치는 객석에 남아 배도빈의 에로이카를 되뇌고 있었다.

곱씹을수록 감탄이 나왔다.

'언젠가 새 시대를 열 거라 생각했건만.'

사카모토 료이치는 배도빈이 이미 새 시대의 음악을 하고 있음을 오늘 지휘로 확신할 수 있었다.

"식사하러 가시죠."

"오, 그래야지."

그때 히무라가 사카모토 료이치에게 다가갔다.

점심을 먹기 위해 나선 두 사람은 인근 카페에서 샌드위치와 커피를 주문하고 자리 잡았다.

"그러고 보니 어떤가."

"……."

무엇이 어떠했는지도 말하지 않았지만 히무라는 조용히 지갑을 꺼내 지폐 한 장을 사카모토에게 넘겼다.

"껄껄. 내 뭐라 했나."

"오늘 연주 듣고 깜짝 놀랐습니다. 정말 우승할 생각인 듯하더라고요."

"암. 도빈 군에게는 더할 나위 없이 좋은 놀이터지 않겠나."

"선생님이 참가했다면 더 좋아했을 겁니다."

히무라는 사카모토 료이치가 참가하지 않은 것이 아쉬웠다.

빈 필하모닉이 사카모토 료이치에게 오케스트라 대전 때 지휘를 요청한 일은 공공연한 사실이었다.

"지휘봉을 잡은 지가 언제인지 기억도 안 나네. 관현악곡과 떨어진 지도 오래되었고. 내가 나서면 다른 이들에게 예의가 아니지."

"아무도 그렇게 생각하지 않을 겁니다."

"껄껄. 그런가? 나를 몰라서 그런 거라네."

빈 필하모닉의 전설적인 악장이었던 사카모토 료이치의 복귀를 기다리는 사람은 여전히 많았다.

하지만 클래식 음악을 주로 듣는 팬들은 현재 밴드 음악을 하는 사카모토 료이치에 대해서는 잘 알지 못했다.

그가 추구하는 음악적 지향점이 달라졌고 클래식 음악 팬들은 그의 과거를 기억할 뿐이니 사카모토는 그것이 부담스러웠다.

지금도 세계 최고 수준으로 악단을 이끌 수 있다는 사실을 제쳐두고서라도 말이다.

사카모토는 이번 오케스트라 대전을 그저 한 사람의 팬으로서 즐기고 싶었다.

그런 이유로 심사 위원직도 거절하였다.

주문한 음식이 나왔다.

사카모토가 커피를 한 모금 마시자 히무라가 물었다.

"어떻게 보십니까?"

"무얼 말인가."

"우승 말입니다. 저는 도빈이에게 걸겠습니다."

히무라의 말에 사카모토가 빙그레 웃었다.

"잃었으니 되찾을 생각인가?"

"따고 빼시면 안 되죠."

"하하하하! 그도 그렇군. 어디 보자……. 빌헬름이나 마리 얀스는 당연히 후보고. 브루노 발터의 런던 심포니도 훌륭하고. 토스카니니 또한 일품이지."

"어디로 하시겠습니까?"

사카모토가 잠시 고민하더니 샌드위치를 한 입 베어 먹고는 생각을 정리했다.

"지금 당장은 너무 어려운 문제로군. 어떤가. 우선은 오늘 참가한 악단 중에서 맞히는 게."

"지금이요?"

"지금."

앞서 두 곳의 연주를 들었지만 오후에 세 곳이나 남아 있었기에 섣불리 선택할 수는 없었다.

더군다나 배도빈의 베를린 필하모닉 B의 진출은 사카모토 료이
치나 히무라나 확신하고 있었기에 남은 것은 4개 악단 중 하나.

부다페스트 페스티벌 오케스트라도 좋은 연주를 들려주었
기에 고민될 수밖에 없었다.

히무라가 장고 끝에 조심스레 입을 열었다.

"니혼 필하모닉으로 하겠습니다."

"오오. 애국자로군."

"아뇨. 와타나베 선생의 니혼 필하모니는 분명 아시아 최고
의 오케스트라입니다. 8번 교향곡은 와타나베 선생과 니혼 필
하모니의 스탠다드 넘버인 만큼 분명 선전할 겁니다."

"흐음. 일리 있는 말일세."

사카모토 료이치는 일본의 또 다른 거장, 와타나베 아케오
를 떠올렸다.

음악적 성향이 비슷해 여러 번 교류가 있었던 만큼 니혼 필
하모니의 저력을 잘 알고 있었다.

"나는 로스앤젤레스에 걸지."

"아."

히무라가 사카모토의 선택을 의아하게 받아들였다.

토마스 필스 사후 지휘봉을 넘겨받은 구스타프 하나엘이 참
전했더라면 히무라도 고민 없이 로스앤젤레스 필하모닉을 선

택했을 터였다.

하지만 그가 쓰러지고 현재는 22세의 어린 악장이 지휘봉을 잡고 있었기에 히무라는 사카모토의 선택을 이해할 수 없었다.

"아리엘 얀스가 유망한 인재라고는 해도 이제 겨우 22살입니다. 괜찮으시겠습니까?"

"허허. 도빈 군도 17살이지 않나."

2006년생인 배도빈은 2023년 현재 만 17세 지나지 않았다.

많은 사람이 배도빈이 10년이 넘도록 워낙 대단한 일들을 수행해 와 그의 나이를 제대로 인지 못 하곤 했다.

"도빈이야 특이 케이스지 않습니까."

"빌헬름도 15살에 교향곡을 지어 당시 베를린 필하모닉과 직접 협연하지 않았나."

히무라 쇼우는 사카모토 료이치의 말에 반박할 수 없었다.

다른 분야보다 유독 음악계에서 어린 나이에 두각을 보이는 경우가 잦은 편이었다.

실제로 그의 앞에서 커피를 마시는 사카모토 료이치 역시 11살 때부터 피아노 단독 리사이틀을 가졌던 천재 중의 천재였다.

그러나 그렇게 어린 나이에 데뷔한 이들 중 대부분이 음악가로서의 삶을 일찍 마감하는 것도 사실이었다.

사카모토 료이치나 빌헬름 푸르트벵글러처럼 꾸준히 천재성을 유지해 거장으로 군림하는 사람은 지구 전체를 둘러봐도 매우 드문 경우였다.

"선생님은 아리엘 얀스를 도빈이 같은 경우로 보시는 겁니까?"

"흐음."

사카모토가 마시던 커피를 내려놓았다.

"개인으로 비교하면 아무래도 도빈 군이 앞설 수밖에 없지. 아리엘 군뿐만이 아니라 여러 면에서 도빈 군을 뛰어넘는 사람은 드물 걸세."

히무라가 고개를 끄덕였다.

인정할 만한 사람이기는 하지만 그 정도는 아니라는 말로 인식한 것이었다.

그러나 사카모토는 그 뒤에 말을 덧붙였다.

"하지만 비슷한 케이스로 본다는 질문에는 그렇다고 생각하네."

"예?"

"분명 재밌는 양상이 나올걸세."

오케스트라 대전 첫 번째 날의 마지막 차례였다.

앞선 네 번의 연주로 관객도 스트리밍 서비스를 이용하는 팬들도 많이 지친 상태였다.

아무리 좋은 곡이라도 다섯 시간 이상 들으면 피로해지기 마련이었다.

그것은 일반 팬뿐만 아니라 심사 위원단에게도 고역이긴 마찬가지였다.

"아무래도 로스앤젤레스가 고전하겠는데."

"대기 시간도 길었으니까요."

"이거 큰일이로군. 이거 보통 일이 아니야. 사카모토 교수가 심사 위원직을 거절한 게 현명하단 생각이 드는군."

"하하."

다른 팬들과 달리 심사 위원들은 특히나 온 신경을 집중해 들었기에 체감하는 피로도가 더욱 컸다.

이대로 남은 9일을 계속한다면 체력이 남아나질 않을 것 같았다.

그러나 그들 역시 음악에 대한 열정만큼은 누구보다도 뜨거웠기에 잠시간 눈을 붙이고 대회 진행 요원에게 마지막 연주를 촉구했다.

잠시 후, 로스앤젤레스 필하모닉이 무대 위에 모습을 드러냈다.

영국 출신의 위대한 음악가 토마스 필스가 북아메리카에서 일군 또 하나의 찬란한 왕가.

과거 여러 차례 세계를 깜짝 놀랄 만한 연주를 해왔던 이들은 탄탄한 구성력과 힘 있는 연주로 많은 팬으로부터 사랑받아 왔다.

만약 토마스 필스 경이 정식 후계자로 지목했던 명장 구스타프 하나엘이 함께했더라면 그 누구도 로스앤젤레스 필하모닉이 강력한 우승 후보라는 데 이견을 낼 수 없었을 터였다.

조율을 마치자 무대 위에 한 남자가 모습을 드러냈다.

악장 이승훈이 단원들을 일으켜 세웠다. 그러나 관객 어느 누구 하나 박수를 보내는 일이 없었다.

어깨에 닿는 금빛 머리카락은 조명을 받아 더욱 빛났고 이마에서 코로 떨어지는 선은 우아했다.

깊게 자리한 벽안은 장인이 세공한 보석처럼 박혀 있었다.

흰 정장과 하얀 면장갑 그리고 빛나는 백구두.

라트비아 출신의 젊은 음악가는 고고하게 지휘단에 올라 오른손을 들었다가 감싸 안으며 관객들에게 인사했다.

넋을 놓고 아리엘 핀 얀스를 보던 관객들은 자신도 모르게 숨을 들이마셨고 그제야 손뼉을 치기 시작했다.

ㄴCG임?

ㄴ그런 듯.

ㄴ얼굴이 꿀잼이네;;

ㄴㅁㅊ 천사인 줄.

ㄴ누구야? 누구야? 걸어 나올 때부터 잘쌩쁨 폭발이다ㅠ

ㄴ가능.

ㄴ아닠ㅋㅋ 걷는 거 보고 뿜었넼 저게 어떻게 걸을 수 있는뎈ㅋㅋㅋ

ㄴ?? 가면은 왜 써 ㅁㅊ

　지휘단에 오른 아리엘 핀 얀스는 재킷 안주머니에서 하얀 가면을 꺼내 썼다.

　그의 외모를 보고 감탄하던 이들은 그의 행동에 아쉬워했고 잘츠부르크를 찾은 팬들은 그 행동을 퍼포먼스의 하나로 여겼다.

　그러나 로스앤젤레스 필하모닉을 아는 사람들은 고개를 끄덕였다.

　"가면은 왜 쓰는 거예요?"

　한 사람이 함께한 이에게 소곤대어 물었다.

　"사람들이 자기 얼굴 때문에 음악에 집중하지 못해서 저런대."

　"아……."

　그렇다면 애초에 쓰고 나오지 않는 이유도 묻고 싶었지만 곧 연주가 시작되기에 더는 묻지 못했다.

　아리엘 핀 얀스가 지휘봉을 들어 가볍게 터치하듯 손을 움직였다.

　베토벤 교향곡 6번, 파스토랄레(전원).

　베토벤이 빈 근교의 바덴을 거닐며 느낀 자연의 아름다움을 찬미했던 곡이 시작되었다.

평온하게 불어오는 바람과 그에 따라 흔들리는 초원의 이미지가 관객들에게 전해졌다.

잔잔하게 시작된 멜로디가 잠시간 고조될 때 관객들은 모호했던 자연의 풍경이 그들 앞에 다가왔음을 느낄 수 있었다.

현악기 뒤에 들어오는 오보에와 여러 악기는 햇살과 바람, 풀, 새, 온기를 표현해 주는 듯했다.

아리엘 핀 얀스는 가벼운 몸짓으로 단원들을 이끌어갔다.

'음.'

빌헬름 푸르트벵글러는 단 몇 초 만에 로스앤젤레스 필하모닉의 연주에 감탄했다.

음악으로 '묘사'하는 일은 극히 어려운 일이었다.

구체적으로 전하려 할수록 여러 요인으로 인해 작곡가의 의도와는 달라질 수밖에 없거늘.

모르긴 몰라도 현재 로스앤젤레스 필하모닉의 연주를 듣는 사람들은 같은 이미지를 느끼고 있을 거라 생각했다.

섬세함이 절정에 이르렀을 때 가능한, 오케스트라라는 거대한 유기체가 내는 소리라 하기에는 너무도 상냥했다.

베토벤의 벅찬 마음이 이러했을까.

연주는 활기를 더해갔다.

못마땅하게 객석에 앉아 있던 배도빈의 얼굴에 문득 흥미가 돋아났다.

♪

머리가 아픈 녀석이라 생각했거늘.

아리엘 핀 얀스는 로스앤젤레스 필하모닉을 훌륭히 이끌었다.

안 그런 곡이 없지만 여섯 번째 교향곡 전원은 내게도 특별한 곡이었다.

자연은 언제나 내게 깊은 감동과 악상을 선물해 주었고, 덕분에 나는 빈 근교를 산책하며 전원을 준비할 수 있었다.

그 설렘을 악보에 담지 않을 수 없었다.

묘사를 위한 연주는 실패할 거라는 내 생각과 달리 곡은 너무도 잘 나왔다.

그러한 곡을 지휘한다기에 어떤 식으로 나올지 지켜보다 고개를 끄덕였다.

'가장 큰 희망'과 '용감한 영혼'을 녹음했던 당시의 로스앤젤레스 필하모닉이 떠올랐다.

토마스 필스가 지금의 연주를 듣는다면 무척 만족할 것이다.

로스앤젤레스 필하모닉은 음색을 조율해 곡을 표현하는 데 통달했고 아리엘 핀 얀스는 단원들을 어떻게 이끌어야 하는지 잘 알고 있다.

내 심장에 창을 꽂는다 했던가.

재밌는 녀석이다.

♪

첫 번째 날의 모든 연주가 끝났다.

심사 위원단은 각자 채점한 표를 취합했고 팬들은 마음이 동했던 악단에 투표하였다.

결과 발표까지는 한 시간이 소요되었지만 대축전극장을 찾은 이들은 여유롭게 오늘의 연주에 대해 이야기 나누며 발표를 기다렸다.

"왜 베를린 필하모닉을 세계 최고의 오케스트라라고 하는지 알 것 같았어요."

"만들어진 지 1년밖에 안 되었다는 게 신기한 일이지."

"그러니까요. 처음에는 지나치게 투자하는 거 아닌가 싶었는데 마에스트로 푸르트뱅글러에겐 확신이 있었던 모양이에요."

"하하. 배도빈이란 음악가를 두고 활용하지 않으면 그 자체로 죄겠지."

제르바 루빈스타인이 단원과 이야기하며 웃었다.

배도빈이 연주하는 캐논을 더 듣고 싶었지만 어느새 어엿한 지휘자로서 활동하기 시작한 배도빈이 앞으로 또 어떤 연주를 들려줄지도 기대되었다.

'푸르트벵글러도 고민이 많겠지.'

제르바 루빈스타인은 자신이라면 배도빈을 어떻게 활용할지 생각해 보았다.

가능하다면 상임 작곡가로 악단에 두고 싶지만 한곳에 묶어두기에는 그의 곡은 너무도 뛰어났다. 더욱 많은 사람이 들어야만 했다.

바이올린과 피아노를 연주하는 독주자로 쓰고 싶은 마음도 굴뚝같았는데 힘겹게 연주하던 어릴 때와 달리 성장한 지금, 대체 얼마나 멋진 연주를 들려줄지 궁금했다.

그러나 또 '찰스 브라움'이나 오늘 '에로이카'를 지휘하는 걸 들어보면 배도빈이 지휘하는 베를린 필하모닉의 연주를 듣고 싶기도 했다.

하나의 영역에 머물러 있기에는 그 재능이 너무도 뛰어났기에 제르바 루빈스타인은 푸르트벵글러가 왜 베를린 필하모닉 B를 만들었는지 알 것 같았다.

'하고 싶은 걸 할 수 있도록 배려한 거겠지.'

베를린 필하모닉과 빌헬름 푸르트벵글러 자신이 울타리가 되어 배도빈을 제한하지 않도록 말이다.

'성격은 개차반이라도 따뜻한 면이 있는 친구라니까.'

제르바 루빈스타인이 슬며시 웃으며 고개를 돌렸다.

"안 그런가, 빌헬름?"

"뭐가?"

"도빈 군 말일세. 베를린 필하모닉 B의 정식 지휘자로 임명하지 않은 건 언제든 하고 싶은 걸 할 수 있도록 배려한 거지 않은가."

지금까지 푸르트벵글러의 행동을 봤을 때 이번 년도 초, 배도빈이 베를린 필하모닉 B의 정식 지휘자로 임명되지 않은 것이 의외인 상황이었다.

그러나 제르바 루빈스타인의 질문에 푸르트벵글러는 대답하지 않았다.

단원들이 자신을 내쫓아서 그럴 기회를 놓쳤다는 사실을 말하는 일을 푸르트벵글러의 자존심이 허락할 리 없었다.

"하하. 내 생각이 맞는 모양이군."

"멋대로 생각해."

푸르트벵글러가 콧방귀를 뀌며 답했다.

"그건 그렇고. 그런 의미에서 아리엘 핀 얀스도 비슷한 느낌인가 보군."

"음."

두 거장의 화제가 로스앤젤레스 필하모닉의 또 다른 천재에게로 넘어갔다.

"마리 얀스의 손자라 했지? 저런 인재가 이제야 두각을 드러내다니. 쇠락할 줄 알았더니 건재하네."

"얼마 전에 찾아와 손자 자랑을 늘어놓더군."

"자랑할 만하지 않은가. 마치 젊었을 적의 사카모토 료이치를 보는 듯하군."

"흥."

푸르트벵글러는 자신이 인정하는 최고의 라이벌인 사카모토 료이치를 언급함에 있어 제르바 루빈스타인의 말을 인정하고 싶지 않았으나 사실이 그러했다.

아리엘 핀 얀스는 악단을 섬세하게 조율하여 극상의 음색을 낼 수 있는 지휘자였다.

마치 20대 중반에 막 빈 필하모닉에서 활동하던 당시의 사카모토 료이치를 보는 듯했다.

"하나엘도 믿는 구석이 있었으니 맡겼겠지. 우리 같은 늙은 이들이 모인 대회에 도빈 군이나 아리엘 군 같은 사람이 있어 즐겁네. 즐거워."

관객들이 절반쯤 빠져나간 대축전극장 무대에 심사 위원단 대표가 올라섰다.

각자 느낀 바를 공유하며 떠들썩했던 콘서트홀이 조용해졌다.

"안녕하십니까. 심사 위원을 맡은 에두아르 헤르젠입니다. 오래 기다리셨을 테니 곧장 2차전으로 진출할 악단을 발표하겠습니다. 팬 투표에 참가한 분은 총 141만 7,011분이셨습니다."

에두아르 헤르젠이 말을 마치자 준비된 스크린에 세계 클래식 음악 협회의 로고와 오케스트라 대전 문구가 떠올랐다.

그리고 이내 다섯 악단이 획득한 점수가 표기되었다.

베를린 필하모닉 B

심사 위원단: 30(300점)

팬 투표: 44.2(894,012표)

합계 74.2(1위)

모두의 예상대로 첫날 1위는 베를린 필하모닉 B가 차지했다.

심사 위원 30명에게서 모두 만점을 받았기에 30퍼센트로 환산한 점수 30점을 부여받았고.

총 1,417,011표 중 63퍼센트에 해당하는 894,012표를 얻으면서 70퍼센트로 환산한 점수 44.2점이 더해져 총 74.2점을 기록한 것이었다.

ㄴ압도적인데?

ㄴ진짜 미쳤닼ㅋㅋㅋ

ㄴ우리 도빈이 하고 싶은 거 다 해ㅠ

ㄴ63퍼센트가 쏠렸으면 나머지 네 개 악단이 겨우 37퍼센트를 나눠 가진 거네;;

ㄴ미친. 2위 보고 말하셈.

베를린 필하모닉의 점수에 팬들은 놀랄 수밖에 없었다.

배도빈이 세계 최고의 음악가라는 사실은 누구나 인정하는 바였으나 그렇다고 다른 악단의 수준이 떨어지는 것은 절대 아니었다.

부다페스트 페스티벌 오케스트라는 헝가리를 대표하는 악단으로서 동유럽 작곡가들의 곡을 심도 있게 연주하는 곳이었다.

일본의 니혼 필하모니와 중국의 선원 심포니 역시 자국을 대표하는 실력파 오케스트라라는 것은 명백한 사실.

로스앤젤레스 필하모닉은 말할 것도 없었다.

그런데 그런 라인업을 뚫고 63퍼센트의 지지율을 얻으니 팬들에게는 크나큰 충격일 수밖에 없었다.

여태 많은 사람이 배도빈을 최고라 추앙했지만 팬들에게 공개된 객관적 지표는 없었던 탓이었다.

그런 상황에 엄선된 심사 위원과 팬들의 의견이 수치화되니 그 놀라운 격차에 경악한 것이다.

그러나 충격은 그것으로 끝이 아니었다.

션원 심포니

심사 위원단: 25.6(256점)

팬 투표: 18.8(380,521표)

합계: 44.4(2위)

로스앤젤레스 필하모닉

심사 위원단: 30(300점)

팬 투표: 4.8(98,095표)

합계: 34.8(3위)

콘서트홀이 술렁였다.

아리엘 핀 얀스의 로스앤젤레스 필하모닉이 베를린 필하모닉 B와 함께 심사 위원단으로부터 만점을 받은 사실과 그럼에도 팬 투표에서 밀려 3위를 기록.

팬들은 도무지 납득할 수 없었다.

ㄴ아니 시발 이게 뭐야.

ㄴ투표 제대로 안 하냐? LA가 어떻게 1차전에서 떨어지냐고.

ㄴ아마 중국 팬들 숫자가 생각보다 많은 듯.

ㄴ팬이고 자시고 이딴 식이면 머리 많은 곳이 우승이지. 말이 되냐?

디지털 스트리밍으로 여섯 시간 이상 접속해 있었던 음악 팬들이 분통을 터뜨렸다.

OOTY 오케스트라 대전의 문제점이 여실히 드러나는 순간이었다.

팬 투표를 통한 대중성과 엄선된 심사 위원의 전문성을 함께 책정한다는 세계 클래식 음악 협회의 발상은 좋았으나 현실적으로 팬 투표에는 어느 정도 연고가 기반이 될 수밖에 없었다.

어떤 연주가 더 뛰어났는지에 대해서는 심사 위원들의 객관적 판단이 앞서는 게 당연한 일인 만큼.

아리엘 핀 얀스와 로스앤젤레스 필하모닉의 아름답고 섬세한 연주에 감동했던 팬들은 분통을 터뜨렸다.

심지어 선원 심포니보다 높은 점수를 획득한 부다페스트는 팬 투표에서 압도적으로 밀려나 4위에 랭크되었다.

'그 어떤 전문가의 말보다 팬들의 선택이 중요하다'라는 배도빈의 기본 신념이 적용되지 않는.

배도빈에게도 큰 충격인 일이었다.

"……."

내심 로스앤젤레스 필하모닉의 연주를 높게 평가했던 배도빈은 말없이 그저 무대를 지켜볼 뿐이었다.

최하점을 받은 니혼 필하모니를 지지했던 히무라는 넋이 나갔고 사카모토 료이치도 미간을 좁히며 상황을 지켜보았다.

심사 위원단 대표 에두아르 헤르젠이 마이크를 잡았다.

"이로써 첫 번째 조에서 2차전으로 진출한 악단은 베를린 필하모닉 B와 선원 심포니로 결정되었습니다. 감사합니다."

그가 무대를 내려가자.

콘서트홀이 순식간에 아수라장이 되고 말았다.

첫 번째 진출 악단이 발표되자 전 세계가 떠들썩해졌다.

언론은 배도빈과 베를린 필하모닉 B의 압도적인 결과에 집중 보도하거나 그렇지 않으면 OOTY 오케스트라 대전의 심사 방식을 비판하는 데 주력했다.

미국의 한 방송국에서는 패널들을 모아놓고 토론을 이어나갔다.

"비단 중국만의 문제는 아닙니다. 팬들 스스로가 의식을 가지고 판단해야 해요."

"팬 투표 자체의 문제라고는 생각하지 않습니까?"

"팬들을 무시하고 유지된 업계는 없었습니다. 협회의 선택은 옳았습니다. 단지 적용의 문제였죠."

"비율을 조절하는 것도 방법이지요. 70퍼센트라는 팬 투표의 점수 비율은 지나치게 높습니다."

"그렇다고 심사 위원단의 비중을 팬 투표 위에 둘 수는 없지 않습니까?"

"타협을 볼 수도 있죠. 6 대 4나 동률로요."

"그것으로는 문제 해결이 안 될 수 있습니다. 역시 팬들이 의식을 가지는 게 중요해요. 그것만이 답입니다."

"존, 우리는 현실적인 방안을 논의하고 있습니다. 이상론은 누구나 말할 수 있습니다."

이러한 대화는 미국뿐만이 아니라 전 세계에서 이뤄지고 있었다.

당연히 세계 클래식 음악 협회도 이와 같은 문제점에 대해 심각히 받아들이고 있었다.

그러나 뾰족한 방법을 내놓지 못하고 있는 도중, 그들을 찾은 한 사람이 있었다.

대회 운영진은 베를린 필하모닉의 사무국장 카밀라 앤더슨을 반갑게 맞이했다.

카밀라 앤더슨은 유력 악단의 책임자들과 함께했다.

"해결책이 있으시다고요?"

"완벽한 해결은 아니지만 저를 비롯해 몇몇 분이 건의 드릴 것이 있어 찾아뵈었습니다."

"어서 말씀해 보시지요."

"투표를 점수제로 가시죠."

"……아."

카밀라 앤더슨의 말에 운영진들이 고개를 끄덕였다.

· 54악장 ·

다른 누구도 아닌

"자세히 들려주시겠습니까?"

협회 이사의 질문에 카밀라 앤더슨과 함께 운영회를 방문한 빈 필하모닉의 사무국장, 필립 람이 나섰다.

"현실적으로 연고 악단에 대한 팬들의 개인적 투표를 막을 방도는 없습니다. 세계 최고의 오케스트라를 선정하는 데 있어서 인기가 없는 오케스트라가 꼽히는 것도 잘못된 일이죠. 그러니 완충재를 넣자는 의견입니다."

필립 람의 말을 카밀라가 받았다.

"4개 악단을 투표할 때 순위를 매겨 4점부터 1점까지 투표한다면 팬들의 선택도 존중되고 오늘, 첫 조와 같은 일도 줄어들 거라 예상합니다."

세계 클래식 음악 협회는 카밀라 앤더슨과 필립 람 그리고 그들과 함께한 몇몇 관계자의 말에 고개를 끄덕였다.

협회 역시 표가 쏠릴 것을 우려하여 복수 투표 방식을 채택했지만 '인구'에 대해서는 미처 대응할 수 없었다.

하지만 각 조에 순위를 매긴다면 연고로 기반으로 한다 해도 어느 정도 해결점을 가질 수 있을 듯했다.

근본적인 해결책은 아니었지만 현시점에서는 카밀라 앤더슨과 필립 람 등의 의견이 현실적이었다.

그러나 첫 번째 날의 결과를 번복할 것인지에 대한 문제가 남아 있었다.

"좋은 의견 감사합니다. 운영회에서 의견이 조율되는 대로 연락드리겠습니다."

미카엘 블레하츠가 감사를 표했다.

운영회를 방문한 이들이 돌아서고 이사들은 다시금 대책 의논에 들어갔다.

"카밀라 앤더슨 국장의 말이 일리 있어 보입니다."

"말 그대로 완화될 뿐. 근본적인 해결책은 아니죠."

"하지만 현재로서는 달리 다른 방도가 없습니다. 팬 투표를 제외하는 것도, 비율을 조정하는 것도 더 큰 문제가 될 겁니다."

"오케스트라 대전의 권위가 떨어지게 해서는 안 됩니다. 지금 이 순간에도 여론은 자꾸만 안 좋아지고 있습니다. 서둘러

대책을 마련해야 해요."

"어쩌면 이대로 가는 것이 나을지도 모릅니다. 이미 2차전 진출 악단이 발표되었습니다. 그걸 번복하는 것 역시 큰 파장을 불러일으킬 것입니다."

"끄응."

모두의 말에 일리가 있었다.

운영회는 다시 길을 잃었고 묵묵히 상황을 바라보고 있던 한국 클래식 음악 협회장이자 세계 클래식 음악 협회 이사, 한지석이 무거운 입을 열었다.

"쏟아진 물을 다시 담으려는 일만큼 무의미한 일도 없습니다."

이사들이 그에게 집중했다.

"항아리를 다시 채우려면 물을 새로 담는 수밖에 없죠. 악단 관계자들의 의견은 분명 좋은 해결책입니다. 하지만 그 기준은 다음부터 적용하는 게 맞습니다. 이번에는 밀고 나가야죠. 그렇다고 젖은 바닥을 그대로 둘 수도 없는 법이니……."

한지석의 화법은 묘하게 설득력을 가졌다.

협회는 대회의 위신이 떨어지고 세계 유력 악단들이 모두 참가한 오케스트라 대전이 무의미해지는 것을 가장 두려워했다.

갑작스러운 변동은 자칫 대회 준비가 미흡했음을 홍보하는 일이 될 수 있었다.

한국 클래식 음악 협회를 오래 운영했던 한지석은 그 점에

착안, 이야기를 진행했다.

"탈락 조 중에 심사 위원단으로부터 높은 점수를 받은 상위 몇 악단에 새로운 기회를 주는 겁니다. 아마 탈락한 악단도, 그곳의 팬들도 반가워할 겁니다."

"아."

패자부활전(Repechage)이라면 많은 대회에서 차용했던 방식이니만큼 그것에 대한 반발은 거의 없을 것으로 예상되었다.

적어도 1조의 결과를 번복하는 것보다는 말이다.

"괜찮은 방법입니다. 다시 기회를 얻은 악단들도 반가워하겠군요."

마침내 협회의 의견이 모였다.

"큰 틀이 정해졌으니 세부적인 이야기로 넘어가죠. 내일 아침에는 발표해야 합니다."

길을 찾은 운영회는 밤샘 논의 끝에 다음 날 아침, 새로운 룰을 발표했다.

[OOTY 오케스트라 대전에 새로운 룰이 추가됩니다]

클래식 음악을 사랑하는 팬 여러분께 OOTY 오케스트라 대전의 새로운 룰을 소개해 드리고자 합니다.

대회 운영진은 아래와 같은 사유로 6월 1일, 2차전에 진출하지 못한 악단들을 취합, 패자부활전을 진행하기로 결정하였습니다.

1. OOTY 오케스트라 대전은 클래식 음악의 질적, 양적 발전을 도모한다.

  2. 각 악단은 역량에 따라 충분한 기회를 부여받아야 한다.

  3. 1항과 2항을 사유로 충분한 기량을 선보인 악단에게 새로운 기회를 부여한다.

  4. 패자부활전에 진출하는 악단은 21개 악단 중 상위 10곳으로 제한한다. 진출 팀은 4곳으로 규정한다.

  클래식 음악을 사랑하고 OOTY 오케스트라 대전을 관람하시는 팬 여러분의 성화에 감사드리며, 대회 운영에 있어 최선을 다할 것을 약속드립니다.

  감사합니다.

  협회의 대응책에 그때까지 부풀었던 팬들도 조금은 분노를 가라앉힐 수 있었다.

  ㄴ그래. 차라리 이게 낫지.

  ㄴ없던 룰도 아니고 괜찮네.

  ㄴ솔직히 대회 도중에 룰을 바꾸는 게 정상은 아니지. 처음부터 시작을 잘못하긴 했어도.

└팬 투표 없애자는 헛소리보다 이게 훨 낫다.

└난 점수제 도입도 괜찮아 보였는데.

└나도.

└그게 최선인 것 같아도 이미 판정이 났잖아. 그거 번복하는 것보단 이게 훨씬 나을 듯. 협회가 판단 잘한 거임.

첫 운영인 만큼 부족했던 부분이 있을 수밖에 없었고 기존 판정을 거스르지 않는 선에서 규정이 보수되는 일은 팬이나 음악계 인사들에게 긍정적으로 받아들여졌다.

이러한 상황 속에서 가장 주목받는 것은 당연히 로스앤젤레스 필하모닉이었다.

팬들은 수려한 외모와 음악적 재능으로 순식간에 다크호스로 부상한 아리엘 핀 얀스에게 관심을 가질 수밖에 없었다.

이를 포착한 각 언론은 로스앤젤레스 필하모닉의 지휘자 아리엘 핀 얀스에게 인터뷰를 요청했다.

곧 아리엘 핀 얀스와 악장 이승훈이 공식 회견을 가졌다.

"룰 추가로 인해 패자부활전 진출이 확정되었습니다. 어떤 심경이십니까?"

"모래바람이 몰아친다 해도 찬란히 빛나는 의지까지 막아설 수는 없는 법. 나와 로스앤젤읍."

"새 기회가 주어졌음에 최선을 다하려고 합니다."

이승훈이 기자의 질문에 헛소리를 늘어놓기 시작한 아리엘 핀 얀스의 입을 틀어막았다.

기자들은 눈을 껌벅댔다.

"이게 무슨 짓이지."

"이럴까 봐 같이 나온 거잖아. 조용히 좀 해."

"……흥이 깨졌다."

이승훈의 손을 떼어낸 아리엘이 입을 씻기 위해 일어섰고 그대로 회견장에서 벗어났다.

아리엘의 돌발행동에 기자들과 중계를 보고 있던 사람 모두 당황했다.

모두가 할 말을 잊은 상황에서 이승훈이 어색하게 웃었다.

"진행하시죠."

논란이 컸던지라 1조 1위에 올랐던 베를린 필하모닉 B는 마음을 놓을 수 없었다.

그러나 협회의 입장 발표로 인해 결과에 변동이 없음을 확인하고는 조촐하게 자축했다.

"연습할 땐 진짜 힘들었는데 알아주긴 하네."

"말도 마. 나 손끝이 저려서 얼마나 걱정했는데."

"자자, 오늘은 가볍게 즐기고 또 2차전 준비하자고. 내일 A팀 응원도 하고."

파티라고는 하지만 단원들이 모여 저녁을 함께하는 정도였기에 분위기는 비교적 차분했다.

그렇게 분위기가 무르익어갈 즈음 단원들이 배도빈을 찾기 시작했다.

"도빈이는?"

"아까까지만 해도 있었는데."

"아, 먼저 들어갔어요. 다들 신경 쓸 거 같아서 그냥 올라간다고 했어요."

나윤희의 말에 단원들의 얼굴이 조금 굳어졌다.

"쉬지 않는구나."

"도빈이니까요. 아마 2차전 준비하고 있을 거예요."

잠시 레스토랑 안이 조용해졌고 디스카우가 손뼉을 치며 이목을 끌었다.

"자자, 우리 지휘자께서 열심히 하는데 우리도 부응해야지 않겠어? 다들 돌아가자고."

시작부터 여러 이야기를 만들어낸 오케스트라 대전은 세

번째 날을 맞이했다.

3조는 예선 중 가장 큰 이벤트라 할 수 있었는데 그럴 수밖에 없는 것이 참가 악단의 위명과 그들 사이의 스토리가 명백했다.

폭군 빌헬름 푸르트벵글러가 이끄는 베를린 필하모닉 A와 마술사 아르투로 토스카니니의 런던 필하모닉.

푸르트벵글러와 토스카니니가 앙숙이라는 것을 모르는 사람은 없었다.

더욱이 두 악단은 2년 전부터 런던파와 베를린파를 대표하면서 유럽 클래식 음악계를 양분하고 있었다.

거기에 前 베를린 필하모닉 악장 출신인 레몽 도네크가 런던 필하모닉의 악장으로 이적했으니 이러한 관계에 팬들은 물론, 음악계 인사들마저 열광할 수밖에 없었다.

콘서트홀을 방문한 사람들은 삼삼오오 모여 오늘의 빅 매치에 대해 이야기 나누었다.

"어디가 올라갈까?"

"그게 중요하겠냐? 당연히 런던이랑 베를린이지. 다른 곳도 괜찮지만 푸르트벵글러랑 토스카니니에 비빌 수준은 아니잖아."

"맞아. 진출 팀은 사실상 정해졌지. 난 자존심 싸움이 더 재밌을 듯."

구경하는 이들에게는 더없이 좋은 볼거리였으나 정작 당사자들에게는 더할 수 없이 치열한 전쟁이었다.

푸르트뱅글러가 언제나 그러하듯 아침부터 단원들 불러 모았다.

"최고가 아니면 용납할 수 없다."

실수를 한다는 것은 베를린 필하모닉 A의 기준이 못 되었다. 최고의 연주를 하는 것만이 푸르트뱅글러와 그들의 목표였다.

그렇기에 푸르트뱅글러는 공연 전 항상 '우리가 최고다'라든지 '최고의 연주를 해야만 한다'라는 식의 발언을 하곤 했다.

이번에도 비슷했으나 유독 오늘만큼은 베를린 필하모닉 단원들도 유달리 받아들였다.

인터플레이가 경영난을 겪으면서 직접적인 언론 플레이는 사그라졌으나 런던 필하모닉이 추구하는 음악관과 베를린 필하모닉의 정신은 정반대였다.

알게 모르게 신경전이 오가고 있었음은 당연한 일이었고 더욱이 질 수 없는 사유도 명백했다.

레몽 도네크의 이적.

푸르트뱅글러와 베를린 필하모닉은 공식적으로 그의 이적에 대해 언급하지 않았지만 푸르트뱅글러의 아이(베를린 필하모닉이 자랑하는 다섯 악장. 니아 발그레이, 케르바 슈타인, 헨리 빈프스키, 파울 리히터, 레몽 도네크) 중 레몽 도네크의 이적은 그들에게 너무도 큰 충격이었다.

일부는 배신당했다고 생각했고.

또 몇몇은 레몽 도네크가 그럴 수밖에 없었던 이유에 대해 안타까워했다.

그렇기 때문에 질 수 없었다.

20년 이상 함께했기에 그들에게 있어서 부정할 수 없는 사람이었고 동시에 큰 상처였기에 언급하진 않으나 푸르트뱅글러의 말은 그러한 의미를 담고 있었다.

단원들 역시 공유하고 있는 감정이었기에 결연한 각오를 다졌다.

♪

최지훈은 그제부터 몹시 불편한 표정을 짓고 있는 배도빈을 걱정스레 바라보았다.

가족과 최지훈 등 몇몇 사람과 함께 있을 때는 잘 웃게 되었지만 배도빈의 디폴트 표정은 짜증이었다.

그것에 익숙해져 지금은 도리어 그 표정마저 귀엽게 여기는 최지훈이 보기에도 요 며칠간 배도빈은 무척 불쾌해 보였다.

지금도 조식을 먹기 위해 내려왔는데 식사는 안 하고 커피로 가끔 목을 축일 뿐이었다.

최지훈이 소시지를 잘라 배도빈에게 권했다.

심각하게 있던 배도빈이 무심코 그것을 받아먹었다.

그러고는 다시 말이 없어졌기에 최지훈이 다시 한번 샐러리를 입에 가져다 대었다.

또 입을 벌려 받아먹더니 배도빈이 얼굴을 왕창 구기며 최지훈을 보았다.

"뭘 먹이는 거야."

최지훈이 웃으며 물었다.

"런던 필하모닉 때문에 그래?"

"그럴 리가."

푸르트벵글러와 베를린 필하모닉에 대한 배도빈의 신뢰는 절대적이었다.

그들과 함께 결선에 오르는 것을 믿어 의심치 않았고 런던 필하모닉이 뛰어나다고는 하지만 푸르트벵글러와 A팀이 질 리 없다고 생각했다.

그렇기에 푸르트벵글러의 복귀 무대를 기대하긴 해도 다른 이들과 달리 자존심 싸움에는 크게 관심을 두지 않았다.

"그럼 왜?"

"……만점이 아니야."

"어?"

"팬 투표 점수."

"……."

최지훈은 내심 자신이 함께하는 2차전이 부담스러워지기

시작했다.

♪

어제도 늦게까지 악보를 들여다보고 있었는데 이런 말까지 하니 배도빈이 오케스트라 대전을 얼마나 신경 쓰는지 알 것 같았다.

최지훈은 사실을 분명히 짚어주고 싶었다.

"63퍼센트나 지지해 줬잖아."

최지훈이 달랬으나 배도빈은 여전히 뚱한 표정을 짓고 있었다.

"엄청난 거라구."

배도빈은 앞에 놓인 빵을 하나 집더니 잼을 듬뿍 떠 얹었다. 딸기 과육이 그대로 남아 있는 밀도 높은 그것을 먹고 나서야 입을 뗐다.

"빈 필하모닉도 58퍼센트였어."

배도빈이 빈 필하모닉 역시 압도적인 차이로 진출한 것을 언급했다.

첫 번째 날만큼이나 두 번째 날도 큰 점수 차가 벌어졌는데 빈 필하모닉은 베를린 필하모닉 B의 점수에 근소한 차이를 보일 정도로 고득점을 올렸었다.

'혹시.'

배도빈은 항상 노력했지만 그것은 오직 더 아름다운 음악을 하기 위함이었다. 지금처럼 타인을 의식한 적은 없었다.

그렇기에 최지훈은 혹시나 하는 생각이 들었다.

'어쩌면 부담스럽게 느낄지도 몰라.'

팬과 업계 종사자가 생각하는 것처럼 최지훈은 배도빈을 흔들리지 않는 굳건한 정신을 지닌 완성된 음악가로 여겼다.

하지만 동시에 알려진 바와 달리 배도빈이 다정하다는 것도, 격정가라는 것도 잘 알았다.

그렇기에 혹시나 하는 마음이 든 것이었다.

어쩌면 초조해하고 있을지도 모른다고 말이다.

배도빈이 2차전에 연주하기로 예정된 차이코프스키 피아노 협주곡 1번의 주제를 흥얼거렸다.

그 모습을 보고 있던 최지훈이 소리 없이 웃었다.

배도빈이 불안해하다니.

그럴 리가 없었다.

"재밌어?"

"뭐가?"

"오케스트라 대전."

배도빈은 싱긋싱긋 웃는 최지훈을 보더니 이내 커피를 마셨다.

자신의 능력에 절대적인 자부심을 가진 만큼 배도빈은 타인을 평가하는 데 관대한 편이었다.

베를린 필하모닉 단원들이 안다면, 특히 마누엘 노이어라면 '그 악마 같은 꼬맹이가?'라고 되묻겠지만 적어도 배도빈 본인은 그렇게 생각했다.

그것은 오만과 맞닿아 있는 감정이었는데 배도빈이 평소 다른 음악가를 평할 때 후한 것도 모두 자기 아래라 여겼던 때문이었다.

그러나 오케스트라 대전만큼은 아니었다.

빌헬름 푸르트벵글러의 베를린 필하모닉 A를 비롯한 소수 악단은 그의 강력한 경쟁자였다.

더군다나 정신병자라 여겼던 아리엘 핀 얀스가 제법 훌륭한 지휘를 했고 팬 투표라는 것의 변수를 경험했기에.

오만한 베를린의 마왕은 마치 10대 소년이었을 때처럼 두근거렸다.

그 스스로 지휘에 있어서만큼은 동등하다 여기는 두 사람과 대회에서 생기는 변수들로 인해(더욱이 그것이 팬들의 선택으로 일어난 일이나만큼) 음악을 하지 않고는 뛰는 가슴을 달랠 수 없었다.

단지 그의 자존심이 그것을 인정하기 싫을 뿐이었다.

"그다지."

배도빈이 시큰둥하게 답했고 최지훈은 어깨를 으쓱인 뒤 다시 식사를 시작했다. 그러고는 어제, 2조의 연주를 떠올리며 감탄했다.

"그나저나 어제 빈 필 정말 대단했던 거 같아."

"전혀."

"아냐. 내 생각엔 C단조를 선택한 것부터가 대담했던 거 같아. 제일 많이 연주되는 곡인 만큼 부담도 되었을 텐데 그런 거 없이 멋지게 소화했잖아."

최지훈의 말대로 빈 필과 지휘자 칼 에케르트는 5번 교향곡〈운명〉을 너무도 훌륭히 연주해냈다.

"약했어. C단조 동기는 그렇게 연주하는 게 아니야."

"그래? 난 좋던데."

최지훈과 대화를 이어나가던 배도빈이 문득 최지훈을 보다가 입을 심술 맞게 들어 올리더니 고개를 돌렸다. 자신을 놀리고 있다는 것을 깨달은 것이었다.

최지훈이 웃었다.

"나 처음 봐. 네가 그렇게 이기고 싶어 하는 거."

지금까지 부정하던 배도빈도 흥미진진하여 잔뜩 달아오른 최지훈의 얼굴을 보고선 고개를 살짝 저었다.

"어쩔 수 없잖아."

"히히힛."

"……왜 그렇게 봐?"

"그냥."

최지훈은 유년 시절의 배도빈이 얼마나 많이 변했는지 알았기에 그저 기뻤다.

고독했던 형제가 놀이터를 발견하고 좋아하는 모습을 보니 그저 즐거웠다.

'좀 더 솔직해지면 좋을 텐데.'

최지훈의 눈에는 배도빈이 마음껏 놀고 싶은데 고집 때문에 놀지 못하는 것처럼 보였다.

"……아무튼 팬 투표는 더 끌어올려야 해."

"얼마나?"

"당연히 전부지."

"도빈. 욕심쟁이."

얼핏 두 사람의 대화를 들은 왕소소가 뾰로통하게 말했다.

배도빈이 커피잔을 내려놓자 때마침 같은 호텔에 묵고 있던 소소가 나윤희, 진달래와 함께 내려와 있었다.

소소는 오버핏의 박스 티를 입은 편한 차림이었고 나윤희는 아침부터 부지런하게 움직였는지 항상 보던 모습이었다.

진달래는 액슬 로즈의 얼굴이 그려진 티와 칠부 바지를 입은 채 고개를 숙이고 있었다.

최지훈이 웃으며 세 사람을 맞이했다.

"그제는 정말 대단했어요. 정말 많이 준비하신 것 같더라고요."

첫 번째 날 베를린 필 B의 에로이카는 모든 사람에게 깊은 인상을 남겨주었고 최지훈에게도 마찬가지였다.

그런 연주가 가능한 곳은 베를린 필하모닉뿐이라고 생각할
정도였다.

"그 정도는 해야 해."

배도빈이 시큰둥하게 말했다.

소소는 고개를 저었다.

"도빈. 가혹해."

"안 그래요."

"나, 나도 소소랑 같은 생각이야. 도빈아, 조금은 풀어주는 게
어떨…… 까?"

최지훈이 세 사람의 대화를 일단 지켜보았다.

아무리 뛰어난 인재들이라 해도 첫 번째 날의 에로이카 같
은 연주가 그냥 나올 수는 없었다.

분명 베를린 필하모닉도 땀 흘려 준비했을 테고 자신의 연
주에 더없이 엄격한 배도빈에게 얼마나 시달렸을지 떠올리게
되었다.

하지만 왕소소와 나윤희의 태도는 그런 부정적인 느낌이 아
니었다.

"또 커피."

소소가 배도빈의 커피잔을 보며 타박했다.

나윤희가 호응하듯 배도빈의 커피잔을 치웠다.

"너, 너무 많이 마시면 안 좋아."

"또 안 잤어?"

소소가 또다시 탓하듯 물었다.

그들의 지휘자가 또 얼마나 2차전 준비를 하고 있을지 보지 않아도 눈앞에 선했다.

'다들 생각해 주는 거였구나.'

가혹하다는 말이 단원들을 향한 것이 아니라 배도빈 본인을 몰아붙인다는 뜻임을 확인한 최지훈은 고개를 끄덕였다.

경쟁을 기반으로 한 대회를 즐기는 모습.

어느새 악단 내 융화된 모습을 보며 최지훈은 고집스럽고 고독한 형제를 향했던 걱정을 덜어낼 수 있었다.

"잤어요."

"얼마나?"

"세 시간 정도요."

"……."

"커피 줘요."

배도빈이 나윤희에게 손을 뻗었고 나윤희는 어쩔 줄 몰라 했다.

"A랑 런던 필하모닉은 오후니까 조, 조금 더 자두는 게 좋아."

그때까지 다른 말 없이 잠에 취해 꾸벅꾸벅 졸고 있던 진달래가 스르륵 일어났다. 주변을 둘러보고 코를 킁킁대어 냄새를 맡고는 나윤희의 옷자락을 잡아끌었다.

"……접시는?"

"저기 있어."

"응."

진달래가 비틀비틀 걸어가자 배도빈이 다시 말을 이어갔다.

"다른 악단 연주도 들어야죠."

다시 한번 커피를 돌려 달라는 말에 나윤희는 갈등했고 소소는 친구이자 제2바이올린 수석을 지그시 보며 압박했다.

그런 상황에서 나윤희가 선택할 수 있는 것은 배도빈을 설득하는 길뿐이었다.

"아, 안 돼. 커피 많이 마시면."

"익숙해져서 괜찮아요."

"그, 그런 게 어디 있어."

나윤희가 돌려줄 생각을 하지 않자 배도빈이 하는 수 없이 커피를 가지러 일어났다.

나윤희가 눈을 꼭 감으며 말했다.

"커, 커피 많이 마시면 키 안 큰다?"

잠깐의 정적 끝에.

최지훈이 푸흡, 웃어버렸다.

"맞아. 도빈 작아."

배도빈은 일어난 상태로 말없이 가만히 서 있다가 이내 밖으로 향했다.

♪

3일째.

노르웨이의 오슬로 필하모닉이 첫 번째 순서로 나섰다.

북유럽만의 특색을 유지해 온.

고난의 역사를 이어온 오슬로 필하모닉은 베토벤 교향곡 1번, C장조를 훌륭히 연주했다.

제1차 세계대전과 제2차 세계대전을 겪으며 성공적으로 변화한 오슬로 필하모닉은 그들의 역사를 1번 교향곡으로 증명해내는 듯했다.

오슬로 필하모닉의 연주가 끝나고 차채은이 입을 열었다.

"무난하네요. 그렇다고 단조롭지는 않고. 안드레아 프레빈다워요."

이필호는 고개를 끄덕이며 차채은의 말에 동조했다.

"그렇지. 현대적이진 않지만 애조를 담아내서 잘 표현하고 있어. 이거 높은 점수를 기대해도 될 것 같은데."

차채은도 같은 생각이었다.

베토벤 교향곡 1번 C장조는 베토벤의 명성과 달리 꽤 늦게 발표되었는데 그만큼 많은 준비를 거친 작품이었다.

그 흔적은 곡 중간중간에서 엿볼 수 있는데 기본 조성을 교

묘하게 피하여 삽입한 것이라든가 당시로써는 많이 사용되지 않았던 클라리넷을 적극적으로 활용한 부분 등.

여러 부분에서 앞선 음악가(하이든, 모차르트)들의 영향에서 벗어나고자 노력한 모습이 보이는 곡이었다.

그러면서도 양식은 맞췄으니 현재 고전음악을 연주하면서 그 틀을 무너뜨리지 않고 변화해 연주하는 오슬로 필하모닉과 비슷하게 느껴졌다.

차채은이 느낀 바를 메모했다.

그 모습을 보던 정세윤 기자가 물었다.

"좋은 습관이네."

"아, 이거요? 도빈 오빠가 항상 메모하고 다니기에 따라 하다 보니 버릇이 들었어요."

"그래? 배도빈이 메모를 많이 해?"

"네. 악상 같은 거 적을 때도 있고 그냥 단어를 쓸 때도 있고. 그렇게 생각을 정리한대요."

"배도빈 같은 천재는 후딱 만들어내는 줄 알았는데."

"말도 마세요. 진짜 엄청 하고 다녀요."

차채은은 배도빈의 방을 가득 채운 악보와 메모지를 떠올리며 웃었다.

그런 차채은을 기특하게 보던 이필호가 지친 목과 어깨를 풀며 말했다.

"편하게 봐도 돼. 우리가 주목해야 할 건 오늘 오후랑 2차전이니까."

"그러고 보니 진짜 다행이에요. 베를린 필하모닉 B랑 선원이 올라갔으니 한국인 세 명이 다 오른 거잖아요."

"그렇지. 그 세 사람만은 놓칠 수 없지."

이필호가 배도빈, 최지훈, 최성신을 떠올리며 고개를 끄덕였다.

이승희, 이승훈 남매.

특히 이승희의 경우에는 이미 오래전에 세계적인 거장으로 인정받고 있었지만 두 사람은 대한민국보다는 해외에 비중을 두고 있었다.

이승희의 경우에는 국내 활동이 턱없이 적다는 것이 첫 번째 문제였는데 베를린 필하모닉의 첼로 수석으로서 벌써 십수 년을 보낸 만큼 어쩔 수 없는 상황이었다.

국내 클래식 음악 팬 구성층이 기존보다 새로 유입된 인원이 많은 상태인 것도 문제였다.

대부분 콩깍지 신드롬 이후 새로 유입된 국내 클래식 음악 팬들은 배도빈과 최지훈의 개인 팬에 머물러 있었는데, 전부터 클래식 음악을 들어온 사람은 이승희에 대한 소식을 찾고 싶어도 그 보도 자료가 많지 않아 아쉬운 상황이었다.

'관중석'도 그러한 상황을 인지하지 못하는 것은 아니었으나 결국에는 매출에 신경 써야 하다 보니 지면 대부분을 배도빈에게 집중할 수밖에 없었다.

최지훈, 남궁예건, 최성신도 확실한 고정 팬들을 가지고 있었기에 종종 언급했지만 이승희에 대해서는 중요 소식만 알릴 뿐이었다.

더욱이 국내 활동이 전혀 없었고 대학 졸업 이후 곧장 로스앤젤레스 필하모닉으로 향한 이승훈은 말할 것도 없었다.

지식은 뛰어나나 그러한 상황에 대해서는 인지가 없는 차채은은 뛰어난 두 사람이 국내에서 조명받지 못하는 상황을 이해할 수 없었다.

베를린 필하모닉에서 활약 중인 또 다른 천재도 마찬가지로 여겼다.

"왜요. 승희 이모랑 윤희 언니도 놓치면 안 되잖아요."

"으음……."

이필호가 신음했다.

편집장으로서 추천할 만한 일은 아니지만 그렇다고 벌써부터 차채은에게 경제적 이유로 기사를 강요하고 싶지는 않았다.

"그럼 한번 써볼래?"

"네!"

차채은이 시원하게 답했다.

"이승희 씨야 워낙 대단하신 분이니까 괜찮은데 나윤희 바이올리니스트는…… 뭐랄까. 인터뷰를 해도 너무 소극적이라서 알기 힘들달까. 괜찮겠니?"

그때 정세윤 기자가 걱정스레 입을 뗐다.

차채은이 펄쩍 뛰며 부정했다.

"윤희 언니가 얼마나 대단한데요!"

"나도 알지. 실력이 없었으면 어떻게 베를린 필에서 수석 자리에 앉았겠어. 스타성이 문제지."

"진짜! 진짜 엄청 귀엽다고요. 볼수록 매력 덩어리니까 팬들도 언젠가 알아줄 거예요."

"하하하. 한번 해봐. 혹시 모르잖아. 나윤희 바이올리니스트가 채은이 덕 좀 볼지."

차채은이 고개를 힘차게 끄덕였다.

점심시간 이후 오후 공연이 준비되는 도중에 베를린 필하모닉 A의 몇몇 사람이 대기실로 향했다.

"어제 빈 필 연주 들어보니 셰프가 왜 칼 에케르트를 칭찬하는지 알겠더라고."

"그랬나?"

"작년부터 조금씩 언급하시더라."

"빈이고 암스테르담이고 우리 상대는 못 되지."

한스 이안의 말에 공연 전 긴장이 조금은 풀리는 듯했다.

수습 시절의 철없던 모습을 기억하는 이들도 지금의 한스 이안은 온전한 동료로 받아들였는데, 그것은 그가 무려 11년간의 노력 끝에 정식 단원으로 들어온 이력을 알기 때문이었다.

베를린 필하모닉에 대한 그의 자부심은 기존 단원과 함께 입단한 이들에게도 좋은 자극이 되었다.

"그래. 세프도 복귀하셨고 더 열심히 해야지."

"당연하지. 푸르트뱅글러와 베를린이 세계 최고라는 걸 보여주잔 말이야."

한스 이안이 호기롭게 말했다.

그의 말에 일행은 웃었고 오늘 마지막 차례로 예정된 연주에 최선을 다하자고 다시 한번 상기했다.

그렇게 대기실 앞에 이르렀는데 복도에서 런던 필하모닉의 악장 레몽 도네크와 마주쳤다.

"아."

"……."

일행은 레몽 도네크와 눈인사를 나누었고 필요 이상의 대화는 입에 담지 않았다.

아들의 치료비용을 대기 위한 선택이라 예상할 뿐.

하지만 그마저도 그럴 거라 여기는 것이었지 레몽 도네크에게서는 그 어떤 말도 직접 듣지 못했었다.

이적한 사실보다.

정신적 지주였던 그에게, 단원들이 가장 신뢰했던 다섯 명의 악장 중 한 명이었던 그에게 아무 말도 듣지 못했다는 것이 더욱 충격이었다.

편히 대하기에 그들은 이미 너무도 멀어져 버렸다.

일행과 레몽 도네크가 그렇게 지나친 순간 한스 이안이 몸을 돌렸다.

"왜."

그의 목소리에 레몽 도네크와 일행이 함께 몸을 돌렸다.

"한스."

한 남자가 한스 이안을 말리려 했지만 그는 멈추지 않았다.

"왜 한마디 안 했습니까?"

레몽 도네크는 답이 없었다.

"20년을 함께한 단원들보다 그 사람들이 더 믿음직스러웠습니까?"

"그만해."

한스 이안과 함께 입단한 닐스가 그의 팔을 잡았다.

그러나 이미 감정이 격해진 한스 이안은 누구도 말릴 수 없었다.

"대체 당신에게 우리는."

그가 닐스의 손을 뿌리치고 다시금 쏘아붙이려 할 때 레몽 도네크가 입을 열었다.

"20년이나 함께해서 문제였지."

"……뭐라고요?"

레몽 도네크가 한스 이안을 보더니 고개를 돌렸다. 그러고는 그대로 런던 필하모닉의 대기실로 향했다.

"한스가?"

런던 필하모닉의 연주가 시작되기 전, 닐스는 고민 끝에 케르바 슈타인에게 조금 전 상황을 알렸다.

"네. 많이 속상해하고 있는데 연주에 영향이 생길까 걱정이에요."

"……한스도 우리 단원이야. 그 정도 감정 컨트롤은 할 수 있을 테지."

"하지만 아시다시피 한스는."

닐스의 말에 케르바 슈타인이 한숨을 작게 내쉬었다.

한스 이안은 수습 시절부터 레몽 도네크를 따랐었다.

대학생 시절부터 오직 베를린 필하모닉에 입단하는 것만이 한스 이안의 목표였던 만큼 많은 이가 수습 시절의 그를 기억하고 있었다.

그 건방졌던 한스 이안이 레몽 도네크의 말에는 얌전히 따랐던 것도, 그가 정식 단원이 되었을 때 레몽 도네크의 축하를 받고 두 주먹을 불끈 쥐며 기뻐하던 모습도 눈에 선했다.

"그래. 이야기해 볼게."

닐스가 다행이라는 듯 고개를 끄덕였다.

케르바 슈타인은 바이올린 현을 조이고 있는 한스 이안에게 다가갔다.

"벌써 조이는 거야?"

"……."

"아까 복도에서 레몽이랑 만났다며?"

"닐스가 말하던가요."

한스 이안은 고개도 돌리지 않은 채 물었다.

"그래. 네가 레몽 도네크를 얼마나 따랐는지 아니까 걱정하는 것 같더라."

"이제는 아니에요."

한스 이안의 말에 케르바 슈타인이 잠시 대화를 멈추고 정면을 보았다.

여러 단원이 저마다 시간을 보내고 있었다.

"실은 나도 화나."

설교를 예상하고 있었던 한스 이안은 예상치 못한 말에 고개를 돌렸다.

"망할 자식. 그렇게 힘들면 얘기라도 해주지. 악단에서 못 도와줬으면 우리라도 도왔을 거 아냐."

"……슈타인."

"그놈이랑 같이 악장 생활을 한 시간만 8년이 넘어. 함께한 시간은 20년 가까이 되었고. 나도 그놈도 베를린 필에서 오케스트라를 배웠어. 20년간 베를린 필하모닉을 최고로 만들자고 다짐하고 약속했지."

"……."

한스 이안은 묵묵히 케르바 슈타인의 불평을 들었다.

그것은 그 어떤 말보다 그를 위로해 주었다.

이성적인 사고를 못 해서 레몽 도네크에게 화가 나는 게 아니었다.

그만큼 그를 좋아했기에 서운하고 미안하고 안타까우면서도 동시에 화가 나는 것이었다.

케르바 슈타인이 솔직한 마음을 꺼내 같은 마음이라는 것을 알게 되자 한스 이안도 조금은 응어리를 달랠 수 있었다.

그들이 최고라 생각하는 마에스트로 빌헬름 푸르트벵글러를 보좌하여 베를린은 세계 최고의 악단으로 만든 뒤.

니아 발그레이라는 걸출한 지휘자를 지지해 자신들의 음악관을 널리 펼치고자 다짐했던 그들이었기에.

오래된 약속에 생긴 금을 쉽게 받아들일 수 없었다.

♪

　런던 필하모닉이 무대에 오르기 직전, 아르투로 토스카니니는 묵묵히 현을 살피는 악장을 바라보았다.

　평소에도 그다지 말수가 많은 사람은 아니었지만 오늘은 어딘가 비장한 느낌이었다.

　아르투로 토스카니니의 생각대로 레몽 도네크는 베를린 필하모닉을 떠난 순간 오늘 같은 날을 기다려 왔다.

　현을 켜보았다.

　평소대로 완벽한 세팅이었다.

　그것을 확인하자 목 아래가 묵직해지고 머리가 맑아지면서 가슴이 뛰기 시작했다.

　레몽 도네크에게 오케스트라 대전 이외에 자신을 증명할 더 좋은 기회는 없었다.

　'욕심이라면 욕심일 것이다.'

　레몽 도네크는 지난날을 떠올렸다.

　베를린 필하모닉에 막 입단했을 때 빌헬름 푸르트뱅글러는 이미 세계 최고의 지휘자였다.

　연주자들 역시 각 분야에 있어 최고 수준이었으며 레몽 도네크는 반드시 이곳에서 지휘봉을 잡을 거라 다짐했다.

그러나 그의 앞에는 한 천재가 있었다.

당시 고작 20대 중반의 니아 발그레이는 너무도 특출했다.

5년이 흐르고 10년이 흘러 그도 악장이 되었지만 그로서는 니아 발그레이를 따라갈 수 없었다.

부단히 노력했지만 레몽 도네크는 자신보다 어린 니아 발그레이의 천재성을 인정할 수밖에 없었다.

베를린 필하모닉의 보물, '캐논'은 결국 니아 발그레이에게 주어졌다.

지휘자가 되고 싶었던 레몽 도네크는 베를린 필하모닉을 위해 니아 발그레이를 인정했다.

푸르트벵글러의 뒤를 이어 베를린 필하모닉의 숭고한 정신을 잇는 사람은 그 외에 없다고 생각했다.

최선을 다해도 따라잡지 못했기에 인정할 수 있었다.

곧 레몽 도네크는 니아 발그레이의 열렬한 지지자이자 조력자가 되었다.

그것은 케르바 슈타인이나 다른 악장들도 마찬가지라 그들은 베를린 필하모닉이라는 제국의 번영을 위해 푸르트벵글러와 니아 발그레이를 최선을 다해 보좌했다.

뛰어난 연주자들이 속속들이 입단했고 제국은 더욱 굳건해졌다.

영원할 것 같았다.

악단은 점차 커졌고 기라성 같은 다른 악단들과의 경쟁에서도 우위를 점했다.

그렇게 또 수년이 흘러.

배도빈이란 천재를 처음 만났을 때는 푸르트벵글러와 니아 발그레이 이후, 자신이 은퇴한 뒤에도 번창할 베를린 필하모닉을 떠올릴 수 있었다.

레몽 도네크는 제국의 번영을 믿어 의심치 않았다.

그러다.

니아 발그레이의 건강에 문제가 생겼다.

세상이 무너지는 것만 같았다.

푸르트벵글러 이후 차기 상임 지휘자는 다른 누구도 아닌 니아 발그레이일 거라 생각했던 레몽 도네크에게 그것은 너무도 큰 충격이었다.

빌헬름 푸르트벵글러는 이미 고령이었다.

언제 은퇴해도 이상하지 않았다.

그런 상황을 받아들이기까지 레몽 도네크는 정말 오랜 시간을 필요로 했다.

부정했고 화냈다.

그리고 체념했을 때 그의 가슴속에서 새로운 의지가 타올랐다.

제국이 무너지도록 두지 않겠다고.

레몽 도네크는 젊었을 적의 의지를 다시금 태우며 빌헬름 푸르트벵글러의 뒤를 잇기 위해 부단히 노력했다.

푸르트벵글러를 찾아가 자신의 악보를 보여주기를 반복했다.

그러나 빌헬름 푸르트벵글러는 크게 반응하지 않았다.

그래도 괜찮았다.

처음부터 무척 어려운 일이라 여겼기에 그는 천재 니아 발 그레이를 따라잡아 빌헬름 푸르트벵글러를 충족시켜 주기 위해 노력했다.

푸르트벵글러의 아이라 불리는 다섯 사람 중, 상임 지휘자에 가장 적합했던 니아 발그레이가 은퇴한 이상 다음은 나머지 네 명 중 하나.

그중에서도 가장 적극적인 자신이 아니면 안 된다고 생각했다.

베를린의 음악을 지키기 위해서라도 그는 밤낮을 가리지 않았다.

그리고.

떠났던 배도빈이 복귀했다.

레몽 도네크는 너무도 반가웠다.

다른 악단들에 조금씩 밀리는 베를린 필하모닉은 니아 발그레이 은퇴 후 더욱 쇠퇴하고 있었고, 배도빈의 복귀는 새로운 활력소가 되어줄 거라 여겼다.

지휘자가 되기 위해 몇 년을 더 준비한 만큼, 푸르트벵글러와 베를린의 의지를 이어받을 그의 베를린 필하모닉의 악장으로서 배도빈은 큰 힘이 되어줄 터였다.

그러나 그의 생각과 상황은 다르게 흘러갔다.

빌헬름 푸르트벵글러는 유례없는 방식과 속도로 배도빈을 베를린 필하모닉의 핵심 인력으로 끌어올렸다.

이해할 수 있었다.

그는 레몽 도네크가 스스로 물러설 정도였던 니아 발그레이의 재능을 넘어서는, 천재 중의 천재였다.

하지만 베를린의 음악이 변해가는 것만은 인정할 수 없었다.

배도빈이 돌아온 뒤로 베를린 필하모닉의 음악은 달라지기 시작했다.

빈 필하모닉만큼은 아니었지만 지극히 고전적이었던 베를린 필하모닉은 어느 순간 곡 자체를 변형해 연주하는 데 익숙해져 갔다.

레몽 도네크는 그것을 탐탁지 않게 여겼고 빌헬름 푸르트벵글러에게 수차례 진언했다.

변해서는 안 될 것이 있다고.

베를린 필하모닉의 정체성이 사라지고 있다고 말했지만 빌헬름 푸르트벵글러는 그때마다 레몽 도네크의 말을 듣지 않았다.

그렇게 불만이 쌓이던 도중 베를린 필하모닉 B가 구성되기 시작했다.

빌헬름 푸르트벵글러는 오래전부터 차기 지휘자로 배도빈

을 내정한 듯, 차곡차곡 단계를 밟아나갔다.

20년을 지켜왔던 그의 베를린 필하모닉은 더 이상 그를 필요치 않는 듯했다.

몇몇 언론에서는 그의 이적이 아들의 병과 경제적 어려움이라 이야기했다.

그것은 분명 그를 힘들게 하는 큰일이었으나 그가 런던으로 향해야 할 이유는 아니었다.

지켜야 할 음악이 있다는 생각이 일치했고 동시에 레몽 도네크가 스스로 옳았음을 증명할 유일한 방법이었기 때문이었다.

"10분 전입니다!"

대회 진행 요원의 말에 레몽 도네크가 그의 바이올린을 챙겨 무대로 올라섰다.

런던 필하모닉이 준비한 곡은 공교롭게도 베토벤의 세 번째 교향곡, 에로이카였다.

배도빈이 첫 번째 날에 지휘했고 그 파장이 컸던 만큼 런던 필하모닉은 또 어떤 연주를 들려줄지 관심이 쏠렸다.

거장 아르투로 토스카니니의 절제된 손동작과 함께 연주가 시작되었다.

악성 베토벤이 기존 고전 양식의 틀을 깨 자신만의 세계를 구축했던 기념비적인 작품, 에로이카가 최고 수준의 오케스트라를 통해 재연되었다.

풍부한 악상.

악장 전체를 아우르는 경과적 동기들.

그러나 단순히 패턴의 변화나 여러 악상으로 끝나는 것이 아닌, 그 모든 장치가 맞물려 절정으로 치닫기를 반복하는 음악적 완성성은 왜 베토벤 사후 수많은 음악가들이 그를 넘을 수 없는 벽으로 느꼈는지 알 수 있는 대목이었다.

객석에 앉아 그것을 듣는 배도빈은 에로이카가 당시 자신이 바랐던 형태로 연주됨에 눈을 감고 사색에 잠겼다.

친애하는 크라머에게.

여행은 잘 보내고 있는지 모르겠네.

나는 몇 해 전부터 귀에 이상이 생긴 탓에 이 나의 삶이 이대로 무너지는 듯해 괴로웠네.

그러나 자네, 몇 해 전 프랑스에서 일었던 혁명을 기억하는가?

세상은 놀랍도록 변화하고 있다네.

그 어떤 어둠이라도 아침이 되면 물러나기 따름이고 나는 그 혁명을 통해 바라는 바를 스스로 쟁취할 수 있음을 알 수 있었네.

역겨운 귀족 나부랭이들이 만들어 놓은 불합리한 구조가 무너지고 새로운 시대를 맞이하는 이 순간.

투쟁하라고 외치는 그들의 목소리가 내 가슴에 닿은 듯하이.

끝끝내 자유를 쟁취한 그들의 고결한 목소리를 거부할 수 있는 사람은 많지 않을 것이야.

나와 음악가로서의 내가 그들의 정신에 공명하듯 자네도 이 격정을 이해할 거라 믿네.

그립군.

빈에 도착하면 내 작업실에 들러주길 바라네.

1803년, 봄을 기다리며
루트비히

크라머에게 보낼 편지를 쓴 뒤 편지지에 촛농을 떨어뜨려 굳혔다.

편지를 부치고 돌아오는 길에 맞이한 매서운 한파도 가슴 아래 타오르는 열정을 식힐 순 없었다.

집으로 돌아온 나는 피아노 앞에 앉자마자 곡을 쓰기 시작했다.

마침내 어떤 길을 걸어야 하는지 알 것 같다.

가슴에서 꿈틀대던 열망과 시대가 말해주고 있다.

안주는 죄라고 외쳤다.

'지금까지처럼 해서는 안 된다.'

그런 확신을 가진 뒤에는 지금껏 소극적이었던 나를 깨고.

하이든과 아마데가 확고히 했던 양식을 부술 수 있었다.

약 1년간의 도전 끝에 마지막 지시문을 적은 뒤.

첫 장에 이 시대의 상징과도 같은 이름을 적었다.[4]

Bonaparte

창문을 열자 얼어붙었던 어젯밤과 달리 제법 훈훈한 바람
이 일었다.

'봄이 왔는가.'

고개를 숙이니 파릇파릇 돋아나기 시작한 풀을 볼 수 있었다.

새 시대를 알리는 곡을 완성했음을 호응하는 듯하다.

1804년, 6월이 되기 전.

제자 페르디난트 리스와 함께 들뜬 마음으로 보나파르트의
초연을 준비하고 있는데 크라머가 허겁지겁 작업실로 들어왔다.

....

4) 베토벤은 3번 교향곡을 지은 후 나폴레옹 보나파르트에게 헌정하고자 보나파르트라 명명
했다.

"루트비히, 자네 그 소식 들었나?"

"뭐라고? 다시 말해보게."

"소식 들었냐니까."

"크게 말하라고. 크게."

"나폴레옹이 즉위했다는 소식 말일세!"

"……뭐라고?"

"이미 보름은 지난 것 같더군. 거리마다 난리도 아닐세."

어찌하여.

어찌하여 새 시대를 대표하는 인물이 그런 짓을 저지를 수 있단 말인가!

대체 '시민'들은 무엇을 위해 투쟁했단 말인가!

"그럴 리가! 믿을 수 없네. 대체 어떤 놈이 그런 헛소리를 하고 다니나!"

"답답한 친구. 자. 보게."

크라머가 내게 너덜너덜한 전단을 넘겼다.

나폴레옹이 교황에게 대관을 받았다는 이야기와 자유, 평등, 소유권을 기치로 내걸어 공화정을 수립했다는 이야기였다.

두 눈을 믿을 수 없어 몇 번이고 다시 읽었다.

반복해 읽을 때마다 종이가 더욱 구겨졌고 분을 억누를 수 없어 찢어버렸다.

"자유와 평등을 이야기하면서 어찌 황제에 오른단 말인가!

그 땅딸막한 돼지 새끼가 미쳐도 단단히 미쳤구나!"

"허이. 이 친구! 말조심하게."

책상에 두었던 잉크병이 눈에 들어왔고 한쪽 벽에 던져 버렸다. 의자가 거치적거려 걷어차 버렸다.

그런 뒤에 페르디난트 리스가 필사한 보나파르트라 적힌, 세 번째 교향곡의 첫 장이 눈에 들어왔다.

"어, 어! 자네 무슨!"

"서, 선생님!"

그것을 북북 찢어내고서도 분이 풀리지 않았다.

당시의 나는 분명 잘못 생각하고 있었다.

프랑스에서 일었던 혁명을 육신과 정신이 욕망으로 가득 찬 돼지 새끼가 이끌어나갈 줄 알았던 것이다.

그를 영웅으로 여겼고.

한 사람의 영웅을 기리기 위해 에로이카를 만들었다.

그러나 그가 즉위했다는 소식을 접하고 비로소 내 무지함을 깨달은 것이다.

혁명은 단 한 사람의 영웅으로 이뤄지는 것이 아니었다.

귀족들의 수탈과 그들이 만들어 놓은 기형적 사회에 굴복하지 않고 싸웠던 이 모두가 영웅이었다.

그것을 깨닫고 나서야 나는 에로이카에 부제를 달았다.

처음에는 '모든 영웅을 기리며'라고 적으려 했으나 그것이 적절치 않다고 생각.

혁명에 동참했던 각각의 인물을 떠올릴 수 있도록, 그 모든 사람이 영웅으로 칭송받길 바라며 부제를 붙였다.

런던 필하모닉의 연주가 끝났다.

당시의 기억을 떠올리게 할 만큼, 악보에 준수한 연주였다.

지휘자나 연주자로서는 악보대로 연주하는 것을 그리 좋아하지는 않지만 에로이카를 만든 나로서는 퍽 감동적인 무대였다.

푸르트뱅글러와 마리 얀스와 더불어 클래식 음악계의 거장 중의 거장이라 불린다더니.

아르투로 토스카니니의 절제된 지휘와 런던 필하모닉의 정제된 연주력은 무척 인상 깊었다.

특히나 악장을 맡은 레몽 도네크도 큰 역할을 수행했는데 그는 베를린에 있을 때보다 더욱 정교한 모습을 보였다.

그가 이끄는 현악기는 아르투로 토스카니니의 지휘에 놀랍도록 부응했고 덕분에 곡이 더욱 풍성해지는 효과를 보았다.

'가서도 노력했구나.'

레몽 도네크와는 사실 그리 많은 대화를 나누진 않았다.

베를린으로 돌아왔을 때 그는 예전과 달리 조급해 보였고 나를 멀리하는 듯했다.

그러나 그의 실력만큼은 인정했기에 그가 런던으로 향한 것을 안타깝게 여겼는데.

저리 발전한 모습을 보니 그에게도 분명 전환점이 필요했고 결단을 한 거라는 생각이 들었다.

아들의 건강이 걱정되지만.

저렇게 훌륭한 연주를 하는 것을 보니 음악가로서의 그는 흔들리지 않은 듯하다.

진심을 담아 박수를 보냈다.

"아, 진짜 좋다."

옆에 앉은 진달래가 감동했는지 작게 중얼거렸다.

런던 필하모닉의 연주를 들은 관객들은 저마다 고조된 마음을 달래기 바빴다.

가슴 깊게 스며든 감동에 눈을 감고 연주를 떠올리며 온몸으로 여운을 즐겼다.

"역시 런던 필하모닉인가."

이필호 관중석 편집장이 중얼거렸다.

"정말 대단했어요."

정세윤 기자가 동조했고 차채은은 인터플레이에 동조해 베를린 필하모닉과 대립하고 있는 런던 필하모닉을 탐탁지 않게 생각해 입을 쭉 내밀고 있었다.

그러나 그런 사심이 판단력을 흐린다는 것은 인지하고 있었고 그렇게 평론을 쓰면 해먼 쇼익 등과 다를 바 없다는 것도 알고 있었다.

아버지에게서 배운 자세였다.

"스스로 고전을 대표한다고 밝힐 만하네요. 방금 연주가 초연이랑 비슷할까요?"

"아마 그럴 거야. 토스카니니만큼 시대연주에 집착하는 지휘자도 드무니까."

이필호가 고개를 끄덕였다.

"지금도 이렇게 감동적인데 당시에는 난리도 아니었겠네요."

"그렇지만도 않아."

"네?"

정세윤 기자는 이필호의 대답에 의아했다. 차채은도 무슨 말인지 궁금해 이필호의 말을 기다렸다.

"1805년에 초연된 걸로 아는데 당시만 해도 너무 길어서 반응은 좋지 않았대. 곡 길이도 다른 곡의 두 배인데 앞선 하이든, 모차르트의 곡들보다 훨씬 복잡했으니까."

"말도 안 돼."

"다들 베토벤이 모든 곡을 성공했다고 쉽게 생각하는데 그러지 않은 게 많아. 끊임없이 도전하고 변화했던 만큼 당시 대중에게는 어필되지 않았던 거지."

차채은이 고개를 끄덕였다.

"처음에는 베토벤도 많이 실패했다고 들었어요."

"그래? 누구한테?"

"도빈 오빠한테요."

"도빈 군이 음악사에도 조예가 있는 줄은 몰랐네. 대학을 그쪽으로 가서 그런가."

이필호가 혼잣말을 하다 이내 정세윤 기자와 차채은을 보며 다시금 이야기를 이어갔다.

"난 베토벤이 변화하게 된 계기를 그걸로 봐. 청중들이 이해하기엔 베토벤의 초기 곡은 너무 어려웠고 베토벤 본인은 자신이 들려주고 싶은 음악과 대중 사이에서 고민했겠지. 보통 에로이카를 베토벤의 터닝 포인트라 여기는데, 아마 그 때문일 거야. 기존 양식을 무너뜨리면서도 음악적 심상은 깊은데, 그것을 이해하지 못해도 가슴으로 들을 수 있는 곡. 난 그게 베토벤의 가장 큰 장점이라 생각해."

"아."

차채은은 이필호의 말을 듣고 비로소 자신이 명확히 알 수 없었던 베토벤과 배도빈의 공통점을 이해할 수 있었다.

어렸을 적부터 배도빈의 음악을 가장 가까이서 반복해 들었던 차채은에게 유일하게 어필되었던 고전 음악가는 베토벤이었다.

막연하게 닮았다고 생각하고 있던 차채은에게 이필호의 말은 두 인물의 공통점을 정리해 주는 좋은 지침이 되었다.

언론에서는 항상 배도빈을 모차르트에 비유하지만 차채은은 그것을 항상 못마땅하게 여겼던 터라 좋은 단서를 얻은 듯했다.

'베토벤과 도빈 오빠에 대해 쓰는 것도 재밌을 것 같은데.'

차채은은 이번 OOTY 오케스트라 대전을 통해 배도빈과 베토벤을 바라보는 이야기를 쓸 것을 마음먹었다.

'쓸 게 너무 많잖아.'

다소 평가가 빈약한 이승희, 이승훈, 나윤희에 대해서도 쓰기로 했으니 차채은은 벌써부터 의욕이 넘쳐났다.

런던 필하모닉의 연주가 끝나고 취재차 방문한 기자들은 토막 기사라도 올리기 위해 분주히 움직였다.

전문성을 띤 평론이나 칼럼을 위해 찾은 이들은 여운을 음미하며 런던 필하모닉의 뛰어난 연주에 감탄했다.

"역시 런던 필하모닉인가? 믿을 수 없을 만큼 완벽해."

"절제된 해석과 풍부한 음색이 절묘했지. 토스카니니가 1년 사이에 런던 필하모닉을 완전히 장악한 것 같네."

"아무렴. 충실한 연주였어. 솔직히 오늘 오전과 수준 차이가 날 정도야."

"어쩔 수 없지. 토스카니니와 레몽 도네크를 제외해도 본래 뛰어난 악단이었으니까. 인터플레이의 지원도 어마어마했고."

"음. 이 정도라면 푸르트벵글러의 베를린 필하모닉이라도 1위는 장담할 수 없겠네."

"아마 접전이겠지."

많은 사람이 거장 아르투로 토스카니니와 오랜 시간 발전해 온 런던 필하모닉의 완벽한 연주에 감탄할 수밖에 없었다.

전통을 지키면서도 그 안에서 완성도 있게 벼려낸 음색은 하모니를 이루어 귀와 가슴 깊숙이 파고들었다.

제아무리 빌헬름 푸르트벵글러와 베를린 필하모닉이라 해도 이 이상의 연주를 들려줄 수 있을지에 대해서는 누구도 확신할 수 없었다.

잠시 뒤.

오늘의 마지막 순서가 돌아왔다.

베를린 필하모닉 단원들이 무대에 오르자 동시에 다소 어수선했던 장내가 고요해졌다.

런던 필하모닉이 들려준 힘찬 음악에 사로잡혀 있던 관객들은 숨이 턱 하고 막히는 듯했다.

오늘 악장을 맡은 케르바 슈타인을 비롯하여.

제2바이올린 크리스토프 버락, 비올라 나인하르트 로자, 첼로 이승희, 콘트라베이스 마틴 에인스 등 각 악기의 수석뿐만이 아니라 일반 단원들까지 오랜 세월 세계적으로 명성을 쌓은 이들이었다.

무대 위에서 불필요한 행동은 일절 보이지 않는 그들의 절제된 모습은 고결해 보이기까지 했다.

관객들은 알 수 없는 무게감에 짓눌려 소리 죽인 채 그 모습을 살필 뿐이었다.

'저게 베를린 필하모닉⋯⋯.'

완성된 형태의 베를린 필하모닉을 처음 보는 사람들은 물론이거니와 기존에 베를린 필하모닉을 알고 있던 사람들도 고개를 끄덕였다.

최근에는 베를린 필하모닉 B가 외부 활동을 도맡았던 만큼 조명이 그들에게 향해 있으나.

빌헬름 푸르트벵글러 아래 완편된 베를린 필하모닉 A는 클래식 음악 팬이라면 직접적으로든 간접적으로든 그 진가를 알아볼 수 있었다.

그리고.

20세기와 21세기에 걸쳐 가장 위대한 지휘자 중 한 명으로 손꼽히는 남자가 모습을 드러냈다.

어찌나 고요한지 그의 구두 소리가 선명히 울려 퍼졌다.

푸르트벵글러는 검은 재킷 안에 하얀 베스트를 입고 있었다.

케르바 슈타인이 손짓하자 단원들이 소리 내지 않고 일어나 그들의 지휘자를 맞이했다.

구두 소리가 멈췄다.

빌헬름 푸르트벵글러가 지휘단에 올라 객석을 향해 목례했다.

베를린 필하모닉의 카리스마에 눌려 있던 관객들은 비로소 박수를 보내어 위대한 지휘자에게 경의를 표했다.

"대단하네요."

"복귀 무대라 그런지 무게감이 엄청나네."

이필호와 정세윤이 속삭였다.

방금까지만 해도 런던 필하모닉이 남긴 여운에 빠져 있던 분위기가 깨끗이 씻겨 내린 듯했다.

등장만으로 이런 일이 가능한 사람은 폭군 빌헬름 푸르트벵글러뿐이라고 많은 사람이 생각했다.

인사를 마친 푸르트벵글러가 돌아서 악단을 향했다.

연주자의 내면까지 들여다보는 듯한 그 강렬한 시선에 호응하듯, 베를린 필하모닉은 고요히 연주를 준비했다.

푸르트벵글러가 눈을 감았다가 떴다.

지휘봉을 들어 두 손을 힘차게 내리자 운명이 문을 두드렸다.

강렬한 첫 음 뒤에 아주 짧은 간격이 있었고 뒤이어 세 개의 음이 비슷한 간격을 두고 이어졌다.

다시 한번 더.

베토벤이 남긴 다섯 번째 교향곡.

C단조(운명)가 시작되었다.

'아.'

그 순간 이미 모든 사람이 소리 없이 경악했다.

베토벤 교향곡 5번을 지휘할 때 페르마타(Fermata: 늘임표)는 지휘자에게 언제나 큰 고민이었다.

긴 역사 속에서 많은 사람이 긴장감을 이어가기 위해 음을 이어서 연주했고 그것이 정석이었다.

그러나 빌헬름 푸르트벵글러는 과감하게 음을 끊어내었다.

그로 인해 여덟 개의 음이 하나하나 강조되었고 머리와 가슴을 얻어맞은 관객들은 그 상태로 뒤따라 나오는 클라리넷과 바이올린의 선율에 이끌릴 수밖에 없었다.

'강렬하군.'

사카모토 료이치는 기분 좋게 미소 지었다.

많은 지휘자가 5번 교향곡의 동기를 이어서 지휘했던 데에는 그만한 이유가 있었다.

긴장감을 고조시키는 것을 더 중요시 여겼기 때문에 음을 붙였던 것이다.

하지만 빌헬름 푸르트벵글러는 오랜 시간, 많은 사람, 본인조차 지켜온 방식보다 더 중요한 게 있음을 잘 알고 있었다.

고집을 버림으로써 청중들이 감동할 수 있다면 어떤 일이라도 과감히 판단하였다.

그러하기에 강렬한 시작을 위해서라면 음을 이어서 얻을 수 있는 음악적 고조도 무시할 수 있었다.

그는 오늘의 연주를 위해 수십 개의 악보를 들여다봤고 수십 번 지휘했던 베토벤의 5번 교향곡을 수백 시간을 들여 재해석했다.

그 결과 동기부터 관객들에게 충격을 줄 수 있었다.

'세상에.'

'이게 푸르트뱅글러가 지휘하는 베를린 필인가?'

너무나 많이 들었기 때문에 익숙해져, 더 이상 감동과 충격을 주기 힘들었던 운명의 노크 소리가.

빌헬름 푸르트뱅글러와 베를린 필하모닉에 의해 새롭게 다가간 것이었다.

배도빈이 눈을 감았다.

베를린 필이 연주하는 선율에 고동치는 가슴을 맡겼다.

평론을 위해 방문한 사람도 대회 참가자도 관객도 모두 배도빈과 같이 어느새 생각하는 것을 포기하고 그저 음악에 몸을 맡겼다.

푸르트뱅글러는 환희에 찬 강인한 마지막 부분마저 끊어 지휘했고 대단원의 막을 묵직하게 내렸다.

누가 먼저라 할 것 없이 모든 사람이 일어나 경의를 표했다.

♪

진달래가 입을 쩍 벌리고 닫지 못했다. 한참을 그러고 있은 뒤에야 쓰러지듯 의자에 등을 파묻었다.

런던 필하모닉의 연주를 들었을 때와는 다른 반응이다.

최지훈도 감탄하듯 중얼거렸다.

"……멋있다."

나도 같은 생각이다.

많은 사람이 푸르트벵글러를 표현주의자 또는 신고전주의자라고 하지만 내 생각은 전혀 다르다.

사조에 대입해서 이해하기에 그의 음악관은 너무도 넓고 자유롭다.

굳이 표현한다면 청중에게 감동을 주는 것만을 생각하는 지휘자.

내가 입단하기 전 푸르트벵글러와 베를린 필하모닉이 고전적이라는 평을 받았던 이유도 그 때문일 것이다.

곡은 작곡가의 의도를 지극히 표현할 때 가장 훌륭하다는 푸르트벵글러의 고집이 그런 인상을 주지 않았을까.

투표가 진행되는 도중, 여운을 충분히 느낀 최지훈이 감상을 내놓기 시작했다.

"정말 과감했어. 특히 동기부가."

흡족하여 웃었다.

"저렇게 연주하면 감동받을 수밖에 없지. 푸르트뱅글러의 의도가 옳아."

"응. 뭐가 더 옳은지는 모르지만 무슨 뜻인지 알 것 같아."

빈 필의 연주를 듣고 최지훈은 감탄했고 나는 C단조는 그렇게 연주하는 게 아니라 말했다.

어제 빈 필하모닉이 연주한 5번 교향곡을 듣고 했던 대화가 떠올리며 대화를 이어나갔다.

"……베토벤은 사실 저렇게 의도하진 않았어."

"어?"

최지훈이 눈을 동그랗게 떴다.

"악보를 보면 8분음표 세 개 아래 포르티시모가 있고 그다음 2분음표 위에 페르마타가 있잖아."

허공에 악보를 그리며 말했다.

"좀 더 빠르고 세게 그 뒤는 조금 간격을 두고 연주하길 바랐어. 이 말로도 제대로 표현할 순 없지만."

"베를린 필은 다 끊었잖아."

"그래. 하지만 그럼에도 난 푸르트뱅글러의 지휘는 옳다고 봐."

가만히 듣고 있던 최지훈이 의아한 표정을 지었다.

아마 지휘자마다 해석이 다를 수밖에 없는데 왜 빈 필의 연주는 인정하지 않고 베를린 필의 연주는 옳다고 하는지 물을 것이다.

"그런데 베토벤이 그렇게 생각했는지 어떻게 알아?"

"……."

이런 질문을 할 줄은 몰랐다.

"베토벤이랑 할배 의도가 다르다는 말이야? 난 진짜 진짜 좋던데."

조금 당황하고 있는데 진달래가 불쑥 얼굴을 들이밀었다. 적절할 때에 잘 치고 들어왔다.

"작곡가의 의도를 어떻게 해석하는지의 문제야. 악보에 표현된 것만을 추구하는지 아니면 그 악보 위, 펜을 움직이는 작곡가의 마음을 읽는지."

"틀릴 수도 있으니까 악보대로 연주하는 게 좋지 않아?"

진달래가 물었다.

"그게 지휘자의 역량이야. 악단의 색이고. 푸르트벵글러는 주제를 효과적으로 표현하기 위해 며칠 밤을 새웠을 거야. 단 여덟 개의 음을 어떻게 표현해야 할지 정하기 위해."

악보는 모든 것을 담고 있을 수 없다.

혹자는 정해놓은 여러 음계와 지시문을 맹신하기도 하지만 악보만으로는 작곡가의 의도를 정확히 전달할 수 없다.

그렇기에 나를 포함한 내가 살았던 시대의 많은 작곡가가 직접 지휘를 했던 것이다.

그리고 지금에 이르러서는 지휘자가 그 역할을 대신하게 되었는데 그만큼 해석의 영역이 다양해졌다.

같은 곡을 연주함에도 지휘자와 악단에 따라 무수히 다른 연주를 들을 수 있는 것이 그 증거.

그 모든 것을 인정하면서 나는 지휘와 작곡을 전혀 다른 분야로 분리해 생각할 수 있었다.

지휘는 재창조.

악보에 집중한 연주는 작곡가의 의도에 따른다고 생각할 수도 있지만 악보 자체만 두고서는 작곡가의 의도를 정확히 잡아낼 수 없으니, 정신을 파악하는 게 도움이 된다고 생각했다.

내가 지휘과를 비롯해 음대에 진학하지 않고 음악사와 음악학을 전공하는 것도 그 이유 때문이다.

작곡과 연주만을 했을 거라면 군이 대학에 진학할 이유가 없었다.

악보뿐만이 아니라 곡을 쓸 때 작곡가의 상황을 다각적으로 접근해야만 비로소 그 마음을 느낄 수 있다.

그것을 악보에 적용할 때.

마침내 악보에 담긴 진실을 내 눈으로 바라볼 수 있기에 선택한 길이다.

그러한 점에서 나는 푸르트뱅글러의 C단조 교향곡(운명)을 옳다고 생각한다.

"아까 네가 틀릴 수도 있다고 했는데 듣기 싫은 연주는 있어도 틀린 연주는 없어."

"할배도 같은 말 하던데."

"어차피 지휘나 연주 자체가 재창조의 영역이니까. 작곡한 본인이 아니고서야 다를 수밖에 없고 달라야 해. 그렇지 않고서는."

"카피밖에 안 된다는 거지?"

최지훈이 내 말을 대신했다.

웃으며 녀석을 보니 그 맑은 눈동자가 조명을 받아 빛나고 있었다.

푸르트뱅글러의 지휘를 옳다고 말했지만, 칼 에케르트의 지휘가 틀리다고 말하지 않았던 내 뜻을 잘 이해하고 있는 것이다.

"……."

하지만 진달래에게는 너무 어려운 이야기였는지 금세 관심이 식은 듯하다. 2악장의 리듬을 흥얼거리며 팸플릿을 펼쳤다.

최지훈이 깨달은 것을 정리한 듯 말했다.

"되게 힘든 길이다. 곡을 만드는 일만큼 준비할 테니까. 하지만 그만큼 가치 있는 일인 거 같아. 마에스트로 푸르트뱅글러, 대단해."

최지훈의 깊은 감상에 동의했다.

그렇게 대화를 나누고 있자니 곧 커다란 스크린이 무대 위에 내려왔다.

사회자가 올라와 이런저런 이야기를 했다.

과연.

팬들은 푸르트뱅글러와 토스카니니의 연주를 어떻게 들었을까.

"투표에 참여해 주신 분은 총 2,708,144분이셨습니다."

"와. 270만 명?"

진달래가 감탄했다.

빌헬름 푸르트뱅글러의 복귀 무대이자 베를린 필하모닉과 런던 필하모닉의 경합이었던 만큼 지금까지의 투표 수 중 가장 많은 사람이 참여한 모양이다.

"결과 발표하겠습니다."

사회자가 마침내 3조의 결과를 발표하였다.

베를린 필하모닉 A

심사 위원단: 29.5(295점)

팬 투표: 49.7(1,922,782표)

합계 79.2(1위)

런던 필하모닉

심사 위원단: 30(300점)

팬 투표: 14(541,628표)

합계 44(2위)

팬 투표에서 71퍼센트라는 압도적인 기록을 세운 베를린 필하모닉이 조 1위로.

완성도 있는 연주를 들려준 런던 필하모닉이 조 2위로 진출을 확정한 순간이었다.

♪

"무슨……."

"세상에."

"79.2점이라고?"

"제임스! 빨리 기사 올려! 빨리!"

"정 기자!"

결과가 발표되자 여기저기서 난리도 아니었다.

하지만 십분 이해할 수 있을 만큼 충격적인 결과였다.

멀핀 과장이 말하기로 대다수의 전문가가 OOTY 오케스트라 대전의 최고 점수를 80점 부근으로 예상하고 있단다.

심사 위원단에게 만점을 받더라도 나머지 70점을 팬 투표에서 획득해야 하는데, 총점 80점을 넘기 위해서는 총 투표수의 71.4퍼센트를 획득해야 한다는 말이었다.

단순 수치만으로도 높은 득표율인데 전 세계에서 엄격한 룰을 적용해 선발한 41개의 악단이 모인 것을 감안하면, 최고점을 80점으로 여긴 것도 납득되는 일이었다.

내가 1차전 투표 비율에 만족할 수 없었던 이유도 그 71.4퍼센트란 수치에 달하지 못했기 때문.

오래 준비했고 단원들도 충분히 노력하고 있었기에 가능할거라 생각했던 나와 베를린 필하모닉 B조차 63퍼센트에 지나지 않았다.

그것만으로도 언론에서는 난리가 났지만 성에 찰 리 없다.

'71퍼센트······.'

다시 한번 대형 스크린을 보았다.

'우승하지 못하면 떠나라고 했던가.'

이제 겨우 3일 차에 접어든 오늘, 푸르트뱅글러와 베를린 필하모닉 A가 한계점이라는 71.4퍼센트에 매우 근접한 득표율을 기록하며 79.2점을 획득하였다.

장내는 다급히 움직이는 사람들로 북적였다.

손을 바삐 움직이거나 소리를 치거나 전화를 거는 등 시장판도 이렇게 시끄럽진 않을 것이다.

그런 와중에 어쩔 수 없이 입꼬리가 조금씩 올라갔다.

'재밌잖아.'

역시 내가 선택했던 사람들답다.

"빌헬름! 빌헬름!"

실현 불가능이라 여겨졌던 총점 80점에 근접한 점수가 발표
되자 팬들은 열광했다.

심사 위원단은 헛웃음을 지을 수밖에 없었고 평단과 기자
는 손을 바삐 움직였다.

그러나 그중에서도 가장 놀란 것은 OOTY 오케스트라 대
전에 참가한 각 악단의 구성원들이었다.

베를린 필하모닉 A의 베토벤 5번 교향곡을 듣고 느낀 전율
이 현실이 되어 그들의 마음에 부담을 지운 것이었다.

"맙소사."

누군가 흘리듯 말했다.

"진짜 미쳤냐고."

"저 인간들 대체 무슨 짓을 하고 다니는 거야?"

"베를린은 이런 음악을 하고 있었던 거야?"

그야말로 신문물을 접한 악단들은 기가 질렸고 그나마 베
를린 필하모닉의 진면목을 익히 알고 있었던 이들조차도 1조

와 3조의 결과는 충격이었다.

최근 1년간 세계 최고의 오케스트라로 베를린 필하모닉이 수차례 언급되었고 상업적 성공 역시 널리 알려졌으나 이렇게나 큰 차이가 있을 줄은 누구도 상상하지 못했다.

그도 그럴 것이 1조에는 로스앤젤레스 필하모닉이, 3조에는 런던 필하모닉이라는 유서 깊은 악단이 있었기에 특히 팬 투표에서 압도적인 격차가 날 줄은 상상할 수 없었다.

2조 1위로 진출한 빈 필하모닉도 큰 점수 차이를 보였으나 마땅한 경쟁자가 없었던 탓.

세계 최고 수준의 악단이 둘 이상 경합한 1조와 3조에서 경악할 만한 스코어를 획득한 베를린 필하모닉의 존재감에 다들 고개를 저었다.

일찌감치 떨어져 구경하고 있던 니혼 필하모닉의 젊은 바이올리니스트 호리이 유지가 중얼거리듯 말했다.

"마왕과 폭군이라더니 진짜 최종 보스잖아……."

"……."

그 황당하고 친근한 표현에 동료 바이올리니스트들은 딴지를 걸 수 없었다.

그 순간 OOTY 오케스트라 대전이 시작되기 전 배도빈의 인터뷰 내용이 떠올랐던 탓이다.

'배도빈 악장, OOTY 오케스트라 대전에 참가하시는 걸로 알고 있습니다. 목표는 당연히 우승이겠죠?'

'목표요?'

'네.'

'목표는 이루지 못한 일을 정할 때 하는 말이죠. 우승이란 목표는 제가 아니라 다른 분들이 가지셔야 할 것 같네요.'

일찍이 배도빈은 베를린 필하모닉을 세계 최고의 오케스트라로 여기고 있었다.

대단한 천재라는 것은 알고 있지만 처음에 그 기사를 접했을 때는 화가 날 수밖에 없었다.

그만큼 다들 자부심을 가지고 연주회를 하고 있었던 탓인데 이제 와 생각해 보니 배도빈이 그런 자신감을 보인 것이 선뜻 무서워졌다.

단순히 자신감을 표현하는 것이 아니라 진심으로 본인과 본인의 악단이 최고라 여겼던 사실에 니혼 필하모닉의 바이올리니스트들은 크나큰 벽을 맞이한 듯했다.

그 감정은 정도의 차이일 뿐 음악가들에게도 마찬가지였다.

저녁 때 사카모토와 히무라가 찾아왔다. 서로 하는 일이 달라져 전과 달리 자주 못 만났기에 반가웠다.

기간으로 따지면 몇 개월 지났을 뿐인데 사카모토는 이제 머리가 완전히 하얗게 되었고 히무라도 주름이 생기기 시작했다.

백발이 성성한 사카모토를 계속 쳐다보자 그가 껄껄 웃더니 물었다.

"신경 쓰이는가?"

고개를 끄덕이니 사카모토가 다시 한번 웃으며 말했다.

"때마다 염색하는 것도 번거로워서 말이지. 이왕 하얗게 된 거 아예 다 탈색해 버렸네."

"……."

"흰머리가 이렇게 어울리는 게 쉽지 않다네."

확실히 사카모토도 정상은 아니다.

"하하하하! 저도 조금씩 나기 시작하는데 생각해 봐야겠군요."

"흠. 나야 풍성하지만 히무라 군은 조금 위험할 수도 있지 않겠나?"

"아……."

히무라의 등을 쓸어내린 뒤 오랜만에 셋이서 함께 자리를 마련했다.

당연하게도 주된 화제는 오케스트라 대전이었다.

"또 내기를 했다고요?"

"니혼 필하모닉이 그렇게 허무하게 질 줄은 몰랐지."

"확실히 팬 투표의 영향이 크긴 했네. 악단의 연주력뿐만 아니라 대중성을 시험받는 자리라 봐야겠지."

니혼 필하모닉에 걸었던 히무라와 로스앤젤레스 필하모닉에 걸었던 사카모토 모두 결과 예측에는 실패했지만 그로 인해 얻은 것이 있는 모양이다.

"그런 점에서 사실 오늘은 좀 충격이었죠. 인정하긴 싫지만 사실 런던 필하모닉이 베를린 필하모닉에 이름값이 떨어지는 곳은 아니니까."

히무라의 말을 들으며 포크를 놀렸다. 분위기는 그럴싸한 식당인데 음식 맛은 영 아니다.

"그렇지. 사실 완성도에 있어서는 토스카니니가 나았네. 긴 시간 연마한 방식이었으니 안정감이 있지. 편히 감상할 때는 그의 지휘를 더 선호할걸세."

"그럼 선생님은 베를린 필의 성적을 어떻게 설명하시겠습니까? 전 도무지 모르겠습니다."

"감동이지."

사카모토의 대답이 너무 포괄적이었는지 히무라가 눈썹과 입을 모으며 미묘한 표정을 지었다.

손을 들었다.

곧 웨이터가 다가와 가볍게 목례를 했다.

"주방에 한국 사람 있어요?"

"확인해 보겠습니다."

웨이트가 고개를 돌려 가슴에 꽂힌 마이크에 입을 가져다 댔다.

고개를 돌리자 히무라와 사카모토가 눈을 동그랗게 뜨고 있었다.

"있습니다."

"칼칼한 음식 내달라고 해주세요. 이건 도로 가져가시고요."

"칼칼 말씀이십니까?"

"네. 그렇게 전하면 이해할 거예요."

버터와 치즈를 얼마나 때려 넣었는지 더럽게 느끼한 음식을 가리키고는 다시 대화에 동참했다.

"하하하! 한국 사람은 어쩔 수 없구만. 매운 음식이라니."

"너무 느끼했어요."

"어릴 땐 잘 먹었는데 크니까 입맛이 달라지나 보네."

"그런가 봐요."

입 주변을 닦고 말했다.

"저도 사카모토랑 같은 생각이에요."

"흐음. 이건 직접 들어보는 게 좋겠지."

사카모토가 히무라를 보며 말했다.

"평론가들이 멋대로 런던파니 베를린파니 나누고 있지만 전 어느 쪽이 낫다고 생각하지 않아요. 단지 상황에 따라 달라져야 한다고 볼 뿐이에요."

인터플레이로 인해 지겹게 이어진 이 이야기에 대해 직접 말하는 건 처음인 듯싶다.

히무라가 상체를 앞으로 조금 내민 채 내 이야기를 들었다.

"사카모토가 말한 것처럼 편안히 듣기에는 토스카니니처럼 안정적이고 완성도를 높인 연주가 좋다고 생각해요. 오랜 시간 최소한의 변형으로 악기의 음색을 발달시켰으니 감상하기엔 그만한 것도 없죠. 앨범을 낼 때는 그렇게 해야 한다고 봐요."

"하지만 네 연주회는."

"네. 말 그대로 연주회니까요."

히무라가 마침 좋은 지적을 해주었다. 사카모토가 고개를 천천히 끄덕이고 있다.

"연주회를 찾는 사람들은 이미 앨범을 통해서든 다른 공연을 통해서든 경험이 많아요. 그런 사람들에게 똑같은 연주를 들려주는 건 연주회로서의 가치가 없어요."

다시 태어나고 갓난아기였을 때 느꼈던 점이다.

현대에는 녹음이라는 획기적인 기술이 생기면서 언제든 똑같은 연주를 들을 수 있다.

매 연주가 모두 소중했던 내게 현대의 소모적이면서도 동시에 영구적인 음악 감상 환경은 충격이었다.

루트비히로서의 삶을 살 적에는 매 공연이 다를 수밖에 없었기 때문이다.

연주자들의 기술적 문제도 있었고 지금처럼 상설 악단도 없어서 같은 곡을 비슷하게라도 연주하는 게 쉽지 않았다.

그래서 준비하는 입장에서도, 연주회를 찾는 입장에서도 매번 느낌이 달랐다.

같은 곡이라 하더라도 이번에는 어떻게 연주할까? 혹은 어떤 느낌을 받을까 하는 감상 말이다.

"연주회마다 이번에는 어떻게 하면 방문한 사람들에게 감동을 줄 수 있을까 생각해요. 작곡가의 의도가 놀라움이라면 곡을 일부 변형시키더라도 돌출적인 요소를 집어넣어요. 이미 알고 있는 연주라면 작곡가의 의도처럼 놀라지 않을 테니까요."

"아."

"하지만 녹음은 다른 일이에요. 반복해 듣는 일이니 그런 인스턴트적인 요소로는 한계가 있어요. 그러니 다시 악보로 돌아오는 거죠. 베를린 필하모닉 A가 녹음을 전담하는 것도 그런 이유 때문이에요."

"옳거니."

사카모토가 테이블을 가볍게 치며 말했다.

"명석해. 참으로 옳은 말일세."

히무라는 한참을 무엇인가 중얼거리더니 허무한 듯 읊조렸다.

"그럼 대체 런던파와 베를린파의 분쟁은 무슨 의미가……."

"편 가르기 좋아하는 머저리들의 이야기죠."

개에게는 미안한 말이지만 개소리는 무시하고 심해지면 주둥이를 틀어막아야 한다.

웨이터가 다가오자 좋은 냄새가 풍겼다.

"오래 기다리셨습니다."

"고맙습니다."

음식을 확인하니 스튜였는데 한 입 떠먹자 깊은 풍미가 혀를 가차 없이 유린했다. 맵다.

유럽의 식재료를 활용해 이런 느낌을 주다니 솜씨 좋은 쉐프일 것이다.

고생한 그와 웨이터에게 팁을 넉넉히 주었다.

"편 가르기라. ……그 부분에 대해서는 다른 생각이네. 의미 없지 않아."

사카모토가 허허 웃으며 말했다.

"이번 오케스트라 대전도 그러하고 각 콩쿠르도 마찬가질세. 애초에 사람은 경쟁자를 통해 성장하게 마련이지. 전통을 중시하든 변화를 추구하든 그 경쟁 속에서 발전이 있지 않은가. 실제로 런던 심포니와 런던 필하모닉 모두 브루노와 토스카니니가 합류하면서 더 완성도 있는 악단이 되었고."

사카모토가 턱을 당겼다. 그가 쓴 안경이 살짝 내려왔고 사카모토의 맑은 눈이 그대로 내게 향했다.

"베를린 필하모닉도 마찬가지고 말일세."

사카모토는 그렇게 말을 마치고 빙그레 웃었다.

어쩌면 사카모토의 말이 옳을지도 모른다.

나야 상황이 어떠하든 내 할 일을 했겠지만 B팀 단원들은 위기감을 느껴 단 1, 2년 사이에 많은 점을 개선해 왔다.

푸르트벵글러도 마찬가지다.

그는 자기 기준에 충족하는 후보가 없다는 이유로 단원 한 명을 받는 일조차 몇 년간 미뤄왔던 고집불통이었다.

단원들이 만성피로에 찌든 것도 모두 그 탓.

하지만 2년 사이에 단원의 수는 두 배로 늘어났고 정기 연주회만 고집했던 예전과 달리 이벤트성 공연도 잘 이어오고 있다.

베를린 필하모닉 B가 생기면서 가능했던 일이기도 하나, 그 외에도 콘서트홀을 대대적으로 확장한 것부터 디지털 콘서트홀을 대대적으로 홍보하는 것까지.

2010년대까지의 베를린 필하모닉과 지금은 전혀 다른 악단이라 해도 괜찮을 것 같았다.

어떤 음악을 하는지에 대해서는 곡을 쓰고 지휘를 하는 내 영향이 컸지만 이런 식으로 베를린 필하모닉의 태도 자체가 달라진 것은 아마도.

아니, 분명 사카모토의 말대로 런던과 인터플레이를 의식한 탓일 것이다.

"그러네요."

순순히 인정했다.

인터플레이가 거지 같고 하찮은 놈들이라는 사실은 변함없다.

그러나 우리의 음악을 지키기 위해 베를린 필하모닉의 단원과 직원 모두 더욱 노력했던 것도 사실이다.

아마 런던 심포니와 런던 필하모닉도 그들의 음악을 지키기 위해 여러모로 힘썼을 것이다.

두 악단 모두 최근에 인터플레이에게서 완전히 독립한 것만 봐도 그들에 대해서는 분명 느끼는 바가 있어 보인다.

"으음."

대화가 어느 정도 맞닿아 마무리되고 있는데 히무라가 뭔가 마음에 걸리는 듯 인상을 쓰고 있다.

"왜 그래요?"

"아니, 뭐."

아니라고 말하면서 탐탁지 않은 느낌이 얼굴 가득이다.

"우리 사이에 편하게 말해요."

"그래서 더 불편하지. 네가 얼마나 신경 쓰고 있는지 아니까."

"무슨 이야기인데 그래요?"

"으음."

"히무라."

"……레몽 도네크 씨 말이야. 잠깐 하던 이야기로 돌아가서 푸르트벵글러와 네가, 아니, 베를린 필하모닉이 그런 생각을 가지고 있었다면 레몽 도네크 씨는 대체 왜 런던으로 향했던 걸까. 그런 생각을 하고 있었어. 난 추구하는 음악이 달랐기 때문이라 생각했거든."

그건 나도 다른 모든 단원도 모르는 일이다.

경제적 문제일 수도 있다고 막연히 추측하고 있을 뿐 사실 단원들 사이에서도 히무라와 같은 생각을 하는 사람도 많다.

그에게서는 어떤 말도 듣지 못했으니까.

대답 대신 질문을 던졌다.

"그렇게 말하는 거 보니 히무라는 음악적 견해가 달랐기 때문에 옮겼다고 생각하고 있었나 보네요?"

"외부에서 보면 그렇게 보일 수밖에. 한창 베를린과 런던이 편 가르고 싸울 때의 일이었으니까. 찰스 브라움이 베를린 필에 합류했을 때도 여러 말이 나왔어. 하물며 20년 이상 자리를 지켰던 레몽 도네크의 이적이었으니 있는 말 없는 말 다 나올 수밖에."

확실히 그렇게 보일 수도 있겠다.

어쩌면 정말 그 이유 때문인가 싶기도 한 것이 베를린 필하모닉 B뿐만이 아니라 A도 녹음 이외의 일에서는 조금씩 변하고 있었으니 말이다.

하지만 그런 일이라면 푸르트벵글러나 악장단에게 상의라도 했을 텐데.

그 점이 의문으로 남는다.

그때 사카모토가 입 주변을 닦으며 말했다.

"빌헬름도 난처했을 테지."

"그게 무슨 뜻이에요?"

"내가 말할 이야기는 아닌 듯하네. 시간이 늦지 않았으니 직접 들어보는 것이 어떤가."

두 사람과 헤어지고 멀핀 과장에게 전화를 걸었다.

푸르트벵글러와 베를린 필하모닉 A가 머물고 있는 숙소를 물으니 마침 A쪽 직원에게 볼일이 있다며 로비로 내려왔다.

"기다리셨죠?"

"아뇨. 어디에요?"

"가까워요. 두 블럭만 지나면 돼요."

오케스트라 대전에서 제대로 해보자고는 했지만 굳이 숙소까지 따로 써야 하는 건가 싶다.

멀핀 과장의 안내를 받아 호텔에 도착했다. 말 그대로 가까워서 굳이 안내받을 필요도 없었을 것 같다.

악단 직원이 한 명 내려와 멀핀을 맞이했다.

엘리베이터를 타고 5층에 이르자 멀핀이 손으로 복도 끝을 가리켰다.

"셰프는 509호에 있어요."

"네. 고마워요."

내려서 멀핀이 알려준 방향으로 걷자 이내 푸르트벵글러의 방이 보였다.

문을 두드렸다.

"저예요."

뭔가 안이 소란스러운 것 같은데 잠시 뒤 카밀라가 문을 열었다. 조금 상기된 표정이다.

"어서 와."

"······다음에 올까요?"

"아냐. 무슨 소리야. 나도 일이 있어서 나갈 참이었어."

물끄러미 그녀를 보는데 푸르트벵글러가 헛기침을 하면서 외쳤다.

"무슨 일이냐!"

"물어볼 게 있어서요."

그사이에 카밀라가 급히 나가서 바로 옆방으로 들어갔다.

안쪽으로 들어가자 두 개의 와인잔과 촛농이 떨어지고 있는 촛불 그리고 넓은 창문 밖으로 멋진 야경이 보였다.

푸르트벵글러는 잔뜩 심통이 난 얼굴이다.

"방해했네요."

"뭘 방해해!"

어깨를 으쓱인 뒤 앉았다.

미안하긴 해도 푸르트벵글러와 카밀라의 사이가 좋게 지속되는 걸 보니 기분이 좋다.

"대회 끝날 때까지는 보지 말자고 하지 않았느냐."

"제가 우승하면 쫓겨나실 텐데 그 전에 많이 봐야죠."

"흥. 오늘 점수를 보고도 태평하구나."

"2차전에선 찰스랑 지훈이도 합류하니까 마음 놓고 있다간 큰일 날걸요?"

"너야말로 긴장해야 할 거다. 네가 뭘 준비했든 내겐 안 될 거야."

화목한 인사를 나누고 본론으로 들어갔다.

"레몽 도네크 때문에 왔어요."

그를 언급하자 곧 푸르트벵글러의 얼굴이 어두워졌다.

"그 녀석 이야기는 왜."

"아무리 생각해도 이해가 안 돼요. 아무런 말도 없이 떠난 것도 그렇고. 세프한테도 말 없었어요?"

"이미 끝난 일이다. 녀석은 떠났고 우리는 전과 달라졌다. 그 뿐이야."

"그렇다고 그와 함께한 시간이 없어지는 건 아니잖아요."

내 말에 푸르트벵글러가 가만히 잔을 바라보다 고개를 떨어뜨렸다. 손으로 이마를 잡고 한동안 그러고 있더니 고개를 저었다.

"갑자기 그건 왜 묻느냐."

"갑자기가 아니라는 거 알고 있잖아요."

그가 베를린 필하모닉을 그만두었다는 소식을 들은 뒤로 한 번도 의식하지 않은 적이 없었다.

그가 런던 필하모닉으로 갔고 아들이 아프다는 소식을 들었기 때문에 당시 인터플레이가 거금을 들여 음악가를 초빙하는 것과 맞물려 그렇게 예상할 뿐.

그런 상황이었기에 그를 걱정하면서도 더더욱 말을 아낄 수밖에 없었다.

그런 뒤에 곧장 콘서트홀 확장 공사라든지 악단 확대 편성, 자선 콘서트, 투란도트 등 바쁜 일이 겹치기도 했고 말이다.

나도 다른 단원도 상황상 말하지 못했을 뿐 항상 마음에 두고 있었다.

그 상황을 푸르트벵글러가 모를 리 없다.

"언젠가는 짚고 넘어가야 할 문제예요."

"이건 녀석과 내 문제다. 단원들이 알 필요 없어. 너와 악장단도 마찬가지다."

푸르트벵글러가 말하기를 거부했다. 그 태도가 안쓰러워 보일 정도로 단호했기에 내 걱정은 더 커지고 있었다.

그때 누군가 문을 두드렸다.

뭔가 싶어 나가보니 케르바 슈타인과 이승희, 마누엘 노이어 그리고 한스 이안이 서 있었다.

"어?"

다들 내가 왜 여기 있는지 의아해하는 표정이다.

"누구냐."

"말씀드릴 게 있어 왔어요."

이승희가 대신 답했다.

푸르트벵글러가 구시렁거리더니 들어오라 했고 방은 금세 북적였다.

대회 참가 인원이 많아 평소 쓰던 방과 달리 단출한 숙소라 더 그런 듯하다.

"뭐야."

푸르트벵글러가 퉁명스럽게 물었다.

네 사람이 시선을 교환한 뒤 케르바 슈타인이 대표로 입을 열었다.

"2차전 연주곡을 바꾸시는 게 어떠십니까?"

"뭐?"

푸르트벵글러가 잔뜩 인상을 썼다.

"아름다운 베를린. 단원 모두 같은 생각입니다."

케르바 슈타인의 말을 들은 푸르트벵글러의 얼굴이 험상궂게 변했다.

지금껏 퉁명스럽고 언짢은 얼굴은 많이 봤어도 그런 표정은 처음이었다.

그가 정말로 화가 났다는 걸 알 수 있었다.

그러나 케르바 슈타인은 그를 오래 만나왔던 대로 푸르트벵글러가 화를 낼 틈도 주지 않고 계속해 말을 이었다.

"새로 준비한 곡도 좋지만 이번 기회에 베를린 필하모닉이 어떤 정신을 가졌는지 알리고 싶습니다."

푸르트벵글러가 벌떡 일어났다.

"어디서 씨알도 안 먹힐 말을 가져다 붙여? 그 녀석을 감싸고 돌려는 걸 내가 모를 거라 생각하는 거냐!"

'무슨 일이지?'

이들의 대화를 따라갈 수 없어 일단 잠자코 지켜보았다.

"감싸고 도는 게 아닙니다. 이대로 헤어져 영영 없었던 일이 될까 두려운 겁니다."

"그러니까 그 녀석의 곡을 연주하자는 말이냐! 그러면 돌아올 것 같아서?"

'설마.'

혹시나 하는 생각이 들었을 때 마누엘 노이어가 케르바 슈타인을 대신해 나섰다.

"그럴 거라곤 생각 안 합니다. 하지만 적어도 이야기는 들어야죠. 전화를 해도 문자를 보내도 답이 없고 세프마저 감추고 있지 않습니까. 대체 무슨 일이 있었기에 레몽과 우리가 적이 되어야 하는 겁니까?"

역시 '아름다운 베를린'은 레몽 도네크가 만든 곡인 것 같다.

그와 함께 짧게는 수년, 길게는 20년 넘게 함께했던 이들이 하루아침에 단절된 그와의 관계에 답답함을 느꼈고.

그동안 다른 일로 억지로 참았던 그 감정이 오늘 레몽 도네크를 다시 한번 만나니 터진 모양이다.

그래서 그의 곡을 연주하자는 무리한 이야기를 꺼낸 것이리라.

그것이 진심이든 아니든 적어도 단원들이 레몽 도네크와의 일을 어떻게든 풀고 싶다는 바람의 표현으로 보는 게 옳을 거다.

이렇게라도 하지 않으면.

고집스러운 푸르트벵글러는 입을 열지 않을 테니까.

"감추는 거 없고 그 헛소리도 받아들일 수 없다. 나가."

"세프!"

한스 이안이 나섰다.

"대체 무슨 일이 있었던 겁니까?"

"아무 일도 없었다."

"그가 우리에겐 아무 말도 안 했지만 셰프에게까지 그랬을 리가 없잖아요! 그 따뜻했던 사람이, 당신을 누구보다도 따랐던 사람이 그럴 리가 없잖아요!"

푸르트벵글러가 입을 닫았고.

한스 이안의 울먹이는 목소리만 방을 채울 뿐이다.

"오늘 연주를 듣고 확신했습니다. 다들 알아요! 돈에 미쳐서 간 거라면 그런 연주를 할 수 있을 리가 없잖아요. 셰프도 봤잖아요! 아직도 당신이 준 바이올린을 쓰고 있다는 걸!"

"……."

"아들이 아팠으면 우리에게 도움을 청했지 저들한테 손을 뻗었을까요? 대체 그가 변한 이유가 뭐냐고요!"

"한스……."

케르바 슈타인이 탄식했다.

"난 그 사람을 쫓아 왔어요. 제1바이올린 대부분이 그 사람한테 오케스트라를 배웠다고요! 힘들 때 기댈 수 있었던 그 사람, 그런 도네크가 베를린을 떠날 수밖에 없었던 이유가 뭔지는 알아야 할 거 아니에요. 적어도 우리는!"

푸르트벵글러가 괴로운 듯 이마를 짚었다.

이승희가 오열하는 한스 이안을 달래며 말했다.

"셰프, 우리는 이미 너무 긴 시간을 대화 없이 보냈어요. 이 젠 루머가 아니라 직접 이야기를 듣고 싶어요. 더 이상 그를 잃고 싶지 않아요."

군이 언급하진 않았지만 이승희가 무슨 말을 하는지 모두 알 수 있었다.

차기 상임지휘자이자 총감독이었던 천재, 니아 발그레이.

그를 잃었던 슬픔을 반복하고 싶지는 않았기에 말도 안 되는 작당을 해 푸르트벵글러가 쉴 수 있도록 했던 것이다.

그사이에 레몽 도네크의 일까지 겹쳤던 만큼 나도 실각이라는 황당한 일을 말리지 않았던 거고.

"……"

"……"

방은 고요했다.

잠시 뒤.

푸르트벵글러의 잠긴 목소리가 조용히 울렸다.

"니아 발그레이가 은퇴하고 얼마 안 된 일이었다."

푸르트벵글러는 평소와 달리 힘겹게 말을 이어나갔다.

"녀석에게는 어떤 사명감이 있었던 것 같았다. 니아의 공백이 컸던 만큼 아마 책임감을 느꼈던 거겠지."

푸르트벵글러의 시선을 받은 케르바 슈타인이 고개를 끄덕였다.

당시 악장이었던 사람 모두 같은 생각이었으리라.

모두 베를린 필하모닉을 사랑하니까.

"공연을 치른 날이면 녀석은 하루도 빠짐없이 악보를 가져왔다. 내 지휘를 분석한 것이었고 내가 보기에도 완벽했다."

"……."

"그런 일이 반복되면서 알 수 있었지. 레몽 도네크가 니아의 빈자리를 채우려 한다는 걸."

고마운 일이다.

매 연주를 준비하면서 푸르트벵글러의 지휘법을 분석해 공부하는 게 쉬운 일은 아니었을 텐데.

그가 얼마나 베를린 필하모닉을 아꼈는지, 그 열정이 얼마나 대단했는지 알 수 있었다.

케르바 슈타인은 탄식했다.

"레몽도······."

다들 케르바 슈타인을 보았다.

"악장도 그랬어요?"

한스 이안이 물었고 케르바는 고개를 끄덕였다.

"아마 같은 생각이었겠지. 발그레이의 빈자리를 조금이라도 채워야 한다고 생각했어."

마누엘 노이어와 이승희가 길게 숨을 뱉었다. 당시의 일을 떠올린 듯하다.

한스 이안도 이를 꽉 깨물고 다음 이야기를 기다렸다.

"두 사람뿐만이 아니었다. 헨리와 파울도 마찬가지였어."

"아."

모두 같은 마음이었다니.

그걸 7~8년이 흐른 지금에서야 서로 공유하다니 이 답답한 인간들이 얼마나 대화가 적은지 알 수 있었다.

그러나 푸르트벵글러의 말을 들을수록 레몽 도네크가 왜 떠났는지 더욱 알 수 없어졌다.

"힘이 되었다. 이렇게 다들 노력한다면 계속 해나갈 수 있을 거라 생각했다. 하지만."

"……줄어들고 있었죠."

케르바 슈타인이 푸르트벵글러가 차마 하지 못한 말을 대신했다.

니아 발그레이의 은퇴 후 베를린 필하모닉은 알게 모르게 쇠퇴하기 시작했다.

여전히 세계 최고의 악단이라는 말을 부정할 수 있는 사람은 없었다.

그러나 최고의 악단이 어디냐는 질문에 베를린 필하모닉을 꼽는 사람은 줄어들었다.

마리 얀스의 로얄 콘세르트허바우와 빈 필하모닉은 날로 발전했고 런던 필하모닉과 런던 심포니는 새롭게 부상했다.

매출은 늘어나고 있었지만 시장 확대의 영향을 부인할 순 없었다.

베를린 필하모닉은 제자리걸음을 걷고 있었다.

"시대는 변하고 있었다. 베를린 필하모닉에는 전환점이 필요했다. 변해야 했다."

"셰프……."

이승희가 안타깝게 푸르트벵글러를 불렀다.

폭군 빌헬름 푸르트벵글러가 속으로 이런 걱정을 하고 있었을 거라고는 아무도 몰랐다.

베를린 필하모닉의 리더임을 넘어서 지침서이자 정신이었던 푸르트벵글러.

그는 총감독으로서 단원들이 불안하지 않도록 자신의 불안을 감추고 굳건하게 그 위치를 지켰던 것이다.

"그때 알았다. 레몽 도네크가 지휘봉을 들고 싶어 한다는 것을."

"아."

케르바 슈타인이 탄성을 냈다. 저도 모르게 낸 듯하다.

"나는. 나는……."

푸르트벵글러의 목소리는 이제 잘 들리지 않았다. 너무 지쳐 보여 그가 얼마나 고뇌했는지 조금은 헤아릴 수 있었다.

"뭐가 문제예요? 설마 셰프를 끌어내리기라도 하려 했단 뜻이에요?"

한스 이안이 물었다.

푸르트벵글러는 고개를 저었다.

"그럼 문제될 게 없잖아요. 레몽 도네크라면 셰프만큼은 아니더라도 분명 훌륭한 지휘자가 될 수 있을 거라고요."

마누엘 노이어가 한스 이안의 어깨를 잡았다. 그가 뒤돌아보자 고개를 저었다.

이승희는 아랫입술을 깨물고 있었고 케르바 슈타인은 고개를 숙인 채 간혹 한숨을 뱉었다.

나와 같이 다들 무슨 일이 있었는지 대충 이해하는 듯했다.

나서서 물었다.

"인정받고 싶었던 거네요."

"……그래."

"셰프는 선택할 수 없었고요."

푸르트벵글러도 난감했을 거라던 사카모토의 말을 이제야 이해할 수 있었다.

니아 발그레이 뒤에 남은 악장들은 푸르트벵글러의 아이라고 불릴 정도로 오랜 세월 그와 함께했다.

깐깐하다 못해 병적인 그의 완벽주의에 부응해 수십 년간 베를린 필하모닉의 악장으로서 활동했던 만큼 그들의 음악적 재능과 능력은 최고 수준이었다.

당장 어떤 무대에 올라도 찬사를 받을 정도로 말이다.

하지만 한스 이안의 말이 정확했다.

푸르트벵글러만 못하다.

"시대는 변하고 나는 늙어갔다. 차기 지휘자를 생각하지 않을 수 없었다. 레몽은 분명 뛰어났지만 그건 헨리와 파울도 마찬가지였어. 케르바 자네도."

네 명의 악장은 모두 비슷하여 어느 누가 더 뛰어나다고 판단할 수 없었다.

케르바 슈타인은 가장 많이 신뢰받는 악장으로서 단원들은 문제가 생기면 케르바 슈타인에게 상담 받았다.

레몽 도네크는 다정했던 만큼 단원들이 감정적으로 가장 많이 의지했던 악장이었다.

헨리 빈프스키는 과묵했지만 성실하여 단원들이 새로운 과제에 빨리 적응하도록 매번 작은 공책을 만들어 나누어주었다.

파울 리히터는 사교적이라 단원들이 가장 편하게 여기는 악장이었다.

음악적 소양은 비슷하고 각자의 장점도 달라 푸르트벵글러로서는 선택할 수 없었을 것이다.

더군다나 아마도.

"내가 가르쳤지만 모든 것을 판단할 수는 없었다. 베를린 필하모닉을 어떤 식으로 운영해 나갈지는 본인들도 모를 것이다.

하지만 레몽 도네크에게는 명확한 목표가 있는 것 같았다. 적극적으로 나섰던 것도 그 때문이었겠지."

"어떤……."

"레몽 도네크가 보여준 악보는 내가 고쳤다고 해도 믿을 수 있을 것 같았다. 내 방식이었고 내 버릇까지 남아 있었어. ……녀석은 베를린 필하모닉을 지키고 싶었던 거다. 지금까지 나와 우리가 했던 음악을 지키고 싶었던 거야."

푸르트벵글러가 허탈하게 웃었다.

"고마운 일이지. 너무도 고마웠지만 그래서는 안 됐어. 그래서는 우리의 무대가 떨어질 뿐이었다. 함께했던 성을 지키기 위했던 레몽 도네크의 진심은 너무나 고마웠지만, 베를린의 미래를 위해서라도 받아들여선 안 되었다."

한스 이안의 얼굴이 파르르 떨렸다.

그도 이해한 것이다.

그들 스스로 가꾸고 번성시켰던 베를린 필하모닉.

위기가 도래하고 있으니 어떻게 해서든 지키고 싶었던 것이다.

레몽 도네크의 진심과 노력은 잘못되지 않았다.

베를린 필하모닉을 누구보다도 사랑했기에 그가 선택할 수 있는 최선이자 최고의 길을 걸었던 것이다.

그저, 단지, 애석하게도 한계에 부딪혔을 뿐이다.

너무나 오래 함께했기에, 베를린 필하모닉을 진심으로 사랑했기에, 스승 빌헬름 푸르트벵글러를 가슴 깊이 존경했기에 레몽 도네크는 푸르트벵글러가 이룬 영역을 벗어나지 못했다.

"그럴 때 네가 돌아왔다."

푸르트벵글러가 나를 보았다.

"얼마나 기뻤는지 모른다."

푸르트벵글러의 말에 다들 고개를 끄덕였다.

"하지만 동시에 이 상황을 어떻게 설명해야 할지 몰라 난감했지. 몇 년간 지휘자가 되고 싶어 내게 어필했던 녀석에게. 녀석에게……."

케르바 슈타인이 다시 한번 탄식했다. 그러고는 힘겹게 입을 열었다.

"레몽으로서는 힘들었겠죠."

푸르트벵글러가 강제 휴식기를 맞이했을 때 그 자리를 채웠던 케르바 슈타인의 말이었기에 무게가 실렸다.

푸르트벵글러가 얼마나 많은 일을 어떻게 처리해 왔는지 잘 아는 만큼 레몽 도네크로서는 어려웠을 거라 생각한 듯했다.

"그래."

푸르트벵글러는 고개를 저었다.

"내가 직접 가르쳤고 베를린을 함께 지켜왔고 이제는 같이 늙어가는 녀석에게 차마 말할 수 없었다."

"그게 무슨……. 레몽 도네크만큼 대단한 사람도 드물잖아요. 그라면 분명 더 노력해서 나아질 수 있었을 거예요."

한스 이안이 고개를 세차게 젓고 푸르트벵글러의 말을 부정했다.

마누엘 노이어가 괴로운 듯 눈썹을 좁힌 채 말했다.

"레몽이 뛰어난 건 사실이야. 그걸 부정하는 게 아니야. 세프는…… 자신을 닮은 레몽이 앞으로의 베를린을 지킬 수 없다고 판단한 거야."

노이어의 말이 맞을 것이다.

노력했지만 그마저도 스승인 푸르트벵글러를 뛰어넘지 못했다.

그러나 그 말을 다른 누구도 아닌 푸르트벵글러 본인이 직접 말할 수는 없었을 것이다.

"녀석은 이내 포기하는 듯했다. 그리고 자기 자리를 찾으려는 것 같았다. 여러 차례 내게 메시지를 보냈고 내 눈에도 평소와 다른 행동이 보였지만 말릴 수 없었다. 베를린 필하모닉에서 피어날 수 없다 해도 내 자식이나 다름없는 녀석이었다. 어딜 내보내도 부끄럽지 않은 녀석이었어! 그런 녀석이 지휘봉을 잡고 싶어 떠나려는 걸 내가 어떻게. 어떻게 막을 수 있단 말이냐."

그 이유가 그런 것이라면 더더욱.

말할 수도 막을 수도 없었을 것이다.

말을 마친 푸르트벵글러가 의자에 몸을 파묻듯 기대어 눈을 감았다. 그러고는 부탁했다.

"녀석을 존중한다면 다들 이 이야기는 가슴에 묻어주길 바란다."

다들 대답하진 않았지만 고개를 무겁게 끄덕였다.

배도빈과 케르바 슈타인 일행이 돌아간 뒤 푸르트벵글러는 그간 어디에도 말할 수 없어 쌓아왔던 짙은 슬픔에 눈물을 흘렸다.

베를린 필하모닉과 자신을 향한 레몽 도네크의 마음을 알면서도 그를 선택할 수 없었다.

시대는 변화할 조짐을 보이고 있었고 음악은 시대를 노래하는 일이었다.

추억은 무엇과도 바꿀 수 없는 소중한 보물이나 과거에 살아서는 더 이상 발전은 있을 수 없기에 푸르트벵글러는 자신의 정기 연주회를 누구보다도 잘 이해하는 레몽 도네크를 지휘자로 올릴 수 없었다.

그것만이 답이라 생각하는 게 잘못이라는 걸 알면서도 레몽 도네크의 음악적 지향점을 고칠 순 없었다.

모두 그를 인정하고 존중하기 때문이었다.

푸르트벵글러는 진심으로 그를 가장 아끼는 제자라 생각했고 자식처럼 헤아렸지만 그 전에 하나의 음악가로 여겼다.

그저 언젠가 느끼는 바가 있기를 바랄 뿐 레몽 도네크가 어렸던 시절처럼 가르치려 들지 않았다.

나흘이 흘러 7일 차에 접어든 OOTY 오케스트라 대전에서는 또다시 놀라운 일이 일어났다.

바로 차명운 지휘자가 이끄는 대한국립교향악단이 바르샤바 국립 필하모닉과 치열한 접전 끝에 조 2위로 다음 라운드에 진출한 것이었다.

점수가 발표되고 주먹을 꽉 쥔 차명운 지휘자와 눈과 코와 두 팔을 있는 대로 펼쳐 환호하는 대한국립교향악단의 사진은 그날 세계 클래식 음악 협회 홈페이지의 메인을 장식했다.

현재까지 2라운드 진출이 확정된 악단은 총 14개로 모두 각 대륙에서 내로라하는 악단이었다.

은난새, 차명운, 박건호, 홍승일.

이승희, 남궁예건, 손가을, 최성신, 이승훈, 나윤희.

최지훈, 배도빈까지.

종종 뛰어난 음악가를 배출하면서도 클래식 음악의 불모지라 여겨졌던, 그리하여 오케스트라 운영이 힘들었던 대한민국에서 세계 수준급 악단이 있다는 사실에 이목이 집중될 수밖에 없었다.

♪

대한민국의 언론사들은 이를 대서특필하여 소식을 알렸다.

배도빈을 통해 클래식 음악 열풍이 몰아쳤던 만큼 오케스트라 대전에 대한 관심도 지대했고 팬들의 반응은 뜨거웠다.

ㄴ와, 이거 취해도 되는 거야?

ㄴ당연하지. 세계 톱 수준으로 올라왔다는 건데.

ㄴ대한국립교향악단이 진짜 우여곡절이 많았음. 진짜 눈물 난다.

ㄴ무슨 소리임?

ㄴ고려교향악단이라고 있었는데 재정난 때문에 망했었음. 거기 단원들이 모여 만든 게 대한교향악단인데 6.25 때문에 또 망함. 연습실이고 뭐고 악기랑 악보도 다 날아가고 단원들도 뿔뿔이 흩어졌는데 부산에서 겨우 다시 모여서 대한교향악단이 된 거임. 그 이후에도 운영은 말할 것도 없었고.[5]

ㄴ뭔지 몰라도 대단하다는 거 아냐.

....

5) 서울시립교향악단: 대한민국의 대표 오케스트라. 건립 시기는 1945년과 1948년, 1957년 등 모체를 어디에 두는지에 따라 다양한 의견이 나오고 있다. 대한민국의 역사와 함께 고난과 침체기를 겪었다. 재단법인화 과정과 지휘자 정명훈이 합류, 제도 개선으로 개혁에 성공했다.

ㄴㅇㅇ. 힘들게 유럽에도 간혹 가서 연주회에도 참가하고 UN에도 가고 했는데 진짜 제대로 인정받은 거임.

ㄴ캬야아~ 주모! 샤따 내려!

이러한 상황에 대한민국 출신의 음악계 종사자들은 더없이 기뻐했다.

잡지 관중석에서 30년 가까이 활동했던 이필호 기자는 패자부활전이 예정된 날까지 대한국립교향악단을 칭찬할 정도로 특히나 기뻐했다.

2차전에서 배도빈과 최지훈, 선원과 최성신이 확정된 데다 최명운과 남궁예건까지 추가되었으니 특집호가 제대로 팔리는 걸 넘어서 클래식 음악 팬으로서 자국의 발전에 감격한 것이었다.

며칠째 그의 입이 귀에서 내려올 생각을 하지 않았다.

"그러니까 빰빰빰 하는 부분이 정말 최고였다는 거지."

"맞아요!"

그러나 기쁜 것은 이해해도 3일간 쉬지 않고 이야기하는 통에 차채은은 조금씩 지쳐갔다.

양심에 가책을 느끼면서도 어쩔 수 없이 이필호 기자의 말을 조금씩 흘려듣게 되었다.

"편집장님 진짜 대단하시다. 그건 대체 어떻게 알고 계신 거예요?"

그러나 정세윤 기자는 당일과 같은 느낌으로 반응하며 이 필호가 더 신나게 말할 수 있도록 했다.

'정세윤 기자님도 대단하네.'

어떻게 대해야 편집장이 기뻐하는지 정확히 알고 있는 듯했다.

'어디……'

이내 관심을 끊은 차채은은 수첩을 펼쳤다.

1차전을 통과한 악단이 차례로 적혀 있었고 그 옆에 각 연주를 듣고 느꼈던 감상이 빼곡히 정리되어 있었다.

그중에서도 눈에 띄는 악단은 여섯이었는데 대회가 개최되기 전부터 언급되었던 악단들이었다.

'이름값은 한다는 거지. 대한국립교향악단 외에는 이변은 없나?'

차채은이 자신이 남긴 메모를 훑었다.

첫 장은 베를린 필하모닉에 관한 기록이었다.

빌헬름 푸르트벵글러의 베를린 필하모닉 A와 배도빈의 베를린 필하모닉 B는 각각 79.2점과 74.2점으로 1차전 1위와 3위를 차지했었다.

차채은이 빙그레 웃었다.

바로 어제 마리 얀스의 로얄 콘세르트허바우가 75점을 획득해 조 1위로 진출했는데.

베를린 필하모닉과 자신을 최고라 자부하던 배도빈이 얼마나 약이 올라 있을지 생각하면 웃음이 나왔다.

'재밌어하겠지.'

돌이켜 보면 배도빈은 차채은에게 항상 큰 존재였다.

그러나 어느 순간부터 배도빈은 득도라도 한 것처럼 행동했었다.

언어, 사회, 문화 등에 익숙하지 않았던 시절의 배도빈을 기억하는 차채은으로서는 가끔 지금의 그가 너무도 멀어진 듯한 느낌을 받을 정도였다.

그런데 오케스트라 대전에 참가한 뒤로는 감정이 꽤 자주 변하고 있음을 느낄 수 있었다.

전화나 문자를 통해서 최지훈과 함께 적당히 놀리는 맛이 제법이었다.

분해서 끙끙대거나 장난감을 선물 받은 아이처럼 순수해 보이는 걸 꼬집는데 본인은 아닌 척하니 그렇게 재밌을 수 없었다.

'연습 방해하는 거 같아서 만나지도 못하는데 이따 전화라도 해봐야지.'

그런 생각을 하며 페이지를 넘기니 런던 심포니와 런던 필하모닉에 대해 적어둔 것이 보였다.

전체 4위에 해당하는 고득점을 취한 런던 심포니와 달리 런던 필하모닉은 평균적인 점수였지만 심사 위원단의 평은 무척 높은 편이었다.

미운털이 박혀 있었지만 실력만큼은 부정할 수 없었다.

마지막 페이지에는 모스크바 방송 차이코프스키 교향악단이 적혀 있었다.

전체 5위에 해당하는 높은 점수를 얻고 진출한 곳이었는데 차채은은 그들을 짐승 같다고 적어 놓았다.

러시아 쪽 오케스트라에 대해서는 정보가 많이 없었다.

부모와 함께 러시아 여행을 갔을 때 볼쇼이 서커스를 관람한 적이 있었는데 당시 오케스트라와 함께 펼쳐진 것만이 기억에 깊게 남아 있을 뿐.

그마저도 오래된 기억이었다.

이번 오케스트라 대전에서 높은 점수를 얻은 모스크바 방송 차이코프스키 교향악단에 대해서는 더더욱 알 수 없었다.

"여긴 나중에 찾아봐야겠다."

차채은이 혼자 중얼거린 말을 정세윤 기자가 귀신같이 알아들었다.

"어딘데?"

혼잣말이었을 뿐인데 너무도 적극적으로 달려들어 차채은이 깜짝 놀라고 말았다.

그러나 정세윤의 간절한 얼굴을 보고선 수첩을 보여주었다.

"모스크바 교향악단이요."

"아, 모스크바 방송 차이코프스키 교향악단 말이지?"

대한국립교향악단에 대한 칭찬을 늘어놓던 이필호 편집장도 대화에 참여했다.

"그렇게 길게 불러야 해요?"

"러시아 악단은 이름이 길고 모호하니까 정확한 명칭을 말하지 않으면 헷갈릴 수 있어."

"아."

"모스크바 교향악단이라고 하면 모스코바 필하모닉 교향악단인지 모스코바 방송 교향악단인지, 모스코바 라디오 교향악단인지 알 수가 없거든. 아, 모스크바 방송 차이코프스키 교향악단이 모스코바 라디오 교향악단이야. 옛날 이름이지."

"……."

차채은과 정세윤의 표정이 한순간에 구겨졌다.

러시아 오케스트라의 너무도 길고 복잡한 이름을 도저히 알아들을 수 없었던 탓이었다.

더군다나 이필호는 모스크바 방송 차이코프스키 교향악단의 정식 명칭이 'Grand Symphony Orchestra named after Pyotr Ilyich Tchaikovsky of Moscow Radio'이라는 말까지 붙이면서 두 사람의 뇌를 폭행하기 시작했다.

"모스크바 방송 차이코프스키 교향악단은 진짜 대단하지. 예카트리나 베제노바도 대단한 지휘자고. 그렇게 야생적인 연주를 하는 데도 몇 없어. 도빈 군이 마음먹고 힘쓸 때나 비슷할까?"

이필호가 또 자신의 지식을 늘어놓기 시작했고 정세윤 기자는 억지로 고개를 끄덕였다.

차채은은 다시 관심을 돌려 팸플릿을 보았다.

41개 악단 중 2차전에 진출하는 곳은 총 24개 악단이었다.

10개 조에서 각각 2개 조가 진출하여 20개 악단이 확정되고, 패자부활전을 통해 나머지 21개 조 중 4개 조가 진출할 자격을 획득할 수 있었다.

오늘부터 5일간 패자부활전이 시작되었고, 2차전이 24강이 되는 만큼 진행 방식에도 변화가 생겼다.

'뭐가 이렇게 복잡해?'

차채은이 물었다.

"정세윤 기자님, 2차전에 24개 악단이 올라가잖아요?"

"응!"

정세윤 기자가 급히 고개를 돌렸다.

"팸플릿이 영어라서 잘 모르겠는데 12개 악단을 뽑는 거예요?"

"아, 맞아. 1차전하고 똑같이 한 조에 4개 악단이 들어가서 점수 경쟁을 하는 거야. 그래서 각 조에서 높은 점수를 얻은 두 악단이 진출하는 거고."

"으음…… 그럼 12강이 되잖아요. 이렇게 계속 진행하면 대진이 안 맞지 않아요?"

"그거 때문에 욕 많이 먹더라."

정세윤 기자가 웃으며 말했다.

"복잡할 거 없어. 2차전 점수로 3차전 시드가 정해지거든."

"……시드가 뭐예요?"

"부전승이라고 생각하면 돼. 경쟁을 덜 하는 악단을 뽑는 거지."

정세윤 기자가 태블릿을 꺼내 그림을 그렸다.

"2차전에서 높은 점수를 획득한 4개 악단이 기다리고 있고 나머지 8개 악단이 경쟁하는 거야. 그래서 최종적으로는 8강이 되는 거지. 이렇게."

12강으로 이루어지는 3차전에서는 상위 4개 악단이 부전승, 나머지 8개 악단이 각각 경쟁 상대를 만나도록 구성되어 있었다.

"2차전이 엄청 중요하겠네요."

"응. 아무래도 바로 8강에 오를 수 있는 기회니까. 네 자리밖에 없어서 다들 노리고 있을 거야."

설명을 들은 차채은이 고개를 끄덕이고 있는데 이필호가 나섰다.

"처음이라 그런지 대회 방식이 좀 이상하긴 해. 애초에 3차전부터는 완전 토너먼트라니. 스포츠 시합도 아니고 말이야."

"선의의 경쟁을 통한 성장이 정신이라고 해도 평가 방식에 문제가 생길 수밖에 없을 것 같긴 해요."

"그러니까 말이야. 차라리 다른 콩쿠르처럼 하면 좋을 텐데."

"아마 대회 기간이 너무 늘어나는 걸 의식하는 게 아닐까요?"

"그렇겠지. 시드도 문제가 있어. 암스테르담이나 베를린, 런던이 독식할 게 뻔하니까."

차채은이 두 사람의 대화를 가만히 듣고 있는데 때마침 핸드폰이 울렸다.

최지훈이 보낸 메시지였다.

최지훈

[어제 암스테르담 들었어?]

차채은

[ㅇㅇ 진짜 대박 쩔어.]

최지훈

[정말 마리 얀스가 왜 세계적인 거장인지 알 것 같더라. 4악장 마지막 부분이 특히! 미뉴에트 다시 넣은 것도 흥미롭고.]

차채은

[나두 나두! 그거 베토벤이 일부러 클리셰 강조했던 거지? 그거 살짝 비틀어서 더 크게 했던 거 같던데.]

최지훈

[맞아. 진짜 베를린 A랑 암스테르담 베토벤 교향곡은 깊으면서도 매번 신선한 거 같아.]

배도빈, 최지훈, 차채은 세 명이 있는 단체 메시지 방은 푸르트벵글러와 마리 얀스에 대한 칭찬으로 가득 채워졌다.

그런 와중에 배도빈은 메시지를 확인했음에도 아무런 말도 하지 않았다.

차채은

[2차전 진짜 기대된다. 이필호 편집장님은 암스테르담 이야기하시더라.]

최지훈

[나도 가장 유력하다고 봐.]

배도빈

[누가 그런 생각 하래. 빨리 와.]

최지훈

[오늘은 연습 없잖아?]

배도빈

[방금 잡혔어.]

차채은

[파이팅!]

차채은은 앞으로의 경쟁에서 우위를 차지할 수 있는 중요한 길목에서 배도빈과 최지훈이 함께한다는 것에 잔뜩 기대되었다.

최지훈이 슬럼프를 겪었을 때도 그랬지만 두 사람이 함께하면 알 수 없는 기대감이 생기고는 했다.

♪

　연습이 잡혔다는 말을 듣고 서둘러 배도빈을 찾은 최지훈은 악보에 파묻혀 있는 배도빈을 볼 수 있었다.

　테이블은 물론이고 바닥 이곳저곳에 악보가 널려 있었다.

　최지훈이 그중 하나를 집어 들었다.

　그것을 살피고는 작게 웃었다.

　'여전하네.'

　어렸을 적보다 많이 나아졌지만 배도빈의 악보는 알아보기 힘들었다.

　본인은 기호와 지시문만으로는 이해할 수 없는 부분을 강조하기 위한 필체라고 하지만 최지훈은 어쩌면 단순히 악필일지도 모른다고 생각했다.

　악보를 원래 있던 자리에 내려놓은 뒤 배도빈에게 다가갔다.

　"연습은 언제부터야?"

　"지금부터."

　최지훈이 주변을 둘러보고 다시 물었다.

　"여기서?"

　"응."

"다른 분들은?"

"너만 있으면 돼."

배도빈이 막 완성한 악보를 최지훈에게 넘겨주었다.

최지훈은 의아해했지만 그것을 받아 들고는 훑어보기 시작했다.

조금씩 그의 입이 벌어졌다.

"카덴차를 다시 잡아봤어. 네게 맡기겠지만 참고해 보라고."

차이코프스키의 피아노 협주곡 1번은 독주 피아노의 카덴차와 코다로 마무리되는 만큼 피아니스트의 부담이 많은 곡이었다.

더군다나 배도빈은 본인을 기준으로 잡기에 일반적인 경우보다 까다로울 수밖에 없었다.

처음 연습했을 때가 그러했고.

이제 와 악보를 수정하는 것도 가혹한 요구였다.

최지훈은 자세히 살펴보기 위해 자리를 잡고 앉았다.

'지시문이 너무 많아.'

얼마간 악보를 탐독하던 그가 일어나 피아노 앞으로 갔고 건반을 누르기 시작했다.

'아.'

초견이었지만 최지훈은 배도빈이 어떤 이유로 카덴차를 수정했는지 알 것 같았다.

아름답고 다소 차분했던 부분에 템포의 강약이 강조되어

있었다.

공백이 있어 음을 깊이 있게 받아들일 수 있는 부분이 생겼고 그렇지 않은 부분에서는 음이 폭발적으로 밀려들었다.

차이코프스키 피아노 협주곡 1번에 더할 나위 없이 잘 어울리는, 감성적인 멜로디였다.

'여태 이런 걸 만들었구나.'

악보로 봤을 때는 와닿지 않았던 부분도 막상 연주를 해보니 이해할 수 있었다.

'역시 도빈이는 천재야.'

십 년 넘게 봐왔지만 이번에도 감탄할 뿐이었다.

생각해 보면 천재라는 단어에 집착하지 않을 수 있었던 것도 배도빈이란 천재 덕분이었고, 한편으로는 더욱 갈망하게 된 이유도 배도빈 때문이었다.

이처럼 음악가로서의 자신을 설레게 하니 말이다.

"좋네."

배도빈이 연주를 마친 최지훈에게 다가갔다.

"이 부분은 좀 더 비워도 될 거 같은데."

"더 안달하게?"

"맞아."

최지훈이 다시금 연주를 시작했고 배도빈은 눈을 감고 그의 연주를 곱씹었다.

♪

최지훈이 다시 연주를 시작했다.

다소 어려울 거라 생각했는데 오늘 처음 연주하는데도 제법이다.

어렸을 적부터 소리를 표현하는 일에 남달랐던 만큼 잘 다듬으면 좋은 연주를 들을 수 있을 것 같다.

나는 천재라고 추앙받는 사람이든 자칭하는 사람이든 인정하지 않지만 이 녀석만큼은 조금 다르게 생각해야 할 것 같다.

얼마 전까지만 해도 슬럼프를 겪으며 약해졌던 녀석이 몇 달 사이 부쩍 성장해 지금은 내 뜻을 온전히 이해하고 있다.

최지훈이 방금 지적했던 부분을 요구한 대로 적당히 쉰 다음 연주를 이어나갔다.

'좋네.'

악보만 보는 것이 아니라 내가 왜 그런 지시문을 달았는지 이해하고 자신의 색을 덧칠해 더욱 효과적으로 표현한다.

지금 막 쉰 다음에 스타카토를 넣는 것도 좋은 느낌이다.

'다른 사람이었으면 불평부터 했을 텐데.'

다른 피아니스트였다면 공연을 며칠 남겨둔 지금, 악보를 대대적으로 고친 것에 불만을 가질 것이다.

내게 직접적으로 말하진 못해도 속으로는 구시렁댔을 텐데 어찌 보면 그것도 당연한 일이다.

기껏 준비했던 것이 허사가 되는 거니 불만을 가질 수밖에.

하지만 더 멋진 연주를 하기 위해서라는 대명제 앞에 타협과 양보란 있을 수 없다.

이런 자세는 나나 아마데나 하이든도 마찬가지였다.

지금 최고의 지휘자로 인정받는 푸르트벵글러와 마리 얀스도 다르지 않다.

그들은 1라운드를 통해 왜 그들이 반세기 가까운 시간 동안 최고의 음악가라 불렸는지 증명해냈다.

제아무리 대단한 지휘자라 해도 처음부터 그런 연주가 가능할 리 없다.

수 없는 시행착오 끝에, 곡을 쓴 나조차 인정할 수밖에 없는 연주를 완성시켰으리라.

무대에 오르기 직전까지.

최선을 다해 현대의 거장들과 겨루는 것이다.

내가 2라운드 협주자로 다른 그 누구도 아닌 최지훈을 선택한 것도 그 때문이다.

이 녀석만큼은 나와 같은 마음이다.

가우왕도 니나 케베리히도 부쩍 성장한 최성신도 훌륭하지만 '성장'에 대한 열정만큼은 최지훈만 못하다.

가우왕은 이미 본인의 한계를 넘어서 자신을 가다듬는 중이고 나나는 처음 만났을 때부터 완성된 상태였다.

자신이 개척하고 도달한 경지에서 스스로를 가다듬는 단계다.

그러나 최지훈은 다르다.

음색을 표현함에 있어서도, 타건을 조절함에 있어서도 악보를 관찰하고 이해하는 일에 있어서도.

피아노를 연주하는 데 있어 모든 요소를 흡수하고 있다.

필요하다면 내 스타일을 포함해 가우왕처럼 연주하기도 하고 나나 케베리히의 유니크함도 곧잘 따라 해 써먹는다.

간혹 몇몇 사람이 최지훈에게 색이 없다고 비평하지만 모든 연주가 가능하다는 것 자체가 녀석의 특징이다.

과거, 아니, 지금 당장은 그것이 다소 부족하게 느껴질 수 있어도 시간이 흐른 뒤에 최지훈의 가치는 빛을 볼 것이다.

욕심 많은 녀석에게 '범위'라는 것은 없다.

확신한다.

음악에 대한 열정은 누구보다 간절하고 그렇기 때문에 성장에 한계가 있을 수 없는 녀석이야말로, 진정한 음악가라고.

'천재'라 불리는 이들은 모두 그러했다고 녀석을 보며 생각을 굳힐 수 있다.

최지훈이 연주를 끝냈다.

피아노에서 떨어져 테이블 앞에 앉으며 앓는 소리를 냈다.

"으아아."

"왜 그래?"

"너무 어렵잖아. 며칠이나 남았지?"

최지훈이 손가락을 접으며 날짜를 헤아렸다.

"내일까지 패자부활전이고 모레가 조 추첨……. 짧으면 4일밖에 안 남았네?"

"할 수 있어."

"나 느린 거 알잖아."

녀석이 테이블 위에 쓰러지며 구시렁댔다. 그런 뒤에는 손가락을 튕기며 새로 받은 악보를 복기했다.

"다 하려고 하니까 느리지."

"그래야지!"

나도 모르게 웃었다.

맞는 말이다.

"잘 준비해. 푸르트벵글러랑 마리 얀스한테 보여주자고."

"으으. 그런 말 하지 마. 그러지 않아도 엄청 부담스럽다구."

"가우왕이 들으면 화내겠네."

"그게 무슨 말이야?"

"같이하자고 했는데 너랑 한다고 거절했었어. 그 양반 성격에 자기 자리 빼앗은 네가 그런 말 하면 다신 안 볼지도 몰라."

장난스럽게 말하자 최지훈이 머리를 움켜쥐었다.

"말도 안 돼."

"그러니 열심히 해서 1등 하자."

"1등? 가우왕 씨랑 암스테르담이 있는데?"

마리 얀스와 가우왕은 분명 가슴이 뛰는 만남이다.

그들이 어떤 연주를 들려줄지 퍽 기대된다.

"좋은 연주를 들려주겠지. 그래도 1등은 우리야. 3라운드 시드도 걸린 만큼 중요하단 말이야."

"……나 속이 좀 안 좋아지는 거 같아."

최지훈을 좋아하는 이유는 녀석이 진심으로 이런 상황을 걱정하고 또 두려워하면서도 의지를 잃지 않는다는 점이다.

내 앞에서는 칭얼거려도 뒤에 가서는 필사적으로 노력한다는 걸 알고 있다.

응원차 동기를 주는 것도 나쁘지 않을 거다.

"니나는 우승할 생각뿐이던데."

"니나 누나도 잘하니까. ……그러고 보니 로스앤젤레스의 아리엘도 대단하더라. 그런 사람이 왜 지금까지 잘 안 알려졌는지 신기하지 않아?"

알려지는 게 LA 필하모닉에 해가 될 테니 잠시 쉬고 있는 구스타프 하나엘이 의도적으로 언론과 떨어뜨려 놓았을지도 모른다.

"아무튼. 이런 무대에서 제대로 보여줘야지."

"뭘?"

"언제까지 애 취급당할 거야. 좋아하잖아, 니나."

"아."

최지훈이 가만히 있더니 이내 고개를 살짝 돌렸다.

"그게……. 아니야."

"뭐가?"

"좋아하긴 해도 그런 게 아니야. 동경이라고 해야 하나."

최지훈이 묘하게 시선을 피하며 말했다. 쑥스러운 모양이다.

"난 니나 누나처럼 재밌지도 않고 또 밋밋하잖아. 사람으로서도 피아니스트로서도 그렇게 분명한 게 진짜 멋지다고 생각했어."

그렇게 생각하고 있는 줄은 몰랐다.

좋아하는 줄 알고 이것저것 가르쳐 주지 않았는데 조금 미안해진다.

"그래도 가우왕 씨나 니나 누나한테 인정받으려면 열심히 해야겠다. 아, 이따 LA 필하모닉 연주 들으러 갈래?"

최지훈이 밝게 웃었다.

응원 따위는 필요 없었던 모양이다.

"싫어."

"어? 왜?"

"그놈 재수 없어."

"그놈? 아리엘 얀스? 왜?"

대답하지 않고 피아노 앞에 앉아 차이코프스키 피아노 협주곡의 카덴차를 연주하기 시작했다.

♪

이틀간의 패자부활전 끝에 OOTY 오케스트라 대전의 2라운드 진출 악단이 모두 정해졌다.

로얄 콘세르트허바우와 시카고 필하모닉이라는 공룡들과 같은 조에 배정되어 안타깝게 탈락했던 프랑스 국립방송 오케스트라가 패자부활전 1위로 무대에 복귀했다.

잡지 르 몽드 드 라 무지크는 홈페이지를 통해 오케스트라 내셔널(프랑스 국립방송 오케스트라)이 프랑스 오케스트라의 진수를 보여줄 거라 선전했다.

2위는 아리엘 핀 얀스의 로스앤젤레스 필하모닉이 차지하면서 그들의 명예를 지키는 데 성공했다.

이들뿐만 아니라 이탈리아의 산타 체칠리아 음악원 오케스트라, 헝가리의 부다페스트 페스티벌 오케스트라가 패자부활에 성공하며 2라운드(24강)의 마지막 자리를 채웠다.

분위기가 무르익었고 각 언론사들은 저마다 2023년 베스트 오케스트라라는 제목으로 2라운드 진출 악단에 대해 소개하고 나섰다.

1차전에서 획득한 점수순으로 나열한 이름들은 단어만으

로도 묵직함이 느껴지는 듯했다.

1. 베를린 필하모닉 A
2. 암스테르담 로얄 콘세르트허바우
3. 베를린 필하모닉 B
4. 런던 심포니 오케스트라
5. 모스코바 방송 차이코프스키 오케스트라
6. 빈 필하모닉
7. 클리블랜드 오케스트라
8. 므라빈스키 극장 오케스트라
9. 체코 필하모닉 오케스트라
10. 사이토 키넨 오케스트라

각 조에서 1위로 진출한 악단들은 대부분 조 2위와 큰 점수 차를 보였다.

그러나 런던 필하모닉, 뮌헨 바이에른 방송 교향악단, 드레스덴 슈타츠카펠레 등은 10년 넘게 최고의 악단으로 손꼽혔던 곳이었고.

패자부활전에서 올라온 부다페스트 페스티벌 오케스트라, 로스앤젤레스 필하모닉 등도 유명하기로는 마찬가지였다.

몇몇 악단을 제외하고 나머지 악단이 상위 10개 악단과 크게 차이 난다고 여기는 사람은 없었다.

ㄴ진짜 박 터진다.

ㄴ오매…….

ㄴ베를린 필하모닉은 왜 A랑 B랑 나뉘어서 들어가 있냥ㅋㅋㅋㅋ 그
것도 베스트 3에 두 자리씩이냥ㅋㅋ

ㄴ그러게ㅋㅋㅋ 진짜 요즘 다 해먹고 다니는 듯.

ㄴ솔직히 한쪽만 나왔으면 개손해지.

ㄴ맞아. 잘하니까 순위에 오른 거지. 난 그보다 저기에 대한국립교
향악단이 있는 게 너무 신기하다.

ㄴ그러게. 진짜 소름 돋는 라인업인데 저기에 대한국립교향이 있네.

ㄴ1라운드 너무 많아서 유명한 데만 골라 들었는데 2라운드부터는
그냥 다 들어야겠다.

ㄴㅁ★ 피아니스트도 발표됨.

ㄴ[링크]

조 추첨 일정에 앞서 그간 비공개했던 악단들도 2라운드에 함
께할 피아니스트를 공개했고, 이에 팬들은 환호성을 내질렀다.

그라모폰과 무지카, 포노 포럼 등 클래식 음악 전문 잡지에
서는 이를 두고 지상 최대, 최고의 경합이라는 표현을 쓰면서
대서특필하였다.

· 55악장 ·
사기꾼들

실로 그럴 수밖에 없는 상황이었다.

OOTY 오케스트라 대전은 세계 굴지의 악단들이 자웅을 겨루는 유일한 무대였지만, 클래식 음악 팬들의 축제이기도 했다.

대전을 즐기는 팬 중에 교향곡만을 듣고 좋아하는 사람은 몇 없었고 유명 피아니스트의 참전은 너무도 반가운 소식이었다.

특히나 피아니스트로서 각별한 이들이 한자리에 모였으니 음악계가 들썩이는 것도 무리는 아니었다.

아침 일찍 잘츠부르크의 한 카페에 모인 대학생 일행은 아침 기사로 발표된 참가자 명단을 확인하곤 혀를 내둘렀다.

"이거 그냥 국제 콩쿠르 수준이 아니잖아?"

"말도 마. 진짜 쩐다니까."

"배도빈 가우왕 경연 이후 이 정도 사람들이 경쟁한 건 처음 아냐?"

"그때보다 더하지. 배도빈이 피아니스트로 활동도 많이 안 했고 가우왕도 개화하기 전이었으니까."

"……와 진짜 소름 돋네. 밀스 베레조프스키도 나오네?"

"그 괴물이?"

"여기 봐봐. 부다페스트랑 같이한대."

일행이 내민 기사를 본 그는 혀를 내둘렀다.

밀스 베레조프스키는 기교에서나 깊이에 있어서나 러시아를 넘어서 세계 최고로 손꼽히는 피아니스트였다.

1990년, 차이코프스키 국제 피아노 콩쿠르에서 우승한 뒤로 지금까지 왕성히 활동해 온 그는 초절기교 12곡을 연달아 연주한 일화로 유명했다.

가우왕이 황태자로 군림하기 이전부터 거장으로 인정받았으며 지금은 은퇴한 미카엘 블레하츠와 동시대 인물이기도 했다.

그런 이가 '대회'에 모습을 드러내니 놀랄 수밖에 없었다.

짧은 머리의 대학생은 고개를 저으며 바로 아래에 소개된 인물을 보았고 이번에도 입을 닫을 수 없었다.

그 이름 앞에 최고의 피아니스트란 수식어가 붙어 있는, 20세기와 21세기에 걸쳐 최고의 피아니스트라 인정받는 크리스틴 지메르만의 이름이 적혀 있기 때문이었다.

"왜 그래?"

"……세상에. 지메르만도 나온대."

"뭐? 어디랑?"

"빈 필하모닉."

신문을 낚아챈 남자가 두 눈으로 직접 확인하고서야 기사와 일행을 번갈아 보며 놀라움을 표했다.

"……정말이네. 빈 필과 지메르만의 협연이라니. 진심으로 우승할 생각인가 본데?"

"그렇겠지. 그러지 않고서야 이런 일이 가능할 리 없잖아. 이 사람들이 뭐가 아쉬워서 대회에 참가하겠어? 와, 미친. 가우왕도 나와."

"진짜 미쳤네. 밀스와 지메르만에 가우왕이라니. 가우왕은 어디랑 하는데? 베를린 B랑 나오는 거야?"

"아니. 암스테르담. ……나 닭살 오른 것 좀 봐."

"마에스트로 배도빈과 함께할 줄 알았는데. 친하잖아."

"그러니까. 으음……. 배는 최와 함께한다나 봐."

"최? 모르겠는데."

"어쨌든 이런 걸 지금에서야 발표하다니. 표를 안 사뒀으면 어쩔 뻔했어?"

"내 말이."

대학생들이 안도 아닌 안도를 했다.

미리 표를 모두 구매했기에 다행이었지 놓친 것이 있었더라면 땅을 치고 후회할 정도로 모든 참가자가 대단해 보였다.

"대체 왜 이렇게 늦게 발표했을까? 표 안 구했던 사람들은 진짜 억울하겠는데."

"보통은 안 구하는 게 아니라 못 구한 거겠지."

"마케팅 같은 느낌 아닐까? 왜, 궁금하기도 했으니까."

"그럴지도 모르겠네."

몇몇 악단은 그들과 함께하기로 한 피아니스트를 일찌감치 밝히기도 했지만 대부분은 발표를 미루었다.

모두 피아니스트들이 참가 여부를 밝히는 일에 신중했기 때문이었다.

함께하기로 한 악단이 2라운드에 진출하지 못하는 상황에 대해 의식하기도 했으며.

그와 함께 대회 참가 여부 자체를 고심하기도 했기 때문이었다.

밀스 베레조프스키와 크리스틴 지메르만, 가우왕과 같은 인물들은 이미 이러한 '경쟁'에 나올 만한 입장이 아니었다.

쌓아온 명성이 있었기에 자칫 잘못되었다간 득보다 실이 클 수도 있는 상황이었다.

그래서 많은 악단이 협연자를 구하는 데 어려움을 겪었고, 각 악단과 피아니스트 사이의 조율은 대회가 시작한 이후에도 계속되고 있었다.

그런 상황에서 OOTY 오케스트라 대전이 범지구적인 인기를 끌었고 모든 연주가 수준 이상임이 증명되면서 거장급 피아니스트들도 참가를 결심할 수 있었던 것이었다.

그토록 어렵게 성사된 만남은 2라운드 참가자 명단 발표를 늦추었고 덕분에 더 큰 관심을 불러일으켰다.

"악!"

"왜. 또 놀랄 게 남았어?"

"글렌 골드랑 베를린 필하모닉 A라고?"

"뭐? 이리 내놔봐."

"……글렌이 그 폭군과 함께라니. 완전 사기잖아."

한편.

아침 식사를 하기 위해 내려온 사카모토 료이치도 히무라를 통해 발표 명단을 접할 수 있었다.

"오, 명단 발표가 되었나 보군."

"네. 정말 어마어마합니다."

"어디."

사카모토가 잡지 무지카를 펼쳐 가장 첫 기사를 찾았다.

그러고는 행복하게 웃었다.

"글렌과 빌이라니. 이거 암스테르담 못지않은 만남이구만. 아니, 어쩌면 더한가?"

"정말 깜짝 놀랐습니다."

"오오. 크리스틴도."

사카모토 료이치는 그 이름들을 보며 자연스레 젊었을 적을 회상할 수 있었다.

크리스틴 지메르만과 글렌 골드.

두 사람 모두 피아니스트로서는 사카모토 료이치 이상의 천재 중의 천재였다.

지금은 함께 늙어가고 있지만 비슷한 연배였던 만큼 여러 무대에서 만나곤 했었다.

사카모토는 그때를 생각하면 지금도 가슴이 뛰었다.

"이럴 줄 알았다면 나도 참가할 걸 그랬어. 하하하."

"아주 멋진 승부가 되었을 겁니다."

히무라 쇼우가 진심을 담아 말했다.

그는 지휘자로서나 피아니스트로서나 살아 있는 전설이라 불리는 사카모토 료이치가 빠진 것이 이번 OOTY 오케스트라 대전의 유일한 흠이라고 생각했다.

배도빈이 지휘하는 오케스트라와 사카모토 료이치의 피아노라면 베를린 A나 암스테르담, 빈 필하모닉에 못지않은, 아니, 최고의 조합이었다.

"2회 때는 꼭 참가하시죠."

"……."

히무라의 말에 사카모토는 그저 작게 웃을 뿐, 대답을 아끼며 페이지를 넘겼다.

"런던 심포니도 대단하군. 칼을 간 듯하네."

"같은 생각이시네요. 그레고리 소콜라브 선생이 참전할 줄은 몰랐습니다."

사카모토가 고개를 끄덕였다.

"엘리자가 긴장 좀 하겠구만."

배도빈이 쇼팽 국제 피아노 콩쿠르에서 우승할 당시(2015년) 사카모토 료이치는 러시아 출신의 피아니스트 엘리자베타 툭타미세바를 제자로 들였었다.

8년이 흐른 현재는 나나 케베리히와 함께 샛별 엔터테인먼트의 간판스타로 왕성히 활동하고 있었는데, 사카모토는 그녀가 평소 모국의 전설적인 피아니스트 그레고리 소콜라브의 연주를 즐겨 듣고 이야기하던 것을 떠올랐다.

"하하. 엘리자베타가 선생님과 함께 가장 존경하는 사람이니까요. 모스코바 방송 오케스트라와 함께한다죠?"

"그러하네. 오, 도빈 군은 지훈 군과 함께하는 걸로 완전히 결정된 모양이군."

"네. 준비하느라 바쁜지 패자부활전이 진행될 때도 연습만 하고 있는 것 같습니다."

"그 두 사람이면 분명 멋진 연주를 들려주겠지. ……어쩌면 시드 확보는 힘들지도 모르겠네만."

"워낙 대단한 사람들이 모였으니까요."

"음."

배도빈이 불세출의 음악가라는 사실은 누구도 부정할 수 없이 명백했다.

더욱이 베를린 필하모닉 B는 1차전에서 전체 3위의 성적을 기록하며 그 이름이 속 빈 강정이 아님을 증명해냈다.

그럼에도 사카모토와 히무라는 베를린 필하모닉 B의 고전을 예상했는데 피아노 협주곡에서 독주 피아노의 역할은 절대적이기 때문이었다.

최지훈이 재능을 드러내고 있다고는 하지만 수십 년간 명성을 쌓은 전설들에 비해 떨어지는 것은 사실이었다.

사카모토 료이치의 생각과 마찬가지로 많은 사람이 1티어 피아니스트에 글렌 골드(베를린 A), 가우왕(암스테르담), 그레고리 소콜라브(런던 심포니), 크리스틴 지메르만(빈), 밀스 베레조프스키(부다페스트) 정도를 손꼽았다.

그 아래 니나 케베리히, 최성신 등 나머지 피아니스트들이 비슷하게 평가받고 있었는데 그마저도 1티어에 비해서는 이름 값이 턱없이 부족해 보이는 게 현실이었다.

그러하니 활동을 시작한 지 얼마 안 된 엘리자베타와 최지훈은 최하위로 평가받을 수밖에 없었고.

최지훈에 대해 잘 알고 있는 사카모토와 히무라도 응원과는 별개로 2라운드에서 베를린 필하모닉 B가 호성적을 내기란 어려울 거라 판단한 것이었다.

♪

"아, 배도빈 악장님. 잠시만요."

아침을 먹으러 내려왔는데 마침 멀핀 과장이 2라운드 참가 명단을 주었다.

뭐가 적혀 있는지는 모르겠지만 제법 두툼한 걸 보니 쓸데 없는 약력 같은 것도 포함된 기사인 듯하다.

"고마워요."

"별말씀을요. 그럼 식사 맛있게 하세요. 참, 내일 저녁에는 조 추첨이 있으니 잊지 마시고요."

"네. 그리고 다음부턴 편하게 부르세요. 단원들도 다른 직 원들도 그러니까."

"어……. 안 돼요."

멀핀 과장이 웃으며 돌아갔다.

그렇게 보이지는 않는데 공적인 관계에 꽤 선을 긋는 성향 인 듯하다.

'어디…….'

멀핀과 인사한 뒤 명단을 펼쳤는데, 적힌 이름들을 확인하니 식욕이 돌았다.

"나도 보여줘."

궁금해하는 최지훈에게 명단을 넘겨주고 빵을 집었다.

"딸꾹."

최지훈이 딸꾹질을 했다.

눈을 깜빡이면서 잘못 본 것은 아닌지 수차례 확인하고 나서도 상황을 받아들이지 못하는 듯하다.

"왜?"

눈을 비비고 다시 확인한다.

"말도 안 돼……. 어째서?"

현실을 부정하고 받아들이는 과정에서 혼란을 느끼는 모양이다.

"이거 혹시 몰래카메라야?"

"응."

"……아니잖아."

"그래. 아니야."

녀석이 당황하는 건 오랜만이라 재밌어서 지켜보고 있자니 앉았다가 일어났고 서성이다가 발을 동동 구르고 난리도 아니다.

녀석이 테이블 위에 기사를 내려놓으며 소리쳤다.

"이건 사기야!"

적절한 표현이다.

내가 보기에도 2라운드 참가 명단은 사기꾼들로 가득해 보였다.

애초에 피아노계에서는 푸르트벵글러나 사카모토 료이치급 으로 평가받는 인간들이 마찬가지로 정상급 악단과 어울렸다.

마리 얀스와 가우왕만이 문제가 아니었다.

특히.

'우승하지 못하면 떠나라고?'

그중에서도 푸르트벵글러가 가장 못됐다.

그런 내기를 걸었으면서 글렌 골드를 영입할 줄이야.

은퇴한 미카엘 블레하츠를 데려와도 치사하다 생각할 터인 데, 이제 보니 푸르트벵글러에게 사기꾼 기질이 있는 듯하다.

"지금이라도 바꿀래?"

"뭐?"

"사카모토 선생님이면 해주실 거야. 응. 분명."

부탁해 보지 않아서 모르겠다.

"뭐가 걱정이야. 농담도 적당히 해."

"농담 아니야! 이런 사람들하고 어떻게 경쟁하라는 거야? 전 부 교과서에 나와도 이상하지 않을 분들이잖아."

"너도 적힐 거야."

"농담 아니라니까?"

"나도 아니야. 왜 그래? 평소답지 않게."

"너한테 중요한 대회잖아! 지면 베를린에서 떠나야 한다며!"

"그러니까 부른 거잖아."

"어?"

"괜찮아."

빵에 잼을 듬뿍 올렸다.

9클래스 소드 마스터

이형석 퓨전 판타지 장편소설

WISHBOOKS FUSION FANTASY STORY

검성(劍聖), 카릴 맥거번.
검으로 바꾸지 못한 미래를 다시 쓰기 위해
과거로 돌아오다.

이민족의 피로 인해 전생에 얻지 못한 힘.

'이번 생에 그걸 깨주겠다.'

오직 제국인들만이 사용할 수 있었던,
그 힘을!

'나는 마법을 익힐 것이다.'

이제, 검(劍)과 마법(魔法).
두 가지의 길 모두 정점에 서겠다.

9클래스 소드 마스터: 검의 구도자

Wish Books

나는 몰 놈이다

글쓰는기계 게임 판타지 장편소설
WISHBOOKS GAME FANTASY STORY

판타지 온라인의 투기장.
대장장이로 PVP 랭킹을 휩쓴 남자가 있다?

"아니, 어디서 이런 미친놈이 나타나서……."

랭킹 20위, 일대일 싸움 특화형 도적, 패배!

"항복!"

'바퀴벌레'라고 불릴 정도로
끈질긴 생명력을 가진 성기사조차 패배!

"판타지 온라인 2, 다음 달에 나온다고 했지?"

평범함을 거부하는 남자, 김태현!
그가 써내려가는 신개념 게임 정복기!